Grey Symphony - The Chaos World
10th Anniversary Remaster Version

灰色奏樂

混沌世界

青森文化

綠茶 著

序言

當子豐告訴我他要出版《灰色奏樂》第一集的十週年修訂本的時候，我第一時間的想法是「這又十年了，時光飛逝真可怕」。十年前子豐把他的心血之作給我校對，讓我可以先睹為快，初次捧讀文稿的情境至今仍是歷歷在目。這十年間，我和子豐都經歷不少的變化，但慶幸我倆對於音樂和創作仍是那樣的熱愛，能夠保持共同的樂趣。這份對文字的熱愛，亦是子豐重新修訂《灰色奏樂》的原動力。

嘗試過創作的人都明白，修訂的過程永遠比創作痛苦萬分。創作的時候「初生之犢不畏虎」，天馬行空，率性而為；修訂的時候，面對著過往的自己，「覺今是而昨非」，如何去蕪存菁，不但需要智慧，更需要莫大的勇氣。但這也是成長的過程，能「悟已往之不諫」，才「知來者之可追」。如你是第一次讀《灰色奏樂》，當中曲折的情節和細膩的文筆定能帶給你不少驚喜；如你和我一樣已讀過初版，這次的修訂版更是子豐成長的見證，不容錯過。謹此為序。

周仕深

二零二零年七月寫於香港

灰色奏樂——混沌世界（十週年修訂版）

Grey Symphony - The Chaos World (10th Anniversary Remaster Version)

目錄

第一章 二零一二・混沌世界——香港

二零一二年，在香港島區中心地帶——銅鑼灣。在那裏年青人最愛聚集活動，娛樂商業活躍，是旅遊必到熱點和象徵香港潮流的重要地帶。可惜光景不再，一股死寂的氣氛籠罩著整個香港……

「各位午安！歡迎大家收看《香港時事討論》，今集由我——周子健，與大家一起探討關於香港存在的嚴重問題……」

在一個大螢幕裏主持人廣播著節目。本來人煙稠密、商店林立、生氣勃勃的繁華鬧市，卻剩下只有寥寥可數的途人在冷清的街道上走過。大部分商戶都遭受暴動影響而被迫關閉，街道上存在的就只有彷如行屍走肉般的吸毒者、大無私樣地販賣毒品的小混混。到處只有死寂和欺凌，香港淪落成一個墜落的黑暗城市……

煙毒泛濫，暴力犯罪等事件屢屢發生。根據香港警方保守估計，全港約近六成的青少年都被招攬入黑社會。青少年進行販毒、吸毒和賣淫等事情主導了整個社會，教育及法律制度名存實亡，放盪無序的社會幾乎被他們所癱瘓。

失去教育的青年，踏上了人生歪路，暴力和罪惡已經凌駕在法律之上。

黑幫社團招攬大量青少年加入，因而勢力強盛。走私運毒、賄賂官員及作非法勾當生意，令黑幫勢力與日俱增，甚至能形容為地下國際犯罪企業。他們更引入重型軍火，恃著持有重型武器的武力優勢，利用鎗口弄權而愈發猖狂。

相比之下，香港警力卻是捉襟見肘，由原來五萬多員，如今剩下的卻不足一萬員。警力不足以捍衛社會秩序安定，法律不能約束人民，政府只能採取姑息政策。

相類似的問題不單止在香港發生，在世界各國亦存在著一樣問題，例如日本和英國，類似國家比比皆是。

二零一二年發生了香港黑幫社團內訌和各爭地盤的事件，經過一番生死的搏鬥，由原來的十個幫會到最後能存活的就只有三個。它們就是足以操控和顛覆社會法治的「魂鷹社」、「葵英社」和「雲千社」。

在暴力和罪惡統治下，雖然原來的社會體系依舊存在，但市民人心惶惶，香港城市成為了一個烏煙瘴氣、鎗林彈雨、社會嚴重撕裂扭曲的地方。

「這個世界需要一個人來撥亂反正⋯⋯」一把神聖中帶著莊嚴且神秘的聲音在傲然低語著。

第二章 魂鷹社頭目之子

時光飛逝，霎眼間已經步入二零一四年六月三十日的晚上。本來放晴的晚上，夜空瀰漫著濃厚的迷霧，明亮的皎月、波光粼粼的海面都被霎時的霧霾籠罩得伸手不見五指。

夜空轟響著貫耳的雷聲，彷如一頭野獸獅子般咆哮，大地上的生命都被這聲音震懾著。可是魂鷹社頭目——歐世鷹的家裏卻有喜事發生。

「啞啞……」初生嬰兒的哭啼聲圍繞著整間房。

「歐太太，他是男孩子啊！」一群女醫生和女護士在歡喜地說著。

「彩妍，辛苦你了。」一把嚴肅中帶點溫柔的男人聲輕輕地說著。

「他叫甚麼名字好？」那個剛生產完叫彩妍的女人彷如快要失去力氣般的低聲沉吟著。

「就叫……歐世龍吧！」那個陪伴在旁的男人果斷地說出名字來，好像早已決定好似的。

要比自己更強，要把歐氏魂鷹社的規模發展得更大，好比天上翱翔的雄鷹，成為世界中心的霸王，把魂鷹社變成一等大社團。他——歐世鷹，彷如宣言般毅然說著。

「嗯……就取這個名字吧。」那個叫彩妍的女人臉上流露出幸福的笑容。

一無所知的男嬰看著母親的臉孔，浮現出像天使般的笑容。彩妍亦將手伸向兒子所在之處，而女護士則讓彩妍將男嬰抱在懷裏。

當彩妍以臉頰貼著男嬰時，他看來感到幸福，並手舞足蹈起來。

「很溫暖啊……」

男嬰噗嗵噗嗵的心臟跳動，直接傳達到彩研身上。

「這孩子是我與老公你相遇的證明。」說畢，彩妍便帶著幸福的笑容昏睡過去。

自歐世龍出生以來，歐氏上下每一個成員都對這個新生命非常重視，因為他是歐氏家族唯一的繼承者。

他的父親——歐世鷹，是香港三大黑幫之一的頭目，而且坐擁超過十億美元的地下財富，並率領數萬人在黑市行走江湖，是位能力非常強大的地下風雲人物。

母親——姚彩妍，是歐世鷹的結髮妻子。與世鷹年少時相識，姚氏家族本來在香港都是有名望的大家族，家裏幾代都是從政，而且還位居不少政朝要職。姚氏從小接受高等教育，知書懂禮，對長輩尊敬有加。可是自認識了歐世鷹後，她開始與家族上下的人意見分歧。為了跟他在一起，姚氏甚至離家出走，伴隨世鷹闖盪江湖，打拼天下，更替他擺平了不少政客，利用政治關係把魂鷹社的規模越做越大。

二人把社團規模發展到上軌道之後，才開始計劃生兒育女，於是便誕下了歐世龍。

歐世龍自小對聲音非常敏感，也許是姚彩妍在懷胎時經常聽音樂的緣故吧。彩妍從小就讓世龍接觸不同類型的音樂，更聘請不同的音樂老師教授他各種樂器，因此世龍對各色各樣的樂器也有充分的認識。當中以中國樂器的「笙」，最為感興趣。

這位小子不但對音樂富有天賦，而且在學習書寫期間，一眾老師亦觀察到世龍的學習能力很強，對於中文文字的書寫和辨識，較一般同輩的小孩子有較深刻的認知，在小時候已經能夠流暢地寫作出完整句子和段落，靈活運用中文詞彙。

歐世龍非一般的天賦能力的確令人注目，而且更深受歐世鷹寵愛，可說是得天獨厚，令歐世鷹認定這個天之驕子——世龍就是自己將來的接班人。

可是命運總愛跟人開玩笑，不知道是否上天的作弄，還是有著特別的安排，歐世龍自出娘胎以來，已經擁有一副打從骨子裏天生正直和果斷堅決的性格，看到不公平和不公義的事情總會據理力爭。不論在學校裏還是在家裏，只要稍微遇到有欠公允之事就會直斥其非，天王老子誰也不給面子。

曾經歐世鷹答應過當時只有九歲的世龍，若然他在學校四年級的期末考試能考上全班第一名，就買一件機械人玩具獎勵他。可是在考試裏有一名同學作弊，卻令世龍只能考上第二名，而該名作弊的同學卻考上第一名。不久後，世龍在一次無意中聽到該名作弊的同學私下在跟另一些同學密謀討論如何偷取下一次的試題。得悉事情後，世龍在毫無真憑實據的情況下跑去告訴老師，可是卻反被老師認為自己是因落敗第二名感到不忿而誣陷對方。事情鬧得越來越大，最終弄得雙方家長也親身前來校舍了解事情。該名作弊的同學表現得泰然自若，完全半點破綻都沒有，使世龍蒙上了誣陷之罪名。

可是行走江湖數十載的歐世鷹一眼便洞悉該名作弊的同學，只是他並沒有拆穿對方的謊言。事過境遷後，還是小孩的世龍，仍無法推量到父親心中所想的事。世龍一直埋怨為何自己的父母並不信任自己，而躲起來生他們的氣。之後過了好一段日子，歐世鷹獨自向世龍解釋，弱肉強食的社會就是如此，只要達到目的，手段並不重要，結果才是一切。歐世鷹認為該名作弊的同學手段高明，理虧依然面不改容，勝之有理。要怪的只好怪自己的兒子技不如人，不懂生存之道。不過世鷹依然買下了機械人玩具贈給兒子，希望安撫他的心情。

雖然機械人玩具是世龍應得的獎勵，可是他並沒有接受那種不光彩的加冕。「明明錯的人是那位同學，為何我要接受這種不公平的結果？為何我就要卑躬屈膝地接受這份我應得的獎勵……」這種想法在世龍的心裏不停地徘徊著，揮之不去。

在心有不甘的情況下，這位堅強不屈的小孩子亦不禁抽抽搭搭地聲淚俱下。一邊吸啜著鼻水，一邊強忍著在眼眶裏打轉的淚珠，一雙小手牢牢地握緊雙拳，淚水情不自禁地從眼角裏順斜而下，在嬌柔的小臉滑落。作為母親的姚彩妍，深信自己兒子是受了委屈的。可是歐世鷹的態度依然頑固，決不接受自己兒子輸掉的理由。

這個孩子令歐世鷹相當懊惱，他自覺要統治群雄，在亂世中鞏固地位，那做事就必須狠絕，內心是需要硬起來，哪怕是不擇手段。「贏就是贏，輸就是輸」，沒有找藉口的理由，他就是這樣子認為的，是位執著且嚴厲的父親。

自此他們兩父子的心裏一直存在著芥蒂，二人時有爭吵。矛盾和隔閡越積越深，直至……那年那月那一天。經此一事後，世龍的思想產生了變化，漸趨成熟的他，思維開始變得獨特，甚至像個成年人般……

第三章 禍端

二零二三年，在香港的經濟中樞地帶——中環。那裏本來聳立著各具特色的高樓大廈，街道上到處都可以見到龐大的人流、穿著筆挺西裝的白領專業人士、五花八門的名貴汽車、林立的名牌商店。這就是原來的中環！可是被黑幫支配的香港導致往日繁榮的中環已經光景不再。

面前是一棟公司大樓，這個地方的威儀令路人也忍不住悄悄驚嘆。一棟貌似高級商業大廈的大堂外，泊滿了林林總總的黑色房車，而且更是較一般高級的型號。旁邊聚集了數百個外型魁梧，面相兇惡猙獰的粗豪大漢。四處瀰漫著一種令人卻步的殺氣，這氣氛籠罩著整棟大樓。

香港三大黑幫社團——魂鷹社、葵英社、雲千社，各社團頭目聚集於此，商討有關販賣毒品和運送大批重型軍火的事項。

明明就是一種犯罪的事，但好像已經變成了光明正大的生意了。這就是現今的香港……

另一邊廂，湊巧這個時候，世龍剛剛在家裏上完音樂課。由於歐世鷹已經安排好了一家人在中環聚餐，因此在歐氏林管家的妥善安排下，由私人司機用一部黑色的名貴房車把世龍接送到中環那一邊。

年少的世龍對周遭世界感到好奇，好像甚麼都想去知道，甚麼都想去了解，好學不倦成為了他的性格。從歐氏大宅出發往中環的途中，雖然這段路程並不陌生，可是世龍依然靠近窗邊，滿懷好奇和期待地觀望著街上的一切和香港的景色，一齊的景物都映入世龍的眼簾。

香港這一個城市雖然已經被黑幫所支配，但是仍然聳立著不少富有特色的建築物。雖然彷如走馬看花，但世龍卻樂在其中，打從心底裏深深地愛著這個城市。

「黑色房車，車牌號碼RV166立刻靠在左邊停駛！」

「甚麼事？」

一道彷如命令般的聲音從擴音器裏傳入黑色的房車內。這把聲音打斷了本來正欣賞風景的世龍的雅興。

「叔叔，怎麼了？為甚麼停下來啊？看不了走動的風景了……」世龍噘著嘴巴納悶地叫嚷著。

「少爺，沒事，請安心。我會處理好，不好意思。」司機以慈祥和安慰的語調向世龍解釋著。

「咯！咯！咯！」傳來敲響著車上玻璃窗的聲音。

五個警員圍著世龍的車，其中一名彷如小隊指揮官的警長向著司機放聲指罵說：「熄匙、車牌、身份證，下車搜身！」

「你們知道自己正在攔截誰的車嗎？」司機推開車門下車，筆直地站立著，展露出一副傲然的嘴臉，睥睨著警長說道。

疾雷不及掩耳的瞬間，後座車門被一股猛力拉開，令身邊的空氣亦感到震盪。一名嫉惡如仇的警員把世龍從車內強行拉扯出來，年幼的世龍一臉驚愕，更被那名警員一手捏住頸項，呼吸開始困難，剩下的就只有胡亂揮動手腳的掙扎而已。

「少爺……你這個混蛋快給我住手啊！」司機怒指並喝罵著。

彷彿沉醉於欣賞著世龍的痛苦掙扎模樣，那名發狂的警員捏著世龍的手愈發用力。

「嗚……嗚呀……」世龍那痛苦掙扎的臉，變得愈來愈蒼白，一雙小手繼續胡亂揮動。

「我的父母是被你老爸歐世鷹殺死的！他們不想再做違背良心、害人害己的非法事情，最終選擇暗地裏離開魂鷹社，希望淡出江湖，過上平淡的餘生。可是……你老爸卻二話不說，彷如踩死螞蟻般，無情地把我父母鎗殺。世界還有公義嗎？今天我就要替天行道，我要歐世鷹一嘗失去至親的感覺到底是如何！」該名警員把世龍彷如垃圾般丟棄在骯髒的公路上。世龍的手也被澀青的路面擦傷，鮮血也開始滲出來。

「呯啪！」一聲鎗聲的巨響迴盪在公路上。司機應聲倒下，燙熱的血液彷如泉水般從胸口湧出來，純白色的襯衫被血液染上了鮮艷而腥臭的紅色。

司機為了保護世龍，在千鈞一髮的瞬間為他擋下，而自己卻捨身成仁。

其餘三名警員和警長見狀，立刻上前阻止那發狂的警員，更齊聲說道：「快走吧，倘若你殺死了這個小孩，歐世鷹一定不會放過我們！」

在其他同袍的極力勸阻下，那名發狂的警員連忙地收起了佩鎗，然後走到世龍的身旁繼而對他拳打腳踢，把世龍毆打至重傷。

世龍無故惹上殺身之禍，更被打至頭破血流，意識在朦朧的視線中消散。

「少年，你能聽到我的聲音嗎？」一把虛無縹緲的聲音在模糊的意識中迴響著。

第四章 《撫靈曲》初奏

詭異的聲音在意識的深處揮之不去，彷如做噩夢般纏繞著身體內的每一顆細胞……

「不要啊！啊……啊……嗄……」

一股驚悚感流遍全身，眼睛一睜開，口裏還叫喊著，頭額滿溢汗珠。一瞬間意識恢復過來，世龍就這樣坐在病床上急促地呼吸著。

「乖孩子，你醒了嗎？你快把媽媽嚇壞了。你已經躺在病床上三日三夜了，媽媽以為你不會回來了……」姚彩妍擔心世龍的安危，已經在醫院裏陪伴著他三日三夜，半步都沒有離開，她牢牢地抱緊著自己的兒子。

世龍亦伏臥在媽媽的身旁，身體不由自主地抽搭起來，驚惶失措地飲泣著。

「乖孩子，沒事了，不用怕。」姚彩妍抱著世龍安慰著。

可是越是安慰，心理上就越得不到平靜。小孩子就是不懂處理好自己的情緒，湧泉般的眼淚傾瀉而下。恐懼和怨恨都在世龍的心頭上，每當憶起司機全身鮮血的景象都令世龍的哭泣聲更淒厲，身體顫抖得更厲害。

待了一會兒，時間把世龍情緒稍微安撫下來，哭聲亦漸漸消散。

「到底發生了甚麼事情？可以告訴媽媽嗎？」姚彩妍順斜而下輕撫著世龍的頭問。

世龍用手擦拭著淚水，噘著嘴巴說：「一群蔽臉的人，把我們的車子包圍住，然後把我整個人從車廂裏揪出來不停拳打腳踢，我被他們打得很痛，之後就不知道發生了甚麼事情。」

「那到底是甚麼人做的事？竟然下手如此惡毒……」姚彩妍皺著眉在喃喃自語。

佇立一旁的歐世鷹憤怒得摩拳擦掌起來，兇狠的眼神令病房的四周也充斥著肅殺的氣氛。世龍伏在媽媽的身旁時，向爸爸的方向瞧了一眼亦立刻低下頭來。

歐世鷹怒髮衝冠走出病房門外，與一名女性手下交頭接耳。

世龍不但沒有在父母面前把事情和盤托出，反而還說了一個謊言，他雖然未到懂事的年紀。可是從小到大都才華橫溢的世龍，心思和想法也比一般同年紀的小孩細密和成熟。在他心底裏清楚知道是自己的爸爸有負於別人，而別人亦以暴易暴來復仇，因擔心爸爸會二話不說找人去殺死那名發狂的警察，於是便編織了一個謊言。只是司機的無辜喪命，成為了世龍的惋惜和怨恨，在心裏留下了不能磨滅的童年陰影。為了阻止悲劇再次發生，他只好把真相隱藏，獨自承受著這份傷痛。

雖然歐世龍把事實真相隱藏起來，可是身經百戰的歐世鷹卻猜想內情並不是如此簡單。在一位女手下「阿蘭」的明查暗訪後，歐世鷹得知，事發當日有幾名警員攔截過世龍的車，然後發生了事情。儘管世龍說了謊言，但也蓋不住真相……

轉眼兩星期過去，世龍從醫院裏離開，不僅身體上的傷勢仍未痊癒，還有心裏留下的傷痛遠遠比身上的傷痕痛得更深。

無故被殺死的司機，在歐世鷹的安排下屍首已經被火化，骨灰被安放在香港南區的華人永遠墳場內。魂鷹社上下所有人都到場拜祭，司機的家屬亦在墓碑前奔淚，世龍跟隨父母一同到場拜祭。

一陣霧霾籠罩著整個墳墓，從白色的霧氣中隱約看到眾人哀悼的臉容和一度哽咽的落淚聲。

世龍把本來握緊著母親的手鬆脫，然後拿著一個彷如碗子大小的煙斗，上面插滿了一支支竹簧的罕見樂器「笙」，走到司機的墓前吹奏。

眾人把視線投放在世龍這個小孩的身上，隨著樂聲的奏起，悲傷感的旋律圍繞著每個人的耳旁，使場景更催淚。

「叔叔，對不起……這首撫靈曲吹奏給你……」世龍在心裏訴說著對司機的愧疚和思念。

《撫靈曲》是世龍自己創作的曲目，旋律滿載傷感和平靜。既沒有激情的節奏也沒有躍動的音符，有的只是一大堆充滿思念和傷感情懷的音韻。漫流在地上的腥紅，風中漸重的鏽味，那時候的世龍心中冒生了莫名的驚惶和對司機的惋惜，而撫靈曲的旋律卻承載著這份既沉痛又淒清的感覺。曲子的聲音縈繞著每個人的心頭，本來騰騰殺氣，站滿了黑幫社團人士的墳場頓時氣氛緩和起來。眾人低下頭表示對司機的思念和敬重，就連魂鷹社頭目歐世鷹亦忽然覺得在心裏的深處好像有一種不可思議的力量在抑壓著自己往日的戾氣，而且更從直覺中預感著在不久的將來會再一次聽到這首《撫靈曲》的奏起。

司機和世龍的事件引起了黑幫社團的極度不滿，歐世鷹認為這是一種比挑釁更嚴重的行為，好比向他們社團下戰書的宣言。歐世鷹齊集魂鷹社、葵英社和雲千社三大黑幫的勢力向政府施壓，要求警務處自動交出涉事的幾名警員，否則便會弄得整個香港社會雞犬不寧，甚至剷除整隊香港警察，踏平香港法治。

面對黑幫壓碾的絕對勢力脅迫，香港政府只好把涉事警員的名單暗地裏交給他們。涉事幾名警員不知不覺間在社會上忽然消聲匿跡，彷似從來都沒有出現在世上過。沒有人知道，亦沒有人敢追問……這就是黑幫統治的社會。

第五章 虛偽派對

齡月流逝，轉眼間又過了一年的時間。二零二四年，歐世龍已經快近十歲。疼愛孩子的姚彩妍準備為世龍舉辦一個充滿快樂的生日會，希望在他的童年留下一個美好的回憶。父親歐世鷹為兒子大排筵席，同時亦要江湖上其餘幫會社團知道魂鷹社的實力。於是歐世鷹準備在生日會當日把自己社團的軍火庫展示給其他社團觀看，樹立自己一哥地位。

表面上是一個親子生日派對，實際卻是一個對外宣示領袖地位的好機會。

「咯咯咯！」一陣陣敲門聲從外面傳來。

面對著鏡子身體不停地晃來晃去，無論從哪一個角度看，就是感覺不太對勁。世龍皺起眉頭，鼓脹腮臉，不太滿意地翻弄著身上名貴的童裝西裝禮服。

「少爺，你就不能安靜地讓我替你穿好衣服嗎？」管家耐心地說。

「唉唷！這套衣服穿起來令我很不習慣啊……而且領呔把我的頸也束得快喘不過氣來了。」世龍望著鏡子抱怨著。

姚彩妍在門外一面敲響著門，一面在喊話著。

「你們還沒有弄好嗎？賓客也快要到齊了，弄好了衣服就下來大廳啊！」

管家親切地微笑，並輕撫著世龍的頭說：「少爺，你就忍耐一會兒吧！我獎勵你一粒糖果，不過你要給我乖巧別動啊，這樣我才能夠替你穿好禮服。」

世龍雀躍地接過糖果，並用力地點頭，示意答應管家的要求。

「真是個頑皮的小孩……」管家一邊笑著，一邊搖頭嘆息。

這一天歐氏大宅佈置得非常豪華，縱使平常已經是金碧輝煌，可是今天卻是歐世龍的十歲生日，所以比平常的佈置擺設更奢華奪目。

大宅門外泊滿了大約二十輛五花八門的豪華房車和超級跑車，而且聚集了超過一百位賓客在門外。他們在大廳裏高談闊論，徘徊穿插，場面非常熱鬧。世龍和管家從房間裏走出三樓的走廊，從三樓望下去大廳那裏人來人往，聲音嘈吵得根本分不清那是屬於誰的聲線。混亂嘈雜的談話聲和密集的賓客令世龍目眩了一下。

突然一種令人感覺肅然的微風輕拂在每個人的臉頰之間，嘈雜聲頓時有所緩減。

「歡迎大駕光臨，我的好兄弟！」一把深沉的聲線帶著歡欣的語氣說著，那就是歐世鷹。

輪胎在地面上發出了尖銳的摩擦聲，茶色玻璃，高貴且帶著一種神秘感的銀色平治高級房車停泊在歐氏大宅門外。尾隨還有一部與其相若級數的深啡色積架高級房車。那是香港三大黑幫社團，葵英社的孫葵英和雲千社的馬忠延。他們乘坐著高級房車現身歐氏大宅，並帶領著其手下相繼到場祝賀。

一副陽不陽、陰不陰的嘴臉，喜怒不形於色，善於狡言虛詐，根本分猜不透他的心思；再配上嬌柔的聲線、語帶鄉音的廣東話，更是叫人悚然。長頭髮束辮子、穿著中式唐裝的男人，他就是葵英社之首——孫葵英。

在他的身旁有一個粗豪大漢，一副猙獰的面孔，兩條又粗又茂密的眉毛更顯豪邁，穿著黑色背心汗衣，頸上戴著足金項鏈，兩邊手臂紋有馬頭的紋章，他就是雲千社頭目——馬忠延。

二人並排而立，剛巧成為了一種強烈對比。一陣微弱的笑聲於樓上的梯間迴盪著。

「嘻嘻嘻……又是他們兩個人。一個猩猩配上油頭粉面男！」世龍在嘲笑著二人的特徵和外貌，發出用手蓋著嘴巴的笑聲。

「少爺，不能如此無禮啊！他們好歹也是長輩，況且如果這番說話被老爺聽見的話，他肯定會大怒。一會兒記得要注意儀態啊！」管家語重心長地說道。

「哼！這兩個作惡的壞人，我就是不喜歡！」世龍淘氣地抱怨著。

「好了好了，不喜歡的話就跟他們打個招呼就好了，然後就去切蛋糕和拆禮物好嗎？」管家安撫著世龍說。

二人信步到大廳，全場所有人的視線焦點都由孫葵英和馬忠延的身上轉移到歐世龍這個小孩的臉上。

暴露在眾多的目光下，世龍難免有點羞怯。可是深呼吸一下之後，心情卻平靜下來，世龍更主動上前大聲向長輩們問好，半點亦沒有令自己的父親蒙羞。因此歐世鷹大悅，遂說：「來吧各位，今天是我家犬兒的生日，大家就盡情吃喝玩樂吧！稍後我安排了更有趣的節目給大家，現在就有請各位進入寒舍享樂一下吧！」

父親假意的謙虛令世龍感到渾身不自然，可是他只能夠默不作聲地聆聽著。孫葵英和馬忠延分別指示手下，從車上取出兩件包裝好的賀禮送給世龍。世龍有禮貌地雙手接過禮物，然後微笑著回答：「謝謝！」

歐世鷹見狀立刻怪獸家長附身般的說著：「今天不如就請我家犬兒為大家用笙吹奏一首曲來答

謝兩位的光臨吧！」

世龍側目輕輕一瞄父親。

「世龍，你回去房間準備一下吧！一會兒下來給我們展示一下你的本領。」歐世鷹彷如命令的語調向兒子說。

臉上掛著一副天真小孩相的笑容，世龍輕輕回答著：「好啊！先失陪了，我回去房間準備一下。」

管家眼見這種情況就心知不妙，世龍在轉身信步離開的瞬間，眼神驟變銳利，一種不忿的感覺湧上心頭。可是深知不能夠無禮的世龍一直抑壓著這種不爽的感覺，情緒智商有別於一般小孩。

「咔嚓！」房間的門鎖上。世龍望著鏡子握緊拳頭，咬緊牙關。尾隨的管家輕拍著世龍的肩膀說：「要發脾氣的話就盡情吧！現在沒有人能夠看見。」

世龍回頭側目一視，並以嘲諷般的語調說著：「管家你就不是人嗎？難道是怪物嗎？」

「還會開玩笑，那就沒問題吧！」管家苦笑著回應。

呼……世龍深呼吸一下，然後再側目往鏡子，重新審視自己的臉容，在鏡子裏練習一個對外展露的笑臉。

「嗯……這張臉可以了！」世龍喃喃自語。

管家把二十一簧傳統笙交到世龍的手上。世龍接過自己的笙，輕輕地用嘴吹奏了幾個音，把笙斗內的空氣稍微加暖一點，竹簧間散發出初啼的聲韻，聖潔之聲彷如快要淨化天地。

「好，就讓我下去給他們好好見識一下用音樂來咆哮的叫聲吧！」彷彿卸下剛才的稚氣，世龍胸有成竹地喃喃自語著。

拿著一把傳統笙，世龍從梯間漫步下來。鞋跟敲響著地板的聲音吸引了來賓的視線，世龍泰然自若地站立在眾人面前。拿起了樂器的他，身上散發一種誘人的魅力，儘管他只是一個小孩子。

管家安排在場來賓圍成一圈，方便觀賞音樂表演。歐世鷹和姚彩妍對自己兒子的表現滿懷期待，特別是歐世鷹。對於那種好大喜功的人來說，這絕對是對外樹立自己名望的大好機會。歐世鷹要所有人知道，自己的兒子是多麼出色和超群。孫葵英和馬忠延抱著笑裏藏刀的態度凝視著世龍，心裏卻想著看看這小子到底有多大的能耐。

世龍提起雙手，閉上雙眼，把笙斗放在嘴唇邊，輕輕地吹奏著一段悠揚的旋律，那是笙樂名曲《牧場春色》的前奏。眾人留心地聽著世龍的演奏，而平日習慣污言穢語的小混混也只能靜心欣賞著，喧嘩嘈雜的聲音頓時消失得無影無蹤。笙聲響徹歐氏大宅的每一個角落，雙音和音吹奏出來的氣勁，連動起眾人熱血沸騰的脈搏跳動，就連娘娘腔的孫葵英和粗野的馬忠延亦嘆為觀止。

笙聲嘹亮，世龍使用花舌的技巧，把最後一個音完滿地奏完。一個年僅十歲的小孩在眾賓客前毫不掩飾地把自己的演奏實力展示出來，雖然欠缺了一份謙厚，可是這份勇氣和超卓的技藝震懾著在場的每一個人。哪怕是歐世鷹和姚彩妍也沒有看過自己兒子的真正實力。

「今天總算見識到這位音樂天才的實力了，果然卓越非凡！」孫葵英和馬忠延異口同聲地向歐世鷹表揚他兒子的表演。

四面八方的掌聲圍繞著世龍的耳朵，他此時攤開雙臂，氣韻凜然的他稍微揚起下顎，彷如陶醉在掌聲中似的。

眾人陶醉在樂聲的餘韻中，享受著歐氏大宅內的豐富晚餐。歐世鷹特意聘請了外國名廚到港，為世龍的生日派對準備了多款美食。雖然歐世鷹是一名黑幫社團頭目，但是他是一個著重家庭和疼愛妻兒的好丈夫和好父親。歐世鷹對世龍的愛很不會從口裏說出來，可是歐氏大宅上下的人都深知這一點。

在世界的另一邊，那是日本東京都的街角。聽不到嘈雜的交談聲或汽車聲，彷如一片死寂的街道上杳無人煙，響起的只有一些呻吟聲，那是吸食毒品後神志不清、胡言亂語的低語聲。

日本跟香港一樣，已經成為了一個充滿煙毒而墮落的地方。彷如回到歷史中的鴉片時代一樣，百姓和政府官員沉淪毒海，世界變成了無秩序狀態。

靜寂的晚上，一個人戴上了口罩，遮蓋著口臉，上身穿著一件殘舊長袖衛衣，下身穿著破爛的窄腳牛仔褲，從纖瘦的身型觀察，驟眼看上去既沒有豐滿的胸部，又沒有圓潤的臀部，真的很難界定到底是男或女。不過從身高來推測，應該是一名年約十至十二歲左右的小孩。

忽然一種戰慄感走遍了那小孩的全身。在前方只有相隔幾步的距離，一群正在摩拳擦掌、掛上猙獰面孔的流氓把小孩重重包圍。小孩驚悚得雙腳抖動起來，然後「撲通」一聲倒在地上，痛苦地呻吟著。那群流氓把小孩圍毆，你一拳，我一腳，更發出陰暗的嗤笑，彷如享受著小孩的呻吟聲和恃強凌弱的感覺。他們能夠在街上恣意妄為皆因嘴角上掛著「大三環」的稱號。

「大三環」是日本的頭號大黑幫，掌權人——石田一真，一直與香港魂鷹社的歐世鷹有著千絲萬縷的關係，雙方互相輸送利益，暗設大型製毒工廠，更秘密私藏軍械，並從金錢賄賂中得到了某些政治庇護。在不知不覺的情況下，大三環的地下勢力已經發展至足以威脅政府的地步。

回到杳無人煙、齷齪的小巷街道，黑暗給了小孩絕望的畏懼，更萌生了一種復仇的執念。可是他這一刻的想法卻在身體的傷痛中沉澱下去，意識逐漸模糊。

第六章 震懾

生日派對在天籟之笙聲下暫告一段落，在場的人對世龍的表現和演奏眾說紛紜，不過大多都只是附庸風雅，而且總會有幾個吹毛求疵而又不懂音樂，但卻又要裝出一副高高在上的姿態的人，在旁邊加以挑剔。

「世侄，你剛才演的曲目也挺不錯，可是氣勁還欠一點，我認為你可以吹奏多點關於小調的曲目。」馬忠延向世龍說。

彷似故意挑剔有如完美樂聲的說話，令世龍感覺礙耳，他遂語帶譏諷地回答：「未知叔叔是否修讀過音樂呢？請多多指教。」

孫葵英和馬忠延互相對望了一眼，二人從眼神中流露出猶豫的感覺。

「我沒有修讀過音樂，可是你知道那個迪迪雲嗎？他在上次的電視節目裏演奏那首……」馬忠延吞吞吐吐，「那首……」

世龍凜然說了一聲：「綠袖子，對嗎？」

「對對對！就是記不起名字而已。」馬忠延開懷地笑著說。

「叔叔是用雙拳打拼天下，對音樂也略懂一二，真了不起呢！」

世龍的話語彷如居高臨下地玩弄著對方的心理，可是學識有限的馬忠延根本就不知道自己被一個小孩子在愚弄著。心底彷如清泉般清澈的孫葵英拍了一拍二頭目的肩膀，示意他已經說夠了，不要再出洋相。

歐世鷹亦撫摸著世龍的頭髮，示意他回去房間裏放好樂器，然後再下來大廳吃生日蛋糕。

世龍只好遵循父親的指示，信步回到自己的房間裏。

「鷹大哥，你的兒子真的了不起啊！」孫葵英一副笑裏藏刀的樣貌微笑著說。

話裏意思歐世鷹心底清楚不過。世龍的超群表演加上一張綿裏藏針的炮嘴，實在是一語驚人。沒想到自己的兒子原來在心思上已經達到了這種程度，世鷹訝異之餘，同時深感歡欣。

管家隨世龍的步伐回到房間，世龍一臉彷似打勝仗的樣子，傲然地翹起嘴巴笑起來，那是釋懷的笑臉，更是愚弄別人而得到愉悅的感覺，洋洋自得。雖然如此，可是管家卻沒有為此而替世龍感到歡喜，相反還眉頭深鎖。

笑逐顏開的世龍問管家：「怎麼了？你不開心嗎？」

「少爺，這份喜悅的心情，我不太能認同。」管家回應。

「你有甚麼不滿意？你覺得我做錯了嗎？」世龍把笑容收起，一臉不耐煩的吐了一句。

「少爺，恕奴家直言，你的音樂造詣的確是絕倫逸群，可是當面對那些長輩叔父之時，你卻按捺不住內心的高傲，尤其在你父親的面前。你的說話會令人覺得非常尷尬，而且感覺你不像一個小孩子。」管家蹲下身向世龍說道。

本來銳利的眼光卻頓時消失得無影無蹤，世龍想了一想，覺得自己剛才的言行亦有點兒過於失當，遂以歉意的語氣俏皮地說了一句對不起，那是小孩做錯事，向大人道歉的語調。

最後管家報以唾棄似的說道：「真的是……少爺就是個小孩子，小孩子就是不懂事嘛！應該的，應該的。」

知道管家在哄自己，世龍又再一次歡笑起來。

整頓好心情，世龍和管家再次回到大廳吃生日蛋糕。就在眾人舉杯暢飲之際，歐世鷹向在座眾人發佈了一個重大宣言。說話一出，令眾人的臉上都添了一份疑惑和好奇。

乍看之下，有十多部名貴房車在公路上往同一個方向行駛，葵英社和雲千社上上下下的人也在交頭接耳，討論到底要去哪裏。

歐世鷹攜眷乘坐名貴房車，正前往一個秘密的地方。他望著車窗外的風景，嘴角不時翹起，彷如在內心裏陶醉著自己剛才的宣言。

「各位來賓和江湖兄弟，今天是小兒的生日派對，很高興您們撥冗出席。我想藉著今天帶領大家去一個地方，那是一個可以令我們社團隻手遮天的地方，大家可以隨我來參觀一下嗎？」歐世鷹自滿地向在場的每一位作出邀請，自己彷如至尊般的存在。

同在座駕中的姚彩妍亦感覺到自己的丈夫正在陶醉在喜悅裏，因此也不作打擾，讓這份感覺繼續徘徊在車廂裏。管家開著車從倒後鏡瞥了一眼後座的情況，然後視線又回到路面上，繼續專心駕駛。

世龍在完全不知情的情況下，納悶地坐在後座的中間，不時向左望向右望。可是公路兩旁的工廠卻引起了世龍的留意。因為在日常外出時，他從未由車窗外看過這種景色。

經過一小時的車程，終於到達目的地。歐世鷹帶領著一眾幫會頭目和手下，穿插走過幾間工廠區後的屋苑。那是彷如徙置區的大廈屋苑，被白霧籠罩的四周令陌生人的腳步放緩，薄涼的空氣使人呼吸不暢，明明是平地為何空氣會如此……

彷彿置身在小說故事的情節裏，撲朔迷離的感覺纏繞著眾人的思緒，揮之不去。世龍牽著母親的手，在緊張的氣氛裏忽然打了個欠呵。

孫葵英見狀不禁問：「世鷹，小孩子也疲憊了，我們還要走多遠的路？」

「前面就是了。」歐世鷹用手指向離腳步不遠的前方。

把眾人引領到一部看似平平無奇的升降機前面，歐世鷹忽然把升降機按鈕全部都按了一次，而且還要從最高的樓層依雙數順序自上而下按一遍，彷似一道需要解鎖的安全系統一樣。升降機下降至大廈屋苑的最底層，門打開的一瞬間，視野突然變得開闊，形形色色的重型軍火鎗械映入眼簾。在天花懸掛著並以嵌入式安裝的LED燈光的烘托下，軍火庫散發著讓人無從忽視的壓迫感。

孫葵英和馬忠延等人按捺不住心裏的震驚，那種感覺完全能夠在他們的瞳孔裏知道。「世鷹兄弟，這是……」

一間佔地擁有差不多半個維多利亞公園大小的軍火庫，頓時使世鷹的嘴角微微翹起，自滿的感覺溢上心頭。同行的姚彩妍和世龍更為面前的景況咋舌。

「這就是歐氏的軍火庫！」歐世鷹自然地壓低了聲線說道。

任誰也不敢相信眼前的是真實景況。還記得在世界地圖上，香港所佔的有多少嗎？那不過是地圖上的一點，中國土地上的其中一小處，是一個相當渺小的城市。可是現在呈現在世龍等人面前的卻是一間巨型的軍火庫。孫葵英和馬忠延心裏一算，保守估計如果把軍火庫內所有的東西引爆，相信威力足以炸毀香港三遍。黑幫勢力在暗度陳倉，甚至已經發展到可以用軍火武力來弄權，難怪香港政府亦採取姑息態度，放任自流。

正當一眾人等為眼前景況驚愕咋舌之時，一把帶著沉實和陰險的男人聲把四處本來已經殺氣騰騰的氣氛加以升溫。

「你們猜一下這裏樓上是甚麼地方？」歐世鷹用彷如充滿著陰謀的態度發問。

被軍火庫的殺氣籠罩著的每一個人都在互相對望，輩分高的頭目在交頭接耳，輩分低的小混混就不敢作聲。世龍手心忽然冒出莫名其妙的冷汗，本來牽著母親的手亦愈發用力。姚彩妍瞥了一眼，從世龍的表情感覺到一股不對勁的感覺。

劃破靜寂無言的一瞬間，孫葵英領頭先開口表達自己的想法。

「大概是一座普通的屋苑吧！以屋苑掩飾地下軍火庫的事情。」

世鷹嘆氣搖頭，一臉嘲諷的態度回答：「你真的是香港三大社團中的頭子嗎？」

這句說話令孫葵英心有不爽，可是在面前的形勢下只好勉強吞下這口氣，獨自咀嚼這種無奈的挖苦，並移開視線投放到馬忠延的臉上。

逃避不過孫葵英的視線，馬忠延只好尷尬不已地望向世鷹。

為了顯示自己的智慧和實力，世鷹再把問題轉向馬忠延，遂問：「馬兄的答案又如何啊？」

自作聰明的馬忠延咬牙切齒說道：「那是你們魂鷹社的辦公室吧！」

歐世鷹嘴角翹起，搖頭嘆息。「答案接近了一點點，可是還是錯。我的好老婆，你又有怎樣的看法？」

姚彩妍以大方得體的語調回答：「我是一介女流，又怎會明白你們男人的大事呢？」

孫葵英和馬忠延心想那歐世鷹竟然連自己的太太亦「放上檯」[1]，他真的是個不折不扣的大奸人。

不失典雅的姚彩妍以四兩撥千斤的說話輕易避開丈夫的提問，亦把說話回敬到一眾男人身上。

1 放上檯：廣東話表達，意指把某人推到前面來當箭靶，包含「陷害」的意思。

突然放開母親的手，世龍滿面通紅，雙手握緊著拳頭。

「孩子，怎麼了？你不舒服嗎？」姚彩妍擔心地問。

姚彩妍的說話吸引了孫葵英和馬忠延的視線，連歐世鷹也頓時放下心中的傲慢，用關心的態度問：「世龍，你覺得不舒服的話就讓媽媽帶你回家休息吧！」

可是世龍不但沒有理會父親的關心，相反還流露出一種敵視的眼神。此時此刻世龍的心情就好像一座活火山一樣，熾熱的岩漿從心底裏徹底湧瀉出來。

「上面根本不是甚麼屋苑或辦公室，只是你用來製造和研究武器的地方！」世龍怒髮衝冠、語帶憤怒地大聲說出來。

世龍那種對父親無禮的態度，使眾人的視線都投放在歐氏父子的身上。緊張的氣氛令旁人喘不過氣來，歐世鷹把眉心一推，心裏不禁略為震驚。他心裏想著為何一個年僅十歲的小孩子會如此聰慧和心思細密。雖然感到困惑，可是久經歷練的世鷹是絕不會輕易把自己的想法和感覺表露出來，因為他一直擔心自己身邊到處都會有臥底，不論是其他黑幫社團還是警方派過來的。在聽見世龍的一席話間，他聯想到也許是一些臥底不經意地洩漏了口風，無意中被世龍聽見，所以孩子才會一語道破。

然而歐世鷹卻裝作一副慈父的樣子，問世龍：「世龍，來……告訴爸爸你是怎樣得知的？是有人刻意告訴你還是其他？」

世龍雖然是個小孩，可是他自小就懂事，極強的觀察力更是令他加速成熟。

「從家裏開車到這裏的路上，那風景是我陌生的，而且附近的工廠應該就是供應材料到這裏的吧！這個世界已經很混亂了，請爸爸你停止吧！」世龍如實說著。

在場的人都覺得面前的小孩就好像在這幾句話中忽然變成了一個成年人，那種腔調絕不像一個小孩應有的表現。

說話亦未能令在場的每一個人消化得及，迅雷不及掩耳的速度加上強橫的力勁，打出一聲巨響。巨響使眾人咋舌，那是歐世鷹在所有人面前狠狠地摑了世龍一耳光。

世龍的臉立刻紅腫起來，五隻手指印能夠清楚看見，眼角亦被擦傷而流著紅色的鮮血。世龍用手按捺著臉龐，抽抽搭搭地強忍臉上的痛楚啜泣著。

「剛才還談得興高采烈，怎麼突然打自己的兒子啊！？」姚彩妍用雙手護著自己的孩子，語帶不滿的說著。

「男人的事不用女人來管，閉嘴！」彷如訓斥般的語調，歐世鷹怒喝著。

眼見是別人的家事，孫葵英和馬忠延也不敢加插半句說話，只好佇立一旁靜靜聽著。

「世龍，你年紀還小，一個小孩能懂多少？爸爸所做的一切也是為了你好，將來天下就由你來管，魂鷹社亦會擴展到全世界！」

歐世鷹狂妄的話語籠罩著整個軍火庫，言論令人悚然。

孫葵英和馬忠延意識到歐世鷹那份不知饜足的野心，可是實力上的差距令他們不得不折服。假若硬碰硬的話也不過是以卵擊石之舉，葵英社和雲千社被剷除只是時間的問題，倒不如……

其實每個人都心知，歐世鷹今次只是借助自己兒子的生日派對作藉口，實際是想展露自己社團的實力。各懷鬼胎的眾人在沉重的氣氛中佇立著，孫葵英和馬忠延洞悉到自己的危機後，立刻來一招「識時務者為俊傑」。他們主動提出與魂鷹社合併，並以歐世鷹為首作社團龍頭。雖然要屈居別人麾下，可是總好過他日兵臨城下之時失去所有。他們是這樣想著的。

聽到突如其來的提議，歐世鷹頓時大悅，那是掩蓋不到的喜悅。掛在臉上。這一下子魂鷹社就如虎添翼，要成為世界第一大黑幫也是指日可待。

在世鷹陶醉於心中喜樂之際，一把夾雜著廣東話和國語口音，帶著緊張和驚惶感的線聲從眾人的耳中迅速掠過。

「不妙了！不妙了！」一個小嘍囉在大聲說道。

彷如想要蓋過小嘍囉的聲音，一把雄厚和令人敬畏的聲線說著：「他媽的，是哪一個廢物在叫囂？難道看不到我們在談話嗎！？」歐世鷹怒罵一喝。

「不是的鷹哥……真的是大件事了！」小嘍囉從人群中冒出來再一次說著。

被人打斷了話題，歐世鷹心裏怒火中燒。

「呯嘭！」一聲鎗聲響起。

鎗聲在軍火庫內迴盪著，世龍和姚彩妍及時捂住雙耳，可是也目眩了一頓。看來是痛楚還沒來得及反應吧，那名小嘍囉帶著不明所以的神情，胸口噴濺著鮮血，倒頭躺臥在地上一動不動。那是世鷹向小嘍囉轟了一鎗。

這時候每個在場的人都回憶起了，那個叫歐世鷹的男人是魂鷹社的首領，是憑藉智慧、戰鬥和殘酷來建立勢力，攀上王者地位之人。任何反抗的人都會被毫不留情地消滅，縱使投降亦只會成為手下奴隸，彷如家畜一樣被使喚。而當他不快時，更會毫無理由殺死任何下人。

「示眾吧，於眾人面前警示一番吧！」

眾人亦對世鷹的畏怯與從頭上滴下的汗水一起滲進大地，屍體的腥臭味於四周散播，這簡直是極權的瘋狂首領。

當世龍回復視線的時候，面前的一切令他不禁瞠目結舌。眾人亦被世鷹之舉而震懾。

「彩妍，你先把世龍帶回家吧！」歐世鷹彷如命令般向妻子說道。

突然從衣襟內傳來一陣陣的震動感覺，那是手機的撥號通訊，歐世鷹接過電話。

「喂……」

手機內的聲音令歐世鷹汗毛豎直，當眾人四目相投時，世鷹嚴肅的表情有了一瞬的訝異。頓時鴉雀無聲的他令旁人相信那是一個駭人的消息。

世鷹立刻擦動著手上的智能手機，開啟瀏覽即時新聞的程式。在手機的右下方有一個小擴音器，那裏傳出一則由記者讀白的報導。

「特別新聞報道，日本頭號黑幫大三環頭目『石田一真』以及其手下在東京都街上離奇死亡，據日本警方估計，該次事件死亡人數高達五百人，不排除還有其他死者。事件轟動全日本，警方已成立專責小組調查原因。」

石田一真離奇死亡的消息震懾香港黑幫的所有人，當中歐世鷹反應最為激動，因為日本大三環與香港魂鷹社的地下生意有著千絲萬縷的關係，所以石田一真的死令世鷹大受打擊。

剛才的自滿、陶醉、拔囂和銳氣全部都消失殆盡，世鷹踉蹌的步履，使他需要用手扶著旁邊的檯角，支撐著那悲痛和驚愕得抖顫的身軀。

第七章　天上之神——耶魯斯

「你就是我要找尋的人！」詭異的聲音迴盪在腦海微弱的意識中。

風捲殘雲，星光暗紅，一道彷如神明的白光從霧月裏乍現……

「嘭！」巨響震盪著房間裏的空氣。世龍隨母親姚彩妍回到家中，一言不發回到自己的房間。怒氣沖沖的他怒視著掛在牆上的鏡子。從鏡子裏頭能看見房間面積之大，而且還擺放著形形色色的樂器。

自尊心極重的世龍自覺受辱於人前，這令他感到非常憤怒。同時他親眼目睹自己父親兇殘成性的一面，把人命看成泥土般低賤，為了目的不擇手段，這些更使他憎恨罪惡。

湧上心頭的怒氣令世龍用笙吹奏出彷如騰龍顫動的花舌音飾。從音韻中聽得出世龍正在發脾氣，姚彩妍非常擔心，遂敲響著房門，希望安慰心情不佳的兒子。

此刻，管家及時伸手捉碰著姚彩妍的手示意並低聲說道：「太太，就讓少爺自己一個發洩一下吧……」

暴跳如雷的奏樂聲持續了一會兒就停止了。步履蹣跚的世龍放下笙，走到鏡子前面，懷著複雜的心情喃喃自語。

「我到底為了甚麼而生？為甚麼我會生於這個家庭，有一個這樣的父親？為甚麼我就是魂鷹社的繼承人？為甚麼呀！」

叫破天的的悲鳴響徹大地，世龍蹣跚地退後幾步，膝蓋一屈、跪在地上、眼泛淚光，更在嘴上餘角漏出幾句話來：「甚麼魂鷹社、名利、頭目……我通通都不想要，我想要一個和平、和諧的生活，一個能讓我快樂的家庭生活！」

一番發洩後，寂靜支配了房間每個角落。

已經步入深夜時分，漆黑的夜空蒙蔽了星月，一道彷如神明的白光以劃破風的速度從天而降。

「你就是我要找尋的人！」詭異的聲音在世龍腦海中不斷徘徊，而且還越發頻繁。聲音令他憶起兩年前在醫院昏迷的時候。

一陣令人悚然的感覺流遍全身，來不及記起是誰的聲音，但肯定是出自同一把聲。世龍是這麼想著。

突如其來的白光散發出令人不能直視的光輝，世龍用手抵擋著光芒，然後提高嗓門叫喊著：

「是誰！到底是誰在搞鬼？快來現身，別再藏頭露尾！」

在雙眼終於習慣了這種光芒的環境後，世龍終於看見面前的東西，那是……

出現在面前的不明東西令世龍瞠目結舌，顫抖的身體逐漸變得僵硬，甚至不禁屏息。

複雜的氣息困在不明的軀體內，白光匯聚成一個只有上半身、彷似人型的姿態。

本來洋溢著驚愕的眼神頓時變得銳利，停住了顫抖的身軀亦充滿精悍。世龍抹去眼角的淚痕，壓低了聲線向面前的白光質問道：「你到底是甚麼？」

白光保持著居高臨下、傲然的姿態俯視世龍，一言不發。

詭異又嚴肅的聲音瞬間變得清晰，那是由白光裏直接傳入世龍腦袋的聲音：「我是天上之神──耶魯斯」。

白光的說話令世龍的眉心推了一下，既疑惑又驚愕，心裏不禁喃喃自語起來：「甚麼……祂是神……是不是我在發夢啊？」

肅嚴的氣氛使世龍勉強地咽了口唾沫後再問道：「那麼……祢想找我幹甚麼啊？」

白光沒有回答世龍的提問，張開雙手彷如要把面前的一切都吞噬般，把世龍的身軀吸納到自己的體內。也來不及反應的世龍就在無意識下進入了神明的次元空間。

整個人捲動在白色的漩渦中，無論怎樣呼叫、掙扎，也脫離不到漩渦，靈魂就好像被強制帶領到另一個地方似的。

「噗！」身體跌倒在白色發光的地上。

「唉唷……我的屁股很痛啊！」世龍面帶痛楚地擦拭著疼痛的屁股說道。

忍耐住屁股上的痛楚，世龍站起來慢慢張開雙眼，一堆彷如3D立體的影像映入眼簾。

「那是……」

世界變得一片死寂，枯枝處處、萬物無靈。人類的貪婪令罪惡滋長，不斷掠奪對方資源誘發起無盡的戰爭，弱勢的人屈辱在強權和暴力下像奴隸般偷生。那是一個沒有希望、沒有光明的世界。不！與其說成世界，倒不如說是地獄會更貼切。

罪惡造成人間煉獄，那是世龍打從心底裏最痛恨的，亦因為自己是魂鷹社頭目之子，這份矛盾心情絕不會有人比他更清楚明白。

世龍握緊顫抖中的雙拳，討厭著這死氣沉沉的景況。

「我要改變這個不堪的世界！」他從口中大喊出來。

「說得好！小鬼頭。」白光終於再度開口說道。

突如其來的話語令世龍蹬腿轉身，維持半身人型姿態的白光耶魯斯佇立在高處。

「是祢進入了我的意識嗎？」世龍提高嗓門直言不諱。

「不，剛好相反。是你進入了我的意識。」耶魯斯傲然地回答。

「祢到底想我怎麼樣？」世龍保持著堅定的眼神嚷著。

「我想你替我改變這個正步向腐朽的世界！」耶魯斯斷言回答。

「喂……祢是神啊，對嗎？祢就不懂自己去處理嗎？還要假手於一個小孩子？原來不止是我的臭老爸，就連天神都是喜歡把小孩子當作工具使用！祢這麼懶惰又怎配當神啊！？」世龍毫無保留地無禮直斥反駁。

「放肆！」耶魯斯用莊嚴的語調喝罵過去。

如雷貫耳的喝罵聲令世龍用雙手掩蓋著耳朵，並蹲在地下，不敢再直視耶魯斯。

肅嚴的氣氛籠罩著整個空間，最後耶魯斯唾棄似的說道：「你這小子的嘴巴真的是不饒人……算了吧，我向你闡釋一切便是了。在天界總共有七個神，而我是其中之一，神本身亦有自己的規則約束，就是不能刻意去令人類起死回生，也不能直接干涉人界的一切。雖然神的力量是無所不能，可是我卻有心無力。萬物之靈正在慢慢逝去，我已經看膩了無辜的死亡，我一定要做點事情去壓制，或者應該說是——平衡。最後我想到一個方法。」

世龍慢慢伸開蓋著耳朵的雙手，並戰戰兢兢地探出頭來回答：「所以祢就來找我……對嗎？」

「沒錯，能夠阻止罪惡的人，你就是最佳人選！而且……」耶魯斯彷彿有著難言之隱。

「而且甚麼啊？小孩子較好欺負嗎？」世龍抱著害怕又囂張跋扈的語調，顫抖著回答。

「而且我就是喜歡你這份性格，那嘴巴不饒人，但卻是實事求是、心地善良的小子。說實話，從你出生那天，我已經對你注視，只是時機未合適，所以一直未有找上你。如今是時候了！」耶魯斯彷似宣言般說道。

「喂喂……慢著！我一個小孩子怎樣能夠幫你拯救世界呢？莫說是世界，就算是個大人，我都打不過吧……」世龍抱著質疑並提問。

「我可賜你一種力量，一種能使你隨心所欲的力量！」耶魯斯認真地說。

「那就給我音樂力量吧！我玩音樂就是最拿手的好戲了。」世龍用彷彿開玩笑的態度回答。

「好！」耶魯斯爽快答應。

也來不及反應之際，四周空間突然扭曲變回本來房間的模樣。世龍的雙手發出白色量化的光芒，一把他經常使用的傳統笙突然往他的手上飄浮過去，彷如魔法般的景況。

「到底是怎麼一回事？笙怎麼會凌空飛起來？」世龍一臉驚愕。

手握著笙的世龍頓感壓力，同時亦渾身有勁，眼神變得銳利，一股力量彷彿滲透了身體裏每一個細胞。

欣然地承受著身體的變化，「喝！」一聲，世龍把身上的白色光芒揮去，回復原來的樣貌。

可是回神過來之際，世龍發現耶魯斯卻消失了，不知所蹤。

「耶魯斯，祢在哪裏？」世龍呼喊著。

聲音傳到門外，令剛好經過、打算送來晚餐的管家感到怪異。

「我在這裏。」耶魯斯的聲音徘徊在世龍的腦海意識中。

循著聲音捉摸著方向，可是世龍亦確定不到耶魯斯的位置。「到底祢在哪裏，別玩了，快出來！」世龍再一次喊道。

聽到世龍那不尋常的自言自語，佇立門外的管家亦不禁喃喃自語，難道少爺被老爺摑了一耳光後精神失常？「少爺，你在做甚麼啊？是時候吃晚餐了。」管家敲響世龍的房門，提高嗓子叫喊著。

管家的說話打斷了世龍尋找耶魯斯的去向，驚惶失措的世龍頓時壓低聲線，保持著平常一貫的語調回答：「啊……好啊，一會兒下來吃吧！麻煩您先放在廚房吧。」

管家把眉心一推，心裏滿載疑問，然後回答：「那……好吧，少爺。」

世龍吐了一口氣，然後再次四處張望，可是依然找尋不到耶魯斯的蹤影。

「奇怪了……祂到底……」世龍在低頭思索著。

「我在你的心裏！」耶魯斯的聲音再度響起。

「甚麼？祢是何時……」世龍慌張地用手摸索著自己的胸口。

「只要你閉上雙眼就可以見到我了。」耶魯斯說。

世龍立刻閉上雙眼，試驗著耶魯斯說話的真偽。耶魯斯的形態出現在世龍的意識裏，二人互相溝通著。

道源迷津，煙水蕭瑟，意識交錯之中，世龍再次睜開雙眼，彷彿與耶魯斯達成共識，並下了一個決心。他在房間隨手拿起一個派對面具，遮蓋著自己的臉孔，彷如宣言般沉吟著。

「我要在灰色的夾縫壓制罪惡，把它們逐一狙擊！就用我這雙手、音樂的力量、耶魯斯的力量！」

第八章 天譴？

翌日早上，整潔的房間、純白色的床鋪，彷彿一切都從沒有發生過。世龍安睡的樣子，眉頭舒展，嘴上還帶著微笑，也許是正在做美夢吧！

「炸燒賣……別走啊！」世龍正夢囈中。

口角中不自覺流出口水，一副貪吃的樣子在睡眠中表露無遺。

「唉……少爺根本是個吃貨[2]！」管家搖搖頭嘆息著說道。

「世龍少爺，已經早上九時正了，雖然今天是星期日不用上學，可是時間也不早了，是時候起床梳洗吧！」管家輕聲地在世龍的耳邊說道。

彷如意猶未盡，仍然沉醉於夢中的世龍用手把被子掀高遮蓋著自己的頭，把一副不願起床的樣子收納在被子裏。

2 吃貨：網絡潮流用語，指貪吃的人。通常指喜歡吃各種美食，並對美食有一種獨特的向往、追求，看到美食就有很大的食欲。

無論怎樣呼叫，世龍總是不願起床。於是管家想了一個方法。

過了一會兒，「咯！」房門再次打開，管家雙手濕漏，一滴滴大的水珠佈滿在一雙夾雜少許皺紋的手上，輕盈的腳步徐徐地走進房間。

無聲無息地接近，把被子慢慢拉開。

「呀！！！」一陣驚惶的尖叫聲響徹整個房間，那是世龍的慘叫聲。

突如其來的水分，刺激本來溫暖的體溫。一雙濕潤的手撫摸在幼嫩而溫暖的臉龐，那正是熟睡中的世龍啊……

被冰冷的水刺激，世龍整個人也抖顫起來，立刻從睡夢中甦醒。

「搞甚麼啊……人家正在吃炸燒賣啊！」彷如夢囈般，世龍睡眼惺忪地沉吟著。

「少爺，時候也不早了。快梳洗更衣後，去大廳拍照和吃早餐吧，老爺安排了攝影師啊！」管家親切地微笑著說。

「嗯……」世龍抱著不太願意的語調回答。

十五分鐘後，世龍換好了衣服，一副精神飽滿且眉語目笑的樣子走到大廳，他似乎從來沒有如此精神開朗過。

「早啊！媽媽、管家。」世龍禮貌地說早安。

姚彩妍和管家都對世龍那張精悍的樣子感到好奇且詫異，總覺得孩子好像一夜之間長大了似的。

「還好嗎？快向爸爸請安吧，他在那邊正在安排攝影師為我們全家拍照。」姚彩妍用手指向大廳內的另一方說。

世龍把視線移向父親的位置，看見他正在指手畫腳地吩咐著攝影師。

作為母親的姚彩妍，昨晚因擔心孩子的情緒而弄得整晚在床上輾轉難眠，現在看到世龍精悍的樣子，終於能夠鬆一口氣，但同時對兒子亦有一種陌生的感覺。

一家人拍過合照後，一個身穿運動裝、看似是歐世鷹保鏢的年輕女人從歐氏大宅急步離開。

二十分鐘過後，一把凝重的聲音從梯間傳過來，那是歐世鷹從大屋中的樓梯走下來並說著：

「彩妍，一會兒替我收拾幾件衣服，我要過去日本。」

姚彩妍皺起眉，一種莫名的不安感湧上心頭。正在享用早餐的世龍亦把目光望過去父親的身上。

「過去打點石田一真先生的後事嗎？」姚彩妍用憂心忡忡的語調提問。

「我要去揪出兇手，順勢收納大三環社團的人，這是一個好時機！」歐世鷹一副充滿野心的嘴臉，彷如宣言般說著。

彩妍轉身就立刻去為丈夫收拾行裝，世龍卻一副假裝聽不到任何事情的樣子，繼續咀嚼自己的早餐食物。歐世鷹把視線望向兒子，可是世龍依然沒有理會。

「你還在生爸爸的氣嗎？」歐世鷹輕聲地問。

世龍瞥了父親一眼，然後繼續低頭咀嚼食物。

從兒子的眼神中，世鷹感覺到世龍還在生自己的氣，可是現在的他根本沒空暇去處理世龍的情緒，遂語帶不忿地說：「隨你的便吧！」

世龍繼續咀嚼早餐，毫無反應。

「打點好了，你現在就要出發了嗎？」姚彩妍拿著行李箱說道。

「對的！」世鷹堅定回答。

「倒不如我和世龍一起送你到機場上飛機好嗎？」彩妍語重心長地追問著。

「不了，你就陪他在家中好好休息一下吧！」世鷹溫柔地回應。他從不對任何人溫柔，但只有彩妍是例外。

「可是我還是……」彩妍擔心地嚷著，彷彿一心想送別的樣子。

「好了，好了，就一起去吧！可是動作要快，快去更衣吧。」世鷹彷似唾棄般說道。

「世龍，快回房間更衣，我們一起送爸爸上機吧！」彩妍急步走著說。

雖然一副不太願意的樣子，可是世龍依然聽從母親的吩咐，換好衣服隨他們外出。

公路上行駛著一部黑色高級房車，尾隨的還有四部七人房車，一同前往香港赤鱲角機場。汽車駛過青嶼幹線進入高速公路，沿途風景映入眼簾。世龍閉上雙眼，一言不發，靜靜地安坐在座位上。

歐世鷹見狀遂開口問妻子。

「怎麼了？他昨晚沒有睡覺嗎？」

姚彩妍撫摸著兒子的頭髮，然後夾雜著既溫柔又複雜的心情回答說：「今早看見他還很精神，可能小孩子還是貪睡吧……」

手握軚盤，正駕駛著汽車的管家亦說道：「今早，少爺還在床上喊叫著炸燒賣，可能現在他又去尋找炸燒賣了，哈哈哈！」

管家的笑聲頓時打破了車廂內寂靜的氣氛。

世鷹瞥了兒子一眼，然後嘆了一口氣，彷彿享受著一家人相聚的時間。

被以為正在沉睡、閉上雙眼的世龍，其實比任何人都清醒，並且他與耶魯斯一直在意識裏交談著。

汽車排成一條直線停泊在機場境外的門前，眾人先後下車。

攘往熙來的人流夾雜飛機起飛降落的嘈雜聲，令機場更顯繁忙。

歐世鷹和家人及手下原地佇立著，彷似等待一些甚麼似的。一會兒一個年輕女性接近，是早上在歐氏大宅急步出門的那一位。歐世鷹從她的手上接過機票後，便撫摸著世龍的頭，語重心長地說：「爸爸不在家的時候，你要聽媽媽的話，不要任性啊！」

溫暖的手掌撫摸著細小的頭顱，令世龍從生氣中釋懷，心裏泛起大大的漣漪。

正當歐世鷹轉身準備離開的時候，突然「噗」的一聲巨響，那是歐世鷹倒地的聲音。他按捺著頭部，面容扭曲地在地上翻滾，不斷痛苦掙扎。未幾，身體亦停止抖動抽搐，眼睛瞳孔放大，彷如被奪去靈魂一樣，朝天躺下死去。

歐世鷹離奇倒下，在機場內造成一片恐慌。有些人好奇圍觀，有些人尖叫逃走。

親眼目睹自己父親和丈夫突然身亡，令世龍和姚彩妍感到震驚。一剎那的驚惶、悲痛、詫異，通通能在二人的臉上清楚看到。

絕地的哀嚎聲迴盪在機場的每一個角落，那是姚彩妍的聲音。這一刻就好像整個世界都停止了，儘管救護車已經在接報有人倒下後的五分鐘到場，可是這五分鐘對於他們母子兩人來說就彷如過了五年一樣。「怎麼還沒有人來救我丈夫？」姚彩妍是如此想著的。

救護車上的醫護人員無論如何為歐世鷹搶救，亦未見有任何復甦的跡象，隨即宣稱已證實他死亡。

歐世鷹的遺體被送往醫院後，安置在臨時殮房。

「到底發生了甚麼事？為甚麼要離開我們？」姚彩妍聲嘶力竭地在丈夫的遺體旁邊哀嚷著。

世龍一言不發地佇立一旁，閉上雙眼，乍看之下臉上掛著一副哀傷的表情，其實彷彿更像一副正在祈禱的樣子。

「世界正開始改變……」耶魯斯在世龍的意識裏輕聲細語。

人總要為自己的過錯負上責任，晝夜一刻的安寧可能只是時辰未到，當到達審判之日，任何人都要為自己所犯下的罪孽承擔和贖罪。所謂「多行不義必自斃」，也許這就是歐世鷹的報應。

第九章 《撫靈曲》再奏

二零二四年七月下旬，炎熱的天氣令人更易心煩意亂。因歐世鷹之死而大受打擊的姚彩妍更是精神受挫、一蹶不振。日本大三環與香港魂鷹社頭目的離奇死亡成了世界備受爭議的議題，兩地警方至今仍未正式公開事件和調查去向，一直只是向傳媒搪塞過去。然而，當日身在機場的目擊者當中不乏普通市民和旅遊客，因此來歷不明的死亡等流言，彷如都市傳說般，在大街小巷及網絡之上逐漸擴散開去，事情捲起巨大風波，令人不寒而慄的感覺衝擊著全世界。

七月下旬的一天晚上，街道上洋溢著令人快要窒息的熱氣，可是一道黑色大門的縫隙中卻滲透著涼颼颼的陰風，那是香港殯儀館的門前。

街道上充斥著數萬名有黑幫背景的小嘍囉在徘徊，除了本來魂鷹社的人外，葵英社及雲千社等人亦高調現身。全港警力調配到附近戒備維持秩序，雖然那只不過是象徵式的戒備。但黑幫公然集結在街上，而且人數眾多，場面叫人肅敬，正在採訪的記者更被氣勢所震懾。

跪在棺木旁不停抽抽搭搭、痛苦飲泣的是姚彩妍，無論旁人怎樣安慰，她亦只是傷心著、沉濺著，彷如失去靈魂的眼神凝視著歐世鷹的遺體。

每個前來的人都各懷鬼胎，而置身於悲傷感極重的氣氛底下的世龍只是沉默地與管家瑟縮一旁，寂靜地摺溪錢。孫葵英和馬忠延等人上前問候，可是世龍亦只是簡單頷首回應。

世龍沉著的表情令二人感到疑惑，心機較重的孫葵英遂問：「父親不在了，你不覺得傷悲嗎？」

管家感到提問有點銳利，遂立刻為世龍護航回答：「小孩子突然失去父親已經很可憐，兩位不要再糾纏少爺了，讓他沉默一下吧！」管家的語氣略為激動，一改平日的態度，因此惹來二人不滿。

馬忠延提高嗓音，粗獷地喊著說：「這裏何時到你這個老頭子說話！」

世龍放下手上的溪錢，用手攔住管家的腰間，然後回答：「對不起，兩位叔叔。管家也太累了，所以言談間未免有點逾越，實在是對不起！」

魂鷹社的人眼見世龍及其管家被其他幫派的人留難，遂朝著孫葵英和馬忠延的方向睥睨過去。

二人意識到附近的形勢，知難而退。

「不好意思，侄兒。我們今天也失言了！」孫葵英假裝著歉意。

世龍亦只是輕輕頷首，於是二人終於散開。

從旁的管家忽然感覺到世龍就好像變成了另一個人一樣，那份本屬小孩專有的稚氣剎那間消失殆盡，沉著的表情精悍而英武。

「在少爺的身上到底發生了甚麼……」管家心裏念念有詞。

歐世鷹遺體出殯，他的遺體火化成骨灰並運送到香港島的跑馬地墳場下葬。隨行的人神情哀傷，姚彩妍更是傷痛得不能自拔。

下葬儀式在沉痛中過去，所有人都已經離開。世龍、姚彩妍和管家依然佇立在歐世鷹的墳前。世龍徐徐地提步上前，伸出右手。仍然啜泣著的姚彩妍亦強抑著淚水，呆滯的眼神凝視著兒子的動作。

管家將一把傳統笙交到世龍的右手，於是世龍奏起一首《撫靈曲》。

日月無光，霧霾籠罩著整個墳場，一塊塊多得數不清的墓碑寂靜無聲地莊嚴矗立。十指遊走在笙簧的按扎之間，緩慢而又不跳躍的音符，配上恰好的丹田氣息，使《撫靈曲》完美地呈現憂傷與思念的感覺。

隨著傷感的旋律停止，歐世鷹的事情亦告一段落。姚彩妍停住了最後的眼淚，依依不捨地向丈夫的墓碑作最後拜祭。揮之不去的矛盾令世龍滿面陰霾，因為身為魂鷹社頭目之子到底應該如何應對往後的生活，使用神的力量守護世界，還是運用黑幫資源統治世界，這一切令世龍在內心不斷掙扎。

「兒子，我們回家吧！」姚彩妍牽著世龍的手說。

世龍被母親的說話吸引過去，二人轉身帶著憂傷的神色徐徐地離開。

「爸爸，我一定會把世界改變過來，以我自己的方法改變過來！」世龍回頭一望父親的墓碑，心裏立下誓言。

拖著疲憊不堪的身軀回到歐氏大宅，姚彩妍更顯得一臉憔悴，呼天搶地的哀鳴後她更心力交瘁，於是踉踉蹌蹌地回到自己的房間休息。

世龍只能無奈地凝視著母親的背影慢慢消失在眼前的視線裏。

「少爺也請回到房間休息吧！折騰了一頓，相信你都身心疲憊了。」管家客氣地跟世龍說。

「好的，你也休息一下吧！」世龍同樣吩咐管家好好休息。

世龍信步回到自己的房間，也不管皮膚上發出的體液汗臭味，四肢乏力得連打哈欠也沒有多餘的力氣，他倒在床上抱頭入睡。可是無論在眼皮底下、精神或是骨子裏有多疲憊，他依然是不能安睡。

時間流逝，已經到了半夜。散佈於夜空的繁星，在灰白色的霧氣蔽擋下，在遠方顯得朦朧起來。深沉的黑暗和寂靜，包圍著夜深人靜的歐氏大宅。

直至半夜，世龍仍是在床上睜著眼躺著，回顧最近發生的一切事情。魂鷹社軍火庫、耶魯斯出現、自身的變化、父親的離奇死亡……在短短的時間裏，就不斷遇上令人難以置信的事情和人物，這一切對於自己來說，實在是太沉重的打擊了。失眠是因為這些事情人物，令情緒有點失控。

世龍總算為失眠找出點理由，正欲再度鑽入被窩裏。就在這時候……

他似乎隱約地聽到一些聲音。不，這不是錯覺。大宅深處的確傳來聲音，雖然聲音遙遠又微弱，但那彷彿是正在悲鳴的聲音。

感到在意的世龍，於是輕步離開了房間，循著聲音一直追溯到源頭，聲音更顯明亮。

「那是媽媽的房間。」世龍在心裏念念有詞。

沒有關上的房門，留著一條細小的縫隙，聲音就從這處漏出來。世龍偷偷地望入房間內的情況，只見母親捧著一本舊相簿在飲泣著，飲泣的聲音使世龍亦黯然神傷，淚水在他眼眶裏打轉。

從旁窺見母親樣子的世龍不禁停住了本來想說的話，即場崩潰了。因為深度的絕望與悲痛深深地刻進了心裏，彩妍的淚水染上了如血般的顏色。關顧著母親心裏感受的世龍，亦抖震雙肩地偷偷哽咽著。看到如此景況，世龍自己也沒甚麼能夠為母親做，只好徐徐地返回到自己的房間。

凝望著房間內的樂器，世龍回憶起被父親打的一記耳光，雖然心有不忿，可是依然想念著那感覺。

漫無目的躺在床上，世龍閉上眼簾，回憶再次成為腦海的畫面。突然，畫面被關掉了，那是耶魯斯的出現。

「過去的就讓它過去吧！多想也無補於事。」耶魯斯說道。

世龍深深地呼了一口氣，彷如成年人的模樣。

「小孩子就不要裝成熟吧！，你還有很長的路要走，難道還要消沉下去嗎？不過話說回來，你的《撫靈曲》也頗厲害，旋律充滿著濃厚的中國色彩，而且配上了我的力量更能夠安撫死者的戾氣和靈魂。小伙子，你為父親能做到的已經夠多了！」耶魯耶說。

「我明白，可是心裏……」世龍有話說不出的樣子令耶魯斯感到一絲憂愁。

耶魯斯亦沒有再作聲，就樣讓他沉澱一下吧！祂是這樣想著的。

在揮之不去的疲憊下，世龍終於合上眼睛，讓自己的身體和意識漸漸稍停下來休息。

這是一個漫長且沉重的深夜……

第十章　隱瞞

柔和的陽光令人感到分外舒泰，微風輕拂令草木搖曳，鮮花的甜美香氣隨風飄送，令世龍從睡夢裏聳聳鼻子醒過來。

習慣在早上淋浴更衣的世龍，一如既往地梳洗，就好像甚麼都沒有發生過一樣。從梯間走到大廳的途中，世龍見到愣在沙發上的母親及正在準備早餐的管家。

「早安！媽媽。」世龍嘛嘴嚷著。

彷如變回小嬰兒的聲線，令姚彩妍的心感到半點溫情而安慰。管家側視著世龍，眉心輕輕推了一下，總覺得少爺最近有點古怪。

世龍躺在沙發把頭依偎在母親的大腿上，像天個真爛漫的小孩展露著笑容。姚彩妍神情哀傷的樣子亦霎時變得釋懷。

「媽媽，要不要去外地旅行一下散心？」世龍提問著。

「現在媽媽又哪有心情呢……」姚彩妍用納悶的態度回答。

「太太，到英國休息一下也不錯啊！順便也能探望一下你在那邊的弟弟啊！」管家開口加入對話中。

可是姚彩妍卻苦笑著，而且嘆了一口不能再深的氣。

「太太，少爺就交給我暫時照顧，你就好好到英國休假一段時間吧！社團的事還有其他叔父盯著，應該沒有甚麼大問題的。」管家繼續說話。

「對啊！對啊！我已經長大了，不用擔心我啊！」彷如蓋過管家的聲線，世龍大聲嚷著。

「那麼……」姚彩妍猶豫著。

「太太，就這麼決定吧！老奴替你準備好去英國的事情，你就好好在那邊休養生息。」彷如家人般的關心和溫柔，管家如此說著。

在二人的提議下，加上自己的一番思量，最後姚彩妍亦接受了去英國的提議。

一個月後，姚彩妍在兒子、管家和魂鷹社一群叔父頭目的送別下，終於離開了香港，到英國探望一下自己在那邊的弟弟，忘記一些不愉快的事情，重新開始新生活。

「好極了，媽媽離開了香港，我就能夠大幹一番了！」世龍雀躍地在內心說著。

「是甚麼意思？你打算怎麼樣？」耶魯斯在世龍的心裏回應。

「我要用音樂力量在灰色地帶瓦解香港所有黑幫壞人！」

「口氣倒不小啊！就讓我看看你的本事吧！」耶魯斯彷如既諷刺又期待的語調說。

時光飛逝，日子一天一天的過。世龍好像一般平常小孩般繼續上學讀書，每當放學的時候都會乘坐管家開著的豪華房車回家。在家中的時間，世龍會練習不同類型的樂器，但主要以練習笙為多。他偶然亦會寫作一些短篇故事上載到社交網站跟人分享，亦會製作一些機械人的模型玩意，生活跟平常的小孩並無異樣。

在假日的一天，「鈴……鈴……」一座英式復古風的電話突然響起。正在屋內大廳練習笙樂的世龍故意假裝聽不到電話響起的鈴聲，然後繼續練習。

電話的鈴聲響了一次又一次，彷彿誓要對方接聽一樣。正在奏笙的世龍走到電話前多次猶豫地接近又離開。

「到底我要不要接聽呢？」世龍在心裏喃喃自語。由於音樂家在練習時是需要絕對的專注，被打擾的話就會分散注意力而導致出錯，而且突如其來的雜聲更會影響表演者的意慾和情緒。把練習看待成每一次登台演出，世龍心裏既煩躁又矛盾。

睥睨著那英式復古風的電話嚷著：「管家，接電話啊！」叫聲響徹歐氏大宅。

世龍四處張望，可是回應著他的並不是管家，而是響個不停的電話。

「還是我接電話好了。」最後世龍彷如唾棄般說道。

「喂，我是管家，有甚麼事情嗎？」世龍強忍著笑聲，捏著鼻腔模彷管家那低沉又老年的聲線說。

「您好，請問是歐氏家嗎？」一把聽得出是中年男人的磁性聲線從聽筒裏傳出來。

「對啊！你有事情可以直說，我會替你記錄轉達。」世龍繼續頑皮地模彷管家的聲線。

「有些事情我想直接告知歐太太或她的家人，請問她在家嗎？」在電話另一端的人禮貌地詢問。

「她去了外地，私人電話號碼不便透露，你可以直接向我家少爺匯報啊！可是他正在處理重要事情，你晚點再打過來吧！」世龍完美地扮演管家說話的腔調。

「哦……那好的，我晚點再打過來吧！謝謝您！再見。」那中年男子用禮貌得彷如專業人士般的聲線回答。

掛線後，世龍掩蓋著嘴巴，淘氣地捧腹大笑。那笑咪咪的樣子令他得意忘形，就連管家站在他的背後也不知道。

假裝咳嗽聲，管家瞪著世龍頑皮的樣子。被咳嗽聲吸引過去，世龍愣住，保持著難看的表情。

「唉唷！每日都練習笙會很悶的啊……」恢復原來的聲線，世龍如此說道。

「少爺，玩電話是不對的，對方可能有重要事情呢！」管家語調稍為強調著事情。

自知自己頑皮的世龍只好沉著受訓便是了。

事隔一小時後……

電話鈴聲再次響起，正在燙摺衣服的管家和無聊地躺在沙發上打發時間的世龍，二人同時被鈴聲所吸引，眼睛亦對望著。

「今次你去接電話啊！我不接。」世龍別臉悶哼著說。

管家放下手上那滾燙的熨斗，然後接過來電。

「喂，您好！」管家禮貌地說。

「您好，我剛才打過電話來的，請問歐少爺在嗎？我有點急事要告訴他的。」電話裏的人用稍微有點焦急的語調說。

「好的，但請問你是？」管家想知道對方的身份。

「我是早前負責替歐世鷹先生檢查遺體的驗屍員，我們部門已經完成了報告，想把結果告知他的家人。」對方為來電目的解釋著。

「好的，明白了，請稍等。」管家禮貌地回答，然後用手輕壓電話傳聲的下方位置，輕聲地呼喊著世龍。

「少爺，對方是早前為老爺遺體檢驗的工作人員，報告已經有了，要直接告訴你。」

無聊空閒的感覺頓時一掃而空，原來無神的雙目亦驟然展現銳利。

世龍立刻把電話接過來對話，留心地聽對方闡釋的內容。

「根據報告顯示，歐老先生的腦幹細胞是完全死亡，而且耳膜亦破裂了……」那檢查員滔滔不絕。

「慢著，甚麼叫做腦幹死亡？我不明白！」彷如蓋過對方的說話，世龍提問著。

「歐少爺，其實在科學上，人的腦幹死亡後就不能夠復原，原因是腦幹細胞都是不能再生的細胞，細胞死後沒有其他細胞會分裂以回充死亡的細胞，而腦幹對比大腦，體積明顯細小很多，因而難以重新復原，而且腦幹死亡也意味著自身控制維生機能的能力消失，所以難以重新復原。」檢查員詳細地解釋著。

世龍的眉心一推，彷彿年紀成熟的男人般咀嚼著對方的說話。

「我們反覆多次研究著那一瞬間的死亡，若不是受到鎗擊命中頭部，相信就算是中風亦不能夠造成那麼嚴重的重創。在醫學和科學上都未能解釋，我們檢察部門為此致歉。可是……」那檢查員吞吞吐吐。

「可是甚麼？」世龍認真地問。

「歐少爺，請你不要見笑。我們一群同事曾在茶餘飯後私下推論過可能是鬼神作怪，雖然這是沒有科學根據的推測……」雖然見不到對方的臉孔，但在電話另一方的世龍亦感覺到對方的尷尬。

「那是個匪夷所思、毫無科學根據的說法。」檢查員用苦笑的語調說著。

仍然保持著鎮定的表情，停住了驚愕的五官，世龍氣定神閒地回應：「好的，明白了。那些令人不愉快的記憶，就讓它逝去好了。拜託那報告替我徹底銷毀吧！」

把傳聲話筒放回原來的位置，世龍一臉沉著的表情。管家用手攬住世龍的身體，滿載關懷的愛牢牢地包圍著他、安慰著他。

不消良久，世龍說要把內容轉告在英國的母親，管家亦頷首同意。

英國比香港的時間慢七個小時，已到進入深宵時分，姚彩妍依然未能安睡，沐浴著從英式獨特建築設計的窗櫺之間漏出的月光。對丈夫的思念在腦海揮之不去，她獨自躺在床上沉澱著。

手機的震動突然從被窩中傳過來，那震動的觸感令她稍微回神，擦拭著滿是淚痕的雙眼接過電話。

「媽媽，爸爸的遺體已經有了檢查結果。」世龍平心靜氣地說。

當聽到兒子的聲音，姚彩妍立刻收起傷心的神情。

「是嗎！？是怎樣的一回事？找到兇手了嗎？」姚彩妍焦急地追問。

「那檢查員說爸爸的真正死因是急性腦中風，原因是吸食過毒品而引致，而且經常酗酒和吸煙，內臟早已有衰竭跡象……」世龍解釋得振振有詞。

「原來……你爸爸總是改不掉壞習慣，也沒法子了！」姚彩妍唾棄般說道。

二人掛線後，一直纏繞著姚彩妍的悲傷，彷如一掃而空，心情稍作喘氣。她再也按捺不住睡魔的召喚，緩緩地閉合眼睛入睡。

管家聽見世龍與太太之間的對話，了解到世龍的善意謊言，令本來綳緊的五宮亦放鬆下來。最後，世龍也回到自己的房間稍作休息，躺在床上輕閉雙眼。耶魯斯從世龍的意識裏冒出來。

「你為甚麼不告訴母親真正的原因？」耶魯斯問。

「那是善意的謊言，真相對她來說已經不重要了！這些傷悲就由我一個人來承擔就可以了！」彷如成年人般，世龍凜然地說著。

腦海裏想起那檢查員最後的說話推論，世龍皺起眉心，嘆了一口不能再深的氣。

第十一章　歐世遷

二零三二年中旬，轉眼之間歐世龍已經十八歲，步入成年之際使他身心都受著不同的變化。臉上一雙眼神堅定的眼睛，英氣奕奕，驟眼看起來，根本看不出是年僅十八歲的少年。但他依然留有一點孩子氣，外表像一個中學生。

歐世鷹離世八年，魂鷹社一直由姚彩妍在幕後操控，而且還有一群對歐世鷹生前忠心耿耿的二三頭目在支持。雖龍頭不在，可是魂鷹社上下一心，葵英社和雲千社的外來勢力自然不易入侵及動搖。

一棟矗立在香港中環的商業大樓，那是香港三大黑幫日常聚首的地方。巨大的拱門之下排著一整列像車站內的入閘機，每個出入的人都要接受身體檢查。這裏簡直彷如宮殿般宏偉，而且守衛森嚴。

一名年輕男子與旁邊一名彷如侍從的老人從大樓下的門前走過。那一瞬間令本來正在擦手機、閒聊、無所事事的每一位接待員小姐都深深地鞠躬。年輕男子穿著的西裝不論是布料還是縫製手工，都看得出是高級貨色，而且那張胸有成竹的嘴臉，不會有錯了，他就是……

「看到嗎？那是歐少爺啊！」

「很帥啊！」

「聽聞他是個音樂家，還很富有啊！」

「何止！？他還是個慈善家啊！」

「如果我能當他的女朋友就好了……」

每一個女接待員都在喋喋不休地討論著世龍，那低語的聲音不禁令他靦腆。

自姚彩妍接手魂鷹社後，所謂「新人事，新作風」，她把黑幫地下生意重新包裝，甚至相比歐世鷹生前的做法更有過之而無不及。魂鷹社除了涉及非法生意外，亦積極開發有關正行業務，包括飲食、地產、生物科技等，生意興隆。

不知道有多少米高的樓頂，擦得閃閃發亮的地板，人們匆忙地穿梭往返，身上穿著得怎樣看都像行政人員般。世龍以眼角的餘光打量了附近的人，那全都是黑幫中的高級嘍囉，他心裏是這樣想著的，腳步亦止於升降機的門前等候。

站在一個關閉的鐵箱內，眾人屏息靜氣。在尷尬氣氛籠罩下，世龍有種不自然的感覺。一會兒，升降機的門打開了。

透過最高樓層的窗戶往外看，便能俯瞰著整個中環，甚至維多利亞港的全景。

突然一把低沉的聲線高呼著：「恭喜世龍世侄接管魂鷹社團！」

即使不用眼睛去看，光是那一把煩人且粗獷的聲音就能夠分辨出是馬忠延嚷著。

世龍裝得一臉欣然，頷首回應，以表示禮貌。眾黑幫頭目在這一層能俯瞰中環全景的會議室內等候世龍，商討幫會日後發展事情。

世龍一副當仁不讓的嘴臉和態度坐在主席位置上，場面氣勢逼人，而管家則佇立於會議室內的門前。

「各位早安，客套說話我就省下了，今天我召開這個會議是有一件相當重要的事情要跟大家商討。」世龍泰然自若，彷如一早計劃好地說著。

會議室的牆上掛著一部八十吋的大螢幕電視，影像內正是身處於英國的姚彩妍。凝視著面前視像會議的她，正思索著兒子是次召開會議的動機。

在場十多名頭目都在各自交頭接耳，一直保持沉默的孫葵英從沒把視線由世龍的身上離開過半分。雖然被銳利的眼神盯緊著，可是世龍依然氣定神閒。

各人交談的聲音越來越大，世龍舉起單手示意安靜。

「各位，稍安毋躁！相信在座各位都對今天的會議有不同的猜測，我就先說一下自己的想法。我爸爸歐世鷹已經去世八年，期間一直由母親接管魂鷹社的業務，過去亦革新了社團的做事作風，生意亦蒸蒸日上。現在我有一個提議，就是把魂鷹社的生意和權力平均分配一部分到雲千社和葵英社，母親則退居二線，而我就專心一意到學校讀書，待我一年後擁有更多經驗和知識的時候再回來幫忙，大家覺得這個意見如何？」

眾人聽到世龍的一席話，心裏不禁陰暗地嗤笑著。沒頭沒腦，胸口彷如高掛著「勇」字的馬忠延卻歡顏滿面。從來喜怒不形於色、一副娘娘腔調而且肚子裏滿懷異心的孫葵英卻裝作一臉欣然又不在乎的樣子。

在電腦視像螢幕前，姚彩妍對兒子的言論和決定大感錯愕，可是為了尊重兒子，她並未有就事情發表任何意見。

世龍觀察著眾人的反應，心裏亦有一種肯定。那就是所有人都同意著自己的提議，於是他再宣之於口。

「我歐世龍，不打誑語！母親亦累了，是時候休息一下，大家就好好搞好社團，賺更多的錢！」一臉狂妄的口氣彷如宣言般嚷著。

這時眾人拍案叫絕，姚彩妍亦配合兒子的提議，主動表示退居二線。

「權力和生意分配事宜，稍後管家會給你們詳細闡釋。」

管家從會議室門前走到世龍的身旁，並把已經準備好的文件派到每個人的手上。

「雖然不知道這個小鬼懷著甚麼鬼主意，可是這個的確是個好機會發展葵英社。」孫葵英是這樣想著的。

會議結束，正打算動身離開會議室的世龍被一張嬌嫩的男人手輕拍著肩膀。回頭一望，那是孫葵英的手。

「還有甚麼事情嗎？孫叔叔。」世龍稚氣地微笑著回應。

「世侄，在你這個年紀讀多一點書也是個好選擇，將來魂鷹社就靠你啊！」孫葵英假裝鼓勵著世龍般說著。

「哈哈哈，好的，謝謝你叔叔！」世龍一臉天真的樣子回應，然後便信步離開。

「老大，他的說話真的可信嗎？」孫葵英身邊的得意門生問道。

「這黃毛小子能有多大能耐？不過我們也不要掉以輕心，派人去監視著他，有甚麼消息再通知我。」孫葵英揚起嘴角嘲笑，並彷如下命令般回應。

乘坐著名貴房車回家，在整段回程的路途上，世龍並沒有與管家談話，而管家亦沒有主動提問有關的問題。二人彷如君臣般互相理解和對待著。夕陽下的餘暉把車影映照在瀝青的路上，靜謐成為了他們回程中的同伴。

回到歐氏大宅，世龍繼續一言不發地返回自己的房間。天色已經進入晚夜，雖然房間內的光線仍然能夠使人官感清晰，可是世龍依然亮著高掛在天花上的燈，使陰暗的房間充滿明亮。

把門鎖上，散去銳利的眼神，解開頸上的衣服鈕扣，深深地呼出了一口氣，世龍凝望著房間內一道落地玻璃外的景色，外面是一望無際的大海景，偶然也會有幾艘遊艇經過，近著岸邊還一艘屬於歐氏的私人遊艇擺放著。波光粼粼的海面反照出彷如半月彎刀的皓月，世龍的身影亦落在玻璃上。

滿面陰霾的他彷彿像思索著甚麼似的，一道白光化成人形姿態凌空飄浮著。

「怎樣了？世龍。」耶魯斯問。

「不……不對！」世龍眉心一推在念念有詞。

「不對？甚麼不對？」耶魯斯疑惑地再問。

「歐世龍這個名字就是感覺不對！我要把魂鷹社和所有黑幫瓦解，我要把世界變遷，一定要！歐世龍這個名字很討厭！」世龍搖搖頭繼續念念有詞。

「難道你想……」耶魯斯用彷彿猜中世龍的語調說著。

「我要變遷……遷……歐世遷……對！沒錯！從今天起，我的名字就叫歐世遷，把扭曲的世界變遷！」世龍從微弱的聲線慢慢地增強語氣，彷如下定決心般嚷著。

「歐世遷……確實是個好名字！很好，不錯的覺悟啊！小伙子。」耶魯斯欣賞著世龍的決心。

世龍握緊拳頭表示著自己變革的決心，耶魯斯亦和應著他，雙方互相碰拳表示互相努力、支持、勉勵的意思。

歐世遷的人生、心路歷程，以及《灰色奏樂》的故事亦從這裏正式開始！

第十二章 行動開始（上）

自那天改名以後，那位青年的心裏便被某些信念所影響著。

——他決心把扭曲的世界改變過來。

時光流逝，一瞬間已經是三個月後。九月份是炎炎夏日暑假過後學校開課的日子，在管家的妥善安排下，他被安排入讀一所校風不良的中學。

捨棄了本來的名字，現改名為「遷」的他為了隱藏身份，要求管家在入學資料填寫他為自己的監護人，而且虛報了真實年齡。為了使身份隱藏得更徹底，他正值十八歲更換成人身份證的時候要求把自己的名字由原來的「歐世龍」更改為「歐世遷」。這樣一來，身為魂鷹社頭目的他辦起事來就更方便，而且亦能夠撇下父親的影子和枷鎖。

世遷決心從基本的根源開始改變過來，黑幫以販賣毒品為其中一項重大收入來源，而且亦透過年青人的網絡去犯罪。要改變社會歪風，就要從年青人的身邊入手。

被安排到校風敗壞的中學修讀高中課程，世遷的校園生活與過去平日有著大大的不同，可是久經歷練的他很快就適應了。

儘管世遷本來的中國文學、歷史、音樂、美術科十分出類拔萃，可是他依然裝扮成水平一般的成績，因為在校園裏老師是不會留意成績一般的學生。雖然有點兒屈就，可是為了改變世界，這一點的屈就還是須要忍耐的，他是這樣想著。

忍辱負重也並不是白白付出的，入學不久的世遷很快便意識到為何社會會變得如此腐敗不堪……

從課室的窗前假裝呆呆地眺望校園裏的花、草和樹，實質上眼角的餘光一直留意著身邊四圍發生的事物。

「哼……」世遷嘆了一口氣，嘴角微微翹起來。

從世遷的座位角度往後的橫斜方向，有兩個眼神鬼祟的男同學在檯下交換著東西，雖然看不清楚是甚麼，可是世遷相信一定是關於一些不正當交易。

下課的鈴聲響起，授課老師離開後，課室便馬上變得非常熱鬧起來，而且情況更令世遷咋舌。

全班同學各自把自己的檯拼成一個個不同的攤位，有麻雀局、賭啤牌、毒品販賣、私煙……課室頓時就彷彿變成了一個非法市集般，而學生就在經營著不道德生意。其他班別的同學亦會來這個班上逛，一切無法無天。

不過只要細心觀察，亦會留意到即使他們都是經營著非法生意，但依然會分成不同的小圈子，不論男女。當然吧！因為香港三大黑幫的小嘍囉全部都是中學生，而喜歡挑事端的也是年青人，各人分門分派也是正常不過。

「找到幾個魂鷹社的同胞嗎？」耶魯斯嘲諷著世遷說道。

「別逗我吧！這種層次的嘍囉又怎能夠踏進社團核心呢……我從沒見過他們。」世遷閉上眼簾回應。

異常不爽的厭惡感，從相隔一米的距離傳過來。那叫人討厭的感覺，令身邊本來比較文靜乖巧的同學逐一散開，彷彿有事情即將要發生一樣。

有五個染上不同髮色，顯得乾黃枯燥，手中拿著半支香煙，口中吞雲吐霧，穿上了鼻環和耳環，校服衣衫不整，絕對是經典壞學生的模樣的人包圍過來，並高居臨下俯視著坐在椅上的世遷。

「新同學對吧？我有一包好貨想給你嘗試，有興趣嗎？」其中一名身型較魁梧的男同學假裝友善的語調問。

「為甚麼會如此優待我呢？因為我散發出孤寡寂寞的氣息嗎？」世遷亦假裝微笑地回答。

「隨便你怎麼樣說吧，總之新來的傢伙就要遵守這裏的規矩！」那個男同學稍微加重語調說道。其他隨行同黨也肆意地猙笑著。

「我沒甚麼興趣，你們滾開吧！」世遷嗤之以鼻，不屑一顧。

那五個人拗響著頸項、手指，彷彿在威嚇著世遷似的。

佇立一邊圍觀的同學，每個人都繼續一邊做自己的事情，一邊留意著。

「剛才說話的，應該就是他們的老大。」世遷在心裏分析著。

「現在你有兩條路可以選擇，第一跟我買下這包東西，第二就是把自己錢包裏所有的錢都給我掏出來。」那男同學目露凶光地瞪著世遷，並恐嚇著他。

「如果我拒絕，那又如何？」世遷站立起來，毫不動搖，平靜地回答道。

那男同學不作任何回應，然而卻假裝滿面笑容地回以肘擊。世遷馬上因劇痛而踉蹌地單膝跪地。

「拒絕的話，就只好讓你吃點苦頭啊！」那男同學俯視著世遷說。知道有事即將要發生，在旁圍觀的人也越來越多。

世遷被該名魁梧的男同學以強橫的力道勒住了頸項上的動脈，雙眼亦漸漸因快要缺氧而發黑。但在走廊外經過的老師的眼中，他們的舉動大概只是朋友之間的打鬧而已。

「快放手……」世遷勉強地說道。

那男同學稍微放鬆了力道，世遷馬上貪婪地大口呼吸。

「告訴我，你應該怎樣做？」那男同學陰暗地在世遷的耳邊低聲說道。

世遷再次覺得呼吸困難。「好了……我明白了！」

上課的鈴聲響起，眾人開始收拾自己的檔攤。

「放學後我們再解決，給我記清楚我叫細豪，是葵英社的人，我老大是大K，別想玩甚麼花招式啊！」那男同學把聲音壓得更低地說道。

「好……好……」世遷彷彿快要窒息般，斷斷續續地回答。

放開了手的細豪做了個手勢，示意其餘隨他的四人散去。

世遷踉蹌地回到自己的座位上，用手按著疼痛的身體。四處張望的他發現旁邊的人都以奇怪的目光注視著自己，於是他深呼吸，嘴角稍微翹了起來。

「總算得到了一點線索，那個叫細豪的混蛋！」世遷不忿地在心裏喃喃自語。

「你認識那個葵英社的大K嗎？」耶魯斯在世遷腦海裏的意識出現並問道。

「我又怎麼會認識那種低層次的小嘍囉啊！」世遷閉上眼簾，帶著半點不忿氣的語調在意識裏回應。

不論是多麼差勁的學校，也會有音樂課吧。剛好接著要上的課就是音樂課。全班同學各自在走廊上一邊叫囂喧嘩，一邊漫步到音樂室上課。

從自己課室走到音樂室的路途上，世遷剛才疼痛的樣貌和感覺彷彿一掃而空，而嘴角再次翹起來，並從眼角的餘光一直緊密留意著細豪。

「這小子肯定又懷有甚麼鬼主意去反擊了……」耶魯斯在嘲諷地喃喃自語。

所有同學各自分成不同圈子坐在音樂室裏。授課的是一名女教師叫王靜瑜，剛從大學的音樂系畢業，主修豎琴，副修鋼琴。擁有著一張貌如正在盛放的向日葵般的臉蛋，長著長長的眼睫毛、嬌小的櫻桃小嘴，一把棕色亮麗的長秀髮。身材雖談不上是玲瓏浮凸，可是不胖不瘦配上迷人的樣貌和有品味的衣著，這一切已經迷倒了不少的男教師和男學生。

女老師身上散發著芬芳的茉莉花香水味，哪怕只是很微弱的氣味，可是依然逃不出世遷靈敏的嗅覺。香水的氣味引領著世遷的視線，他把目光投在她的身上。縱使學生各自做各自的事，有些離譜得更在抽煙，但這位王老師依然耐心地向學生講課，可見她是一名有熱誠和稱職的老師。

班上的同學雖然很壞，但面對年輕貌美的女老師，他們亦表現得較其他年長的老師略為有禮。可能是年紀拉近了代溝距離吧！不過，當中不少擁有黑幫背景的男同學亦時常調侃著她。

手指遊走在鋼琴鍵上，凌厲而帶著溫柔的音飾彷如掩蓋著少女情懷的婉瑩。世遷的眼神一邊留意著王老師彈琴，一邊留意著細豪的舉動。

「那個叫王靜瑜的女人也彈得不錯，只是功架還欠一點火候……」世遷在心裏想著說。

細豪不時把眼神投到世遷的身上，不爽的感覺令世遷下了一個決心。

王老師說要在課堂上抽選出三位同學作音樂測驗，而且是用牧童笛吹奏。這個安排其實早在半個月前的課堂裏已經交代過了，可是這群壞學生又怎會放在心裏呢！帶備了牧童笛的學生只有世遷一個。當王老師把說話說出口的時候，眾人都在互相交換著眼神，但最後所有人都把視線望住世遷。

「喂……你們……」世遷與眾人面面相覷。

「Miss Wong，我們也想欣賞新同學的表演，大家說對不對？」細豪一邊發言，一邊四處張望著附近的同學，同時眾人都在叫囂著。

王老師用手勢示意學生安靜，然後走到世遷的身旁友善地說：「你就是新同學嗎？以前好像沒有甚麼印象見過你。」

「廢話……如果你以前見過，我就不是新同學了吧！」世遷別過臉去，用輕蔑的語氣說著。他一改待人有禮的形象，配合這學校的校風。

「新同學果然一語中的，有point！」細豪在大聲叫嚷著。

全班同學都在嘲笑著王老師，可是即使環境氣氛再尷尬，王老師依然保持文靜、淑女的態度面露笑容。

「新同學，請問你叫甚麼名字？」王老師友善地問。

「歐世遷！」世遷不屑一顧地回應。

「很好歐同學，請你站出來為我們用牧童笛吹奏一首《瑪莉有隻小綿羊》吧！外面有譜，可以看著視奏啊！」

王老師帶頭鼓起掌，然後在熱烈的掌聲下，世遷站立在音樂室的中間。本來嘈雜喧嘩、各做各事的同學都把目光投放在世遷的身上。王老師走到音樂室的最後留意著世遷的吹奏。

閉上眼簾，彷彿正在凝聚天地靈氣，世遷凜然地把牧童笛從握緊的右手手心裏，有如魔術表演般迅速地滑動到兩手之間，並擺出駕馭笛身的按孔手勢。這種提笛手法令所有同學和王老師都看得目定口呆。

完全無視目曲本來簡單的旋律，世遷為《瑪莉有隻小綿羊》（Mary Had a Little Lamb）奏出一段自創的前奏，手指躍動在按孔之間，加入不同的裝飾音使音飾豐富，混合了奏笙的技巧，使他吹奏得更獨特。

那獨特的演奏手法令王老師大開眼界，同時大感驚愕。

激情澎湃的氣氛下，眾人只留意著世遷，在場的女同學更被世遷的才華迷倒，就連細豪亦然。全神貫注的細豪察覺不到自己的褲袋裏冒出了一點煙絲。

一陣燒焦味慢慢充斥著音樂室，其中一個同學在無意間留意到細豪的褲袋正在燃燒著，於是驚惶地大叫起來。

「細豪的褲著火啊！」

這句說話令旁邊的人都落荒而逃，躲避一角，人人自危的情況下，音樂室頓時變得一片混亂，女生在尖叫著。

細豪平日的好友亦為了自保而四處逃竄，受著彷如懲罰般的烈火燃燒著皮肉，細豪痛苦得面容扭曲並哀嚎著。

王老師跑到音樂室外的走廊，然後脫下自己穿著的高跟鞋，一口氣跑到學校的後樓梯間打算取出滅火筒為細豪撲火。

滅火筒長年擺放在後樓梯間，扣子和保險掣被鏽跡卡著。王老師一介女流，根本就不夠力氣拉出。千鈞一髮之際，世遷一手扯出滅火筒，並跟王老師協力救助細豪。本來藏在細豪褲袋裏的毒品被無情的烈火燒毀，他亦承受不住痛苦而昏倒過去。

經過一番擾攘，事情終於平息。救護人員接報到場把細豪送往醫院救治，其餘的同學也提早放學，眾人都驚恐地離校。

校長和其他老師與王老師了解過事情後，王老師獨自坐在音樂室裏瑟縮一旁。她那雙白皙的腳踝沾滿了地上的灰塵，高跟鞋依然擺放在走廊。

背著書包的世遷本來打算離開，在距離學校附近一小段路的一處匯合管家。可是經過音樂室看見王老師獨自在沉澱，於心不忍的他只好上前關心。

手上提著擺放在走廊的高跟鞋，世遷走到王老師的身旁，並把鞋子擺放在她的面前。

「喂！你的鞋子啊！」世遷高傲地說著。

擦拭著眼角的淚痕，停止了身體的顫抖，王老師勉強地裝出笑容。

「謝謝你！歐同學。」

「別再哭哭啼啼了！你是個老師，應該要堅強一點。」世遷的語調彷彿訓話著王老師。

被學生訓斥著，身為老師的她也感到慚愧。然而她並沒有介懷，而且還主動問道：「你的演奏手法很純熟和獨特，從音飾中我聽得出你的音樂造詣很深厚，甚至相比起我和我的音樂朋友也有過之而無不及。你的父母是有名的演奏家嗎？是不是他們教導你音樂？」

世遷保持著一臉不在乎別人，但又帶著一絲溫柔的神情凝視著王老師。

世遷深深地嘆了一口氣，沒有回答王老師的提問，只是從褲袋裏拿出一包消毒濕紙巾，以拋物線的角度拋去王老師的身上。接過消毒濕紙巾的王老師為世遷的舉動感到愕然。

「好好抹乾淨你那雙腳才穿上鞋子，灰塵會使皮膚敏感！」世遷把話說完就轉身信步離開。

王老師雖然已是為人師表，可是作為一名二十六歲剛大學畢業不久的年輕女性，那仍然在心底裏殘存著的少女情懷被世遷的鐵漢柔情所勾起，被慰藉的心靈驟然泛起大大的漣漪。

第十三章

懲・悔・教・改

細豪一事震驚全校，事件更在網上瘋傳成為全港熱門話題。

經警方和消防員查證後，相信是細豪褲袋裏的打火機故障導致氣體洩漏。當時音樂室正處於密閉空間，而且有同學在課室裏抽煙，造成今次事件。打火機使用的燃料主要是丁烷、丙烷類和石油液化氣，經過加壓充入封閉的氣箱，一旦釋放至空氣中便會吸熱汽化而迅速膨脹，非常容易點燃。

細豪死裏逃生，不過右邊大腿的皮膚嚴重燒傷，醫生更說該次屬第三度燒傷級別。所謂第三度燒傷是指：整層皮膚燒傷深及皮下的軟組織。由於皮膚已全層燒至壞死，故無充血反應，也無水泡形成。皮膚因而會變白、乾燥、微微凹陷，壞死的皮膚則會變成焦面痂狀和呈黑色。由於神經末梢已完全遭到破壞，故不會有疼痛感，直至焦痂脫落，神經末梢暴露於外才會有疼痛感覺。此類傷口無法自行癒合，須透過植皮手術才可痊癒。細豪即使將來接受植皮手術康復，右邊大腿的肌肉也會受到影響，走路未必能如常人般。

「是作夢啊……是神的懲罰啊……」一名年約五十歲的婦人在抽抽搭搭地哀鳴著。

「別難過了，他會撐過去的。」王老師在安慰著婦人。

細豪被醫護人員送往醫院，急救後因麻醉藥未醒而躺臥病床上。他的母親放下一切工作，接到學校通知後便立刻前往醫院，在醫院足足守候了一日一夜。在細豪出事後的第二天，教授音樂課的王靜瑜老師單獨攜著一束鮮花前來探望，她正在安慰著激動哀慟的細豪母親。

蹬蹬作響的腳步聲從遠處走近，聲音吸引了靜瑜的視線。

「是歐同學嗎……」靜瑜在低語著。

世遷從醫院的走廊行到病房裏，那是公立醫院的病房，大約每六至八個病人一間。世遷跟靜瑜輕輕頷首打招呼，然後從左至右，再由上到下打量了病房一遍，最後把視線落在躺臥病床的細豪身上。

婦人因未有見到世遷，所以沒有打招呼。

靜瑜輕拍下婦人的肩膀，提示她有人來探望細豪。婦人在傷悲中慢慢地望向世遷。

「您好，我是細豪的同學，我叫歐世遷。今次我是專程來探望他。」世遷有禮貌地自我介紹。

「有心了，謝謝！這小子我早就當作失去了，那是由他加入黑社會開始。整天總是吸毒、打架、到處造謠生事。可是看到他如今動也不動躺在床上，我才感受到原來失去他是如此難受。」婦人抽抽搭搭地哭泣著說。

「他在學校裏不停向同學兜售毒品，甚至以威嚇的方式強迫同學買貨。說實話，據我所知他的褲袋內時常藏有毒品，所謂上得山多，終相遇虎。若然他繼續這樣下去，總有一天會出事，可能會被警察逮捕吧！其實今次被火燒毀已經是不幸之中的大幸，至少沒有被人查到他身上藏有毒品。這一點你應該要感恩了！」世遷語重心長地向婦人說道。

「我信主耶穌的，我相信是祂給了我兒子一個悔過自身的機會，好讓他離開那群作惡的壞人，我相信是祂的安排……」婦人拭去淚痕嚷著。

「沒錯，神會照顧每一個人，也會在灰色地帶平衡世界！」彷如誇言般，世遷凜然地道出這句話來。

佇立一旁的靜瑜聆聽著二人的對話，並一直凝視著世遷。

「時候也不早了，我今天是特意向學校申請一天假期來探望他的，我也是時候走了，再見！」世遷投下一句簡單的道別便轉身信步離開。

「不好意思，我也有事情要回到學校處理，先行告辭了。」靜瑜也同時連忙向婦人辭別。

「王老師，謝謝您的關心！我代這個不肖子向你多謝！」婦人誠心地向靜瑜致謝意。

二人互相頷首後，靜瑜便急速追趕世遷的腳步，隨後趕上。

夕陽緩緩西下，醫院外林木的長影落在行人路上，世遷在街道上獨自往前方一步步的走著。

突然一個彷如女性體態的身影從世遷的背後急起直追過來，並大聲嚷著說：「慢著，歐同學……」

世遷停下腳步回頭一看，那是王老師在叫喊著。世遷雙手插在褲袋裏，望著直線跑上來的王靜瑜。

「王老師，怎麼了？」世遷面無表情地問。

「其實……上次欠你的消毒濕紙巾，今次想還給你……」靜瑜結結巴巴，彷彿在找藉口般說著。

「不用了，你留著便可以！再見。」世遷拋下簡單一句說話，便轉身準備離開。

「慢著，其實我有事想問你……」靜瑜追問世遷。

世遷再一次把頭和身體扭轉並面對面望著靜瑜。

「我想問為甚麼你的音樂演奏能力會如此高水準？我很好奇！無論在任何一間中學或大學，不論是級數高或是級數低的學校，我都從未見過像你這樣超卓的技術，就算是職業演奏家也未必及上你。求求你，請你告訴我。」靜瑜一臉真心哀求著世遷，希望他解說。

世遷嘆了一口氣，彷如唾棄般，這樣回答：「我是一個走在灰色地帶的人，用音樂來洗滌這個世界，高超的技術是必須的！我能夠說的就是這麼多。」

「灰色地帶……用音樂來洗滌世界……」靜瑜喃喃自語。

一把低沉的老人聲從馬路中傳來：「少爺，是時候上車回家了。」

世遷沒有理會靜瑜的反應便轉身信步離開。老人的聲線吸引著靜瑜的視線望過去。世遷朝著一部深藍色的高級房車走近，而且一名穿著西裝，戴著白色手套，彷似管工或司機之類的人正在等候著他。雖然看不清楚汽車是甚麼品牌，可是從車身長度、外型及油漆細膩度的方面來猜算，應該是屬於富豪級的超豪華房車。

靜瑜默默地凝視著世遷乘坐的汽車離開，心裏頓時浮現出很多解不開的疑問。微風順斜而下，吹動著纖細的髮絲。夕陽的餘暉把充滿疑惑、皺眉的她照射得一片嫣紅。

坐在新購買的豪華房車裏，世遷凝視著街上的風景。

「這部新買的賓利Mulsanne房車（Bentley）真的是又寬敞又舒服啊！對吧，少爺？」管家隨意找個問題問。

「差不多花了數百萬元，當然一定會舒服啦，別當我聽不懂了，有話就直說吧！」世遷揶揄著管家。

「剛才那個女孩子是誰？你們看似很好關係啊！」管家雀躍地問。

世遷翻了一下白眼便回應道：「別說甚麼傻話了，她是我學校裏的音樂老師，叫王靜瑜。別亂猜甚麼了！」

「少爺，你也只不過是去扮演學生而已。高中課程你早就完成了吧，跳級的你在大學都取了個音樂學士學位，為甚麼就不好好談個戀愛呢？」管家著急地回應說道。

「先不說我和她的年紀相距一截，單是我和她的生活狀態已經是天淵之別，始終我們都是社團人士……所以別說那些沒可能的事了。」世遷語重心長地回答。

「這個女孩一定會纏著你一段日子，我相信一定會。」管家微笑著喃喃自語。

回到家中的世遷，二話不說就走到浴室洗澡。花灑的水聲彷如天降雨水般嘩啦嘩啦地跌響在浴缸上，世遷閉上眼簾嘆了一口很深的氣。

「喂喂，那個叫細豪的小子，你就這樣放過他了嗎？」耶魯斯跑出來問道。

「他只不過是個少不更事的毛孩子，罪不至死。即使是販毒，我們都需要給他一個改過自新的機會，殺人是解決不到問題，只會令大家的怨恨越來越深，最後兩敗俱傷。適當的懲罰是通往和平世界的必要條件。」世遷向耶魯斯闡釋著。

「不錯，我的確沒有選錯你。你是個既善良又有原則的判官！」耶魯斯欣慰地說著。

浴室的霧氣使周圍都模糊著，世遷微笑著搖頭嘆氣。

翌日，適逢學校每個星期的周會，校長決心把細豪的事件作今次周會的講話題目。為了使學生明白到吸煙、吸毒的禍害，校長特意邀請細豪的母親前來學校親身解說。

「各位同學午安，相信學校有一位同學被火燒傷，大家都略有所聞。發生了不幸的事情是我們大家都不願意見到的，其實你們在學校裏的一舉一動，我和一眾老師們是知道的。我很後悔過去沒有嚴厲執行校規，使你們誤入歧途。我對不起創辦學校的前人，更對不起你們的父母家長。可是發生了是次事件後，我和一眾老師決定要把你們教好，學校一定要變回一個正經學習的地方！」校長彷如宣言般激動地演講著。

世遷交叉著手在胸前，仰望著在台上演講得振振有詞的校長，心裏在念念有詞：「那個男人的確有點決心去搞好學校，看來我也差不多可以功成身退……」

校長宣講完畢後把細豪的母親邀請上台，讓她親身向在座的所有同學老師解釋自己過去對兒子看待管教的心路歷程。

「各位同學大家好，我是豪仔的母親，豪仔從小便失去父親，由我一個女人把他撫養成人。活在單親家庭的他沒有父親的管教，而我卻要到外面賺錢養活家庭，工作時間早出晚歸，回到家根本沒有時間去理會他，只能夠給他零用錢自己去找娛樂活動。日復日，可能因為沒有父母的看顧，他在外面結識了一些壞朋友，還做了不少錯事。當我發現他染上毒癮和吸煙酗酒等習慣時，一切已經太遲……他已經再不聽我的說話。直至最近……」婦人聲淚俱下，哽咽得不能再說下去。

靜瑜見狀立刻跑上台安慰著她，並為她送上紙巾抹去眼淚。在細豪母親飲泣的期間，靜瑜替她在台上發表演講。

「各位好，我是音樂科的王老師，細豪同學的事情當天是在音樂室裏發生的，我未有在起火出事時迅速處理好，我應該要負上責任。對不起！」

靜瑜在台上向台下所有人及旁邊細豪的母親致歉。世遷沉著地在台下凝視著靜瑜的一舉一動。

細豪母親輕按靜瑜的肩膀，示意她不要介懷，這並不是她的錯，而是自己管教不力的後果，甚至認為是神的懲罰。於是婦人再度開聲講話。

「那並不是王老師的錯，是我的錯！我是一個基督徒，我相信豪仔的事情是主的安排，我相信著！希望藉今次的事情能夠為各位借鑒，不要……真的不要再行差踏錯了！主真的會懲罰我們！」婦人帶著悲痛的心情，語重心長地勸誡著在場同學。

突然細豪母親的電話響起來，那是細豪的來電。

「喂，媽……能否叫學校老師把電話連接電腦螢幕，我有事想跟大家說。」

細豪輕柔的聲線，彷彿有如小時候那個乖巧的孩子。婦人感動落淚，更把電話轉交給負責任教電腦科的黎老師，他就立刻替婦人搞好連接視頻。台上的展示螢幕即時直播著細豪在醫院裏的情況。

彷如奄奄一息，一臉蒼白的細豪躺在病床上面對視頻，開始跟禮堂中的所有人講話。

「各位同學大家好，我是細豪……」他把包紮繃帶敞開，傷口完完全全暴露在視頻的螢幕裏。

「嘩……」

一陣驚訝的嘩然聲在禮堂上迴響著。有女同學和女老師連忙用雙手遮蓋雙眼。校長、男老師和男同學亦感到惡心而別臉過去。現場只有世遷冷靜地凝視著。

細豪收起傷口，然後繼續講話。

「大家看到了吧！發生了這件事情後我明白了一些事情，那是我從來未感受過的。我相信今次是上天給我的一個教訓和提示，能夠保住生命已經感恩了。雖然腳受傷了，可是我卻再一次得到我媽的原諒和關懷，這樣我很滿足了。我想藉著今次的事件勸告我的朋友、同學，請不要再走歪路了，請不要待失去才懂得珍惜！媽媽，一直以來我錯了，對不起！」

細豪的母親聽到這一席話後，心靈彷彿得到了一種窩心的慰藉，眼淚隨即傾瀉而下。

在場的校長、老師和同學都被細豪一番感人肺腑的講話弄得熱淚盈眶。因為那是誠心的悔過，哪怕是曾經作惡的壞學生。只要願意悔改，任何壞學生都可以變成好學生。校長和老師們都欣慰得為細豪而鼓掌。有些因自己曾經走歪路而感到羞愧的同學，都一致受細豪鼓舞。

世遷亦不禁提起雙手，隨著旁邊的掌聲節奏一同鼓掌支持細豪。

細豪在視頻裏收到學校裏所有人的鼓勵，亦立刻低下頭以示致謝。

「最後，我還有兩個人想道謝，沒有他們的話，可能我已經不在人世了。他們就是勇敢拯救我的王靜瑜老師和歐世遷同學。」

校長和一眾老師的目光立刻注視著佇立在台上的靜瑜，而坐在學生人群中的世遷亦被附近的同學盯住。

剎那間的指名道姓，承受著過千人的目光，一臉錯愕的二人只能屏息靜氣地愣著。

「聽我媽說，昨天他們二人還來到醫院探望過我，我真的很感謝他們。歐同學，我為曾經對你做過的事情感到羞恥，對不起！感激你不計前嫌、以德報怨，能夠認識你是我的榮幸，很謝謝你！」

「哼……」那是感到欣慰的冷笑，世遷嘴角翹起微笑著。

靜瑜亦咧嘴而笑，露出天真爛漫的笑容，為細豪的改變而感到高興。作為一名老師或一個教育工作者，最感恩就是見到自己的學生能夠變好。

周會在熱烈的掌聲中完美地結束。那是從創校以來從未有過的光景，笑容、眼淚、溫馨的互相慰問，以及同學們守秩序地列隊回到課室。這一切使校長感動得再一次落淚。

世遷站立起來隨著前面同學的腳步返回課室，靜瑜凝視著世遷的去向。不經意地從眼角的餘光裏見到靜瑜的凝視，世遷向她輕輕瞥了一眼，然後就別臉過去，彷彿避開她的視線。

放學回家後的世遷把書包隨意放在大廳的沙發上，雙手攤開、一臉歡喜的樣子，懶洋洋地躺著。

「少爺，你今天安排我到醫院找那個小伙子做視頻，是作甚麼用？要他懺悔嗎？」管家問道。

「不……是拯救世界！」世遷彷似宣言般說道。

「唉……又在自我感覺良好了。我去替你開暖水準備浸牛奶浴啊！」管家一邊往浴室方向走，一邊在嘴裏嚷著。

「好的，拜託了！」世遷大聲回應。

世遷正打算閉上眼簾休息一會兒，耶魯斯卻再一次在他的意識裏冒出來。

「幹得不錯啊，小伙子！讓一個壞人懂得反省改過，讓敵人變成朋友，還替他修補了家庭，我不得不承認，你真的有一手！」

備受天上之神的讚賞，世遷渾身感到沾沾自喜。

「繼續一起努力吧！耶魯斯。」世遷堅定地說道。

「少爺，可以洗澡了！」管家從浴室裏大聲呼喚著。

「嗯！馬上過來。」世遷帶著歡欣的語調回答。

浴室裏的霧氣籠罩著整個空間，世遷那快樂的哼唱聲徘徊在牆壁上，更從門隙滲出走廊。

對，那是快樂的聲音……

第十四章 行動開始（下）

細豪一事後，校園風氣看起來明顯得到了莫大的改善，同學們都開始反思自己。班上聚賭、販毒的事情大幅減少，以前喜歡把校服裙摺起，露出那白皙雙腿的女同學亦較以前守禮。

被封為「學生英雄」的歐世遷成為了同學們偶像，很多人亦主動與他結交朋友。可是經常心事重重的他只是繼續我行我素，就算上課也幾乎只管默言望著窗外，無論上學或是放學都是彷如獨行俠般自己去來。這樣子的一個人，當然誰也想探究一下吧……

自醫院門外一別後，靜瑜對世遷的事情非常在意，甚至把他的名字在網上搜索。可是過了一段時間亦搜索不到任何關於歐世遷的過去。

「在這個科技發達的時代裏，一個年青人又怎可能完全沒有在任何社交網站上留下過足跡呢！？」靜瑜在心裏不停地盤問自己。

但她亦不是完全查不到任何蛛絲馬跡，對於上一次在醫院門外看見的那一部豪華房車，靜瑜偶爾在下課、小息、午飯等時段，向習慣開汽車上班的男教師和其他同事詢問有關車款問題，下班回家後亦在網上翻查資料。終於在一番明查暗訪後發現原來當日世遷乘坐的座駕是一部英國品牌——賓利（Bentley）中一個叫Mulsanne系列的長軸型豪華房車。

查閱那部汽車的價格後，靜瑜更是感到咋舌。「那是我縱使做一輩子工也買不起的汽車……」靜瑜滑動著電腦的滑鼠，然後在心裏念念有詞。

為何這種富家子弟會在這種學校讀書呢？

為何他的性格會如此古怪呢？

靜瑜腦海裏藏著十萬個為甚麼。

為了改變歪風和學校的前途，校長和一眾老師經過商討後決定在學校裏增設不同的學會給同學參加。例如有動態的足球、籃球、羽毛球，有靜態的集郵、魔術、模型等。好讓他們在下課後參與更多有益活動，避免或減少在放學時間與黑幫人士接觸。

雖然主動參加的同學並不太多，可是這種方法的確對低年級的學生奏效，減少了黑幫招攬年青人的數目。正確人生觀念開始慢慢導入這間學校裏，校風亦得以改善。

不過依然有不少滋事分子在學校繼續作惡，於是正義化身的世遷只好對他們執行懲罰。

「喂，世遷！今天放學一起去遊戲機店玩好嗎？有很多女同學會陪我們男生去啊，聽說鄰班的倩怡也會去，今天是取她芳心的好時機啊！」坐在後面的陸志謙拍著世遷的肩膀興奮地說。

一臉納悶的世遷輕聲細語地回答：「不了，志謙你加油吧……」

「一起去吧……」志謙淘氣地哀求著。

「這……」

難以拒絕而吞吞吐吐的世遷，卻被下課的鈴聲打救了。那叮噹叮噹響的鈴聲，音色霎時卻變得比平日動聽。世遷心裏有種錯覺，可能是打救了他吧……

「那麼，下一次吧……我去尋找自己的幸福了，Bye！」志謙一臉發情的樣子向世遷道別。

「發姣……正一屎忽鬼！」世遷帶著嘲諷的語調沉吟著並微笑著嘆氣。

世遷拿出手機擦動著螢幕給管家信息，通知他一個小時候後才到學校後面的兩條後巷街道接送自己離開。

放學的鈴聲響起後，課室內學生們的解放感亦同時擴張了。世遷把課本和書包全部都在儲物櫃裏鎖好，懶洋洋的他甚至連書包也不想帶回家。雙手插在褲袋裏離開了課室，沿著操場一旁的走廊，朝著學校的天台方向走去，前面還有一兩個正準備前往學會活動的學生在步行著。

在學校天台邊緣，世遷撐著頭，納悶地拿著一支呈啡黃色、幼小的笙竹簧，一邊無聊地在輕輕敲響著牆壁邊緣，另一邊四處眺望景色。從操場傳來了籃球學會成員們的聲音，成員們都排成一列，並正在進行提腳的體操熱身。

在練習正式開始之前，操場上洋溢著悠閒的氣氛。同時一段柔情似水的鋼琴聲從音樂室傳出來，那樂聲頓時吸引了世遷的視線眺望過去。

透過音樂室的玻璃窗，世遷清楚見到只有一個窈窕的身影在彈琴，那是王靜瑜老師。

「這個Miss Wong彈琴的技巧也挺不錯，只是欠了一些歷練的韻味。」世遷在心裏喃喃自語。

涼風拂過草木之間，順斜而下吹動著世遷的髮絲和領呔。世遷欣賞著籃球學會成員們的球賽，及王老師優美動人的琴聲。對於身為黑幫社團魂鷹社頭目接班人的他，這是何等奢侈和幸福的事情。

「現在的我真的就好像一個中學生一樣，有如平凡人生活著。」世遷閉上眼簾跟耶魯斯閒聊著。

「你的確把這間學校改變了，他們都逐漸變好，你成功把他們引導入正軌了。哪怕現在只是個開始，就一點一點改變過來吧！」耶魯斯親切地讚賞和鼓勵著世遷。

「哼……也是時候離開這裏，處理一下社團的事情了，那是比學校更難解決的地方！」世遷彷如下了決心般輕翹嘴巴說著。

睜開雙眼，世遷從褲袋裏拿出手機查閱時間。一小時快要過去了，世遷轉身準備信步離開天台。

「呼呼嘭嘭」一陣打翻滾東西的聲音從遠處響起。

「不要啊！」一把女人聲隨即叫喊著。

那突如其來的呼喊聲混雜了從天台吹拂過的風聲，聲量雖然微弱，可是依然被聽覺敏銳的世遷察覺了。

循著聲音傳來的方向，世遷的視線彷如本能反應般自然地望過去，那是音樂室的方向。

四個男學生從前後左右緊緊抓住、抱住靜瑜的肩膀和腰間。

「他們在搞甚麼……」世遷奇怪地瞭望著。

那四個男學生透露黯淡的目光、臉上露出訕笑，詭異的表情彷彿下流地舔遍靜瑜全身般，讓她的身體顫抖起來。

「你們想怎麼樣？」

靜瑜喊叫起來，但身體在無法動彈之下，沒有絲毫抵抗下去的方法。

「喂喂……他們是想強姦那個女人嗎！？」世遷焦急地念念有詞。

其中二人的手向靜瑜的白色衣領伸去，解開了她的內衣扣。另外二人抓住她的雙腳，強行撕破那黑色絲襪，脫下束腰的裙子。

「停手啊，救命啊！」

就在靜瑜雪白的胴體即將袒露人前之際，笙簧的聲音隨風傳來。那是指顫發動的聲響！

所謂指顫是指手指在竹簧的按孔上持續地、一致平均地、高速地來回上下按音孔的演奏技巧。顫音就是所引發出的聲效。

四人馬上痛苦得面容扭曲，發出一瞬間的呻吟，然後就閉上眼睛好像昏睡般，就此倒地。

靜瑜沒能馬上明白發生了甚麼事，只是從發出聲音的方向望過去，在音樂室門外的走廊後樓梯間，有一人影在黑暗中現身。

那是手上拿著單一支竹篦的男性身影。

靜瑜立刻把被人強行脫落了一半的裙子束好，還未有理會上身被解開了的白色袖衫，半裸露著黑色蕾絲內衣邊帶的她便跑去了後樓梯間。

「歐同學！！！」靜瑜大聲呼喊著。

世遷停住了腳步，但未有轉身回頭。

「我知道是你，是你拯救了我！」靜瑜喘著氣嚷著。

世遷依然沒有轉身過去。

「歐同學，我……」靜瑜吞吞吐吐。

無法言喻的不安和焦慮，如同陰霾般在靜瑜的臉上揮之不去。

她懷著女性的柔情哀求著說道：「求求你……轉身給我正面對視著好嗎？」

世遷凜然轉身過去，那張沉著的臉精悍而英武，彷如俠士般的存在，令靜瑜有種莫名其妙的緊張感。

世遷沒有因為對方是女性的身軀且半裸露著內衣而感到腼腆，相反他以銳利的眼神從梯間高處俯視著靜瑜。

世遷一步步從梯間走下來，走到她的面前。他把自己身上的校服毛衣脫下來，然後遞到靜瑜的面前。

「披著它吧！音樂室內的四個人讓我來處理。」世遷用冷淡的口吻說道。

「你到底是……」靜瑜追問著。

彷彿蓋過她的說話，世遷加強語調說道：「快離開，別再磨蹭了！」

「好的……你自己小心。」靜瑜依依不捨地拋下一句，然後轉身急速離開。

回到音樂室看見倒下的四人，世遷發現原來是當日跟細豪一起的餘黨。

「這四個畜生禽獸，必須要懲罰一下他們！」

世遷把音樂室裏混亂了的東西還原擺放好，再把昏倒的四人拖拉到陰暗的牆角。

手機鈴聲響起來，那是管家的來電：「喂，少爺，車已經停泊在附近。」

「知道了，可是我現在有點事在忙，你能夠幫忙嗎？」

管家眉心一推，像疑惑著甚麼似的。

掛線後，世遷嘴角翹了一下，彷彿又想到了甚麼鬼主意。

入夜後，街道上的霓虹燈光閃耀著，到處都是色情場所、賭博場地和販賣毒品場所。妓女、毒癮子、黑幫小嘍囉比比皆是，站滿整個油尖旺區的街角。

四個僅穿著內褲，年紀約十六至十八歲的男性青年，被束縛著雙手和雙腳。四人裸露的身體上各自寫著「我是強姦犯1號」、「我是強姦犯2號」、「我是強姦犯3號」、「我是強姦犯4號」，並倒臥在旺角警署門前。

當四人逐漸甦醒過來的時候，他們發現閃爍的燈光不停在面前掠過。一臉驚愕的表情，被束縛住手和足，即使想用雙手遮蓋臉龐或是逃走也是不可能。

途人紛紛拍下這些景況，並上載到社交網站。新聞亦大肆報導著此事，有人形容社會上開始出現正義使者，守護著已經扭曲的社會。

「哈哈哈！」世遷用手指向電視機，開懷地捧腹大笑。

管家與世遷一起哈哈大笑著。

「少爺，這樣做真的好嗎？他們是孫葵英的人啊！」

「他們是罪有應得，我沒把他們打至殘廢已經便宜了他們。加上老孫又怎麼會理會這四個無名嘍囉！」世遷收起笑臉，認真地闡釋著。

「你也有道理……可是我心裏依然覺得……」管家的臉上帶有一絲罪孽感，但又強忍著笑顏，很矛盾……

「說實話，這是對他們四個人最好的做法，讓他們感受一下被人羞辱的感覺。我肯定葵英社的人亦不會再收容他們，免得被其他社團取笑。希望他們藉此引以為鑒，離開黑幫後重新做人。」世遷解釋著。

管家咀嚼著世遷的說話，想了一想都同意他的講法。

「少爺，容奴家問你一個問題可以嗎？」

世遷揚起右眼眼眉，一臉疑惑地凝視管家。

「你真的是打算結束歐老爺的生意嗎？他可是靠地下生意起家，你之前已經把魂鷹社的主事權拆開了，然後又在背後暗地裏瓦解其他社團，你就不怕惹禍嗎？」管家擔憂地說道。

世遷嘆了一口氣，然後回答：「難道你想往後的社會都烏煙瘴氣嗎？每個青少年都不務正業當小嘍囉，社會扭曲得像個死城嗎？」

「可是我們像執行私刑……」管家低語著。

「我們是保護別人，挽救世界！」世遷凜然地說道。

「這……」管家無言以對。

「與我一起改變這個扭曲的社會吧！」世遷伸出拳，示意跟管家碰拳表示支持。

管家一邊嘗試推測真意，一邊凝望著世遷的眼神。面對這種夢幻的說法，管家感到迷惑。然而世遷的眼神卻是非常認真。

看到堅定的眼神和決心，管家抹去陰霾，伸手碰拳去支持世遷，並在心裏決定要隨他的步伐去匡扶他、保護他。

「這個扭曲的世界就是需要你，少爺！」管家心裏念念有詞，他相信著眼前的小子——歐世遷。

第十五章 突如其來

「鈴……」學校上課鈴聲響起了。

「甚麼……歐同學已經退學了？」靜瑜在教員室的座椅上站立起來，提高嗓門驚訝地說道。

「沒錯，今天早上他的爺爺打電話過來說歐世遷同學因私人理由需要退學，我也沒辦法了。」班主任慨嘆地回答。

「爺爺？」靜瑜想起上一次在醫院門外接送世遷的那個老人。

「嗯，沒有歐同學，學校又少一個棟樑了。」班主任搖頭嘆息，為世遷的離開感到惋惜。

「是嗎……」靜瑜一臉消沉低聲說道。

蔚藍的天空一望無際，筆直的海岸線映入眼簾。微微的海風輕拂著那俊俏的臉頰，清澈得如聖泉的海水混合茉莉花的甜美香氣隨風飄送，令青年聳聳鼻子。青年伸出舌頭舔著那期待已久的甜美清風。

「唔……嗯。今天的天氣很不錯啊！哥的心情就是爽！」走出歐氏大宅露台的世遷，在陽光下大大的伸著懶腰，並抬頭仰望天空，離開學校撇下偽裝中學生的身份已經一個月了。

家世顯赫，坐擁十億美金財富，折合約八十億港元家產。鵝蛋臉雪白通透，端正漂亮，還留有一點稚氣，身材雖算不上高大，但從開襟的上衣中，可見一副肌肉均稱的體型，並散發出一種溫文爾雅、才華橫溢的濃厚氣質，他正是十八歲的歐世遷。

世遷沐浴在清晨的陽光下精神煥發，回到房間裏凝視著那面大鏡子，頓時世界彷彿存在著兩個才俊美男。

「唔……從上下左右仔細觀看，我都仍然是俊俏不凡！」世遷欣賞著自己的臉容喃喃自語。

世遷心情愉快地隨手握起一把笙吹奏著，笙聲彷似空氣般滲透在本來靜謐無聲的牆壁裏，那扎實的氣功發勁有力，配合舌頭的躍動，每一個樂音彷彿都注入了靈魂，交織成完整的樂句，擁有生命的音樂在房間裏繞樑三日。

忽然世遷從門的另一邊聽到聲音，很微弱，可是聽覺敏銳的他依然感覺到。放下樂器，打開房門從二樓的走廊望下去，管家正在跟人聊電話。看他的樣子皺起眉，彷彿有種難言之隱的感覺，言語間的客套和推辭，相信對方定必是個難纏的傢伙。

世遷提起腳踝，靜悄悄地走到管家的後面竊聽著對話。可是眼觀四面、耳聽八方的管家早就已經留意到鬼祟淘氣的世遷，於是伸出手勢示意不要打擾。

竊聽計劃告吹的世遷只好垂頭喪氣地坐在沙發的一旁，等待著管家的報告。

「好的，我儘量給你安排。可是未必一定能夠如願，因為我家少爺公務繁多，我只能代你傳話。」

「少爺？是找我的嗎？」世遷在心裏喃喃自語，然後立刻盯著管家，在意著到底電話裏的另一方是誰。

「嗯……好的，不客氣，再見！」

管家放下那復古式的電話聽筒掛線，然後一本正經地向著世遷望過去。

接過管家的眼神，彷如熱鍋上的螞蟻，一種懷著焦急和好奇的心情寫在世遷的臉上。

「少爺，剛才的電話是一位叫王小姐的人找你，她說想約會你明天見面。」管家直接把說話轉告。

「王小姐？」世遷皺起眉來，「不會是之前學校裏的Miss Wong吧？」世遷搶先在管家回答前驚訝地說道。

本來想告知那個人的身份，彷彿放棄原來打算說的話，管家輕輕頷首回應，示意猜對。

世遷一瞬間表露出扭曲面容，好像嫌棄著對方的請求，撐開手掌蓋著自己那難看的表情，閉上眼睛在嗟嘆：「唉……剛剛才擺脫了學校的事情……」

管家忽然露出一個不懷好意的笑容，用滿帶諷刺的語調說道：「這個王老師是不是上次在醫院門前的那一個？剛才聽她的聲線優美，加上之前曾經看過的樣子，雖然記憶不太清晰，可是我相信她應該是個頗溫柔的女子。少爺，你就應約吧！」

管家明顯不知道那女人的用意……世遷內心裏是這樣想著。

管家只向著男女之間的事情思考著，可是他根本不知道上一次學校的事件，世遷不慎被對方見到自己出手制裁那四個作惡的人，今次若然見面的話定必要解釋很多。

沉思了一會兒，世遷終於開口：「好吧，就跟她見個面！」

「年輕人吧，應該要多結交朋友啊！」管家微笑著回答。

他仍然是以男女感情的角度出發……世遷無奈地翻起白眼。

答覆了王靜瑜的邀約，翌日傍晚時分世遷乘坐著那新買的賓利豪華房車到達港島區的鯉景灣海傍應約。一個白色身影背著他們佇立在海傍的扶手欄杆前，世遷逐步走近。

「嗚哇！」街道上的途人，無論是男還是女，每個人經過都會以打量的眼神望著那白色身影。雖然他們沒有說出口，但心裏都同時在讚嘆著。

這到底是多漂亮的美少女！

沒有特別穿上華麗服裝，簡樸的白色連身裙，貼服地覆蓋那二十四吋的纖腰，緊窄的布料突顯出高挺的胸部曲線，肌膚白皙的雙腳配襯紅色的高跟鞋，嘴上塗上紅色的唇膏，棕色的髮絲隨海風輕拂，配上茉莉花的香水氣味使女人味更濃。

這種女性化打扮加上年輕的樣貌，任誰都會怦然心動，一般男性更會為此而狂。可是一向較自戀性格的世遷卻未有因此而迷倒，反而淡然走近輕拍那白色身影的肩膀。

「喂！你找我有甚麼事？」彷彿早就知道對方是誰，世遷泰然自若地說道。

從背影中轉身過來，看到世遷的模樣後，於是馬上重新調整自己站立的姿態，那是王靜瑜。

「歐同學，您好！打擾你真不好意思，我擅自從校務處取得你家的電話號碼聯絡你，我……」

靜瑜低著頭說。

「哦……還可以吧！怎麼了？」世遷打斷了靜瑜的說話，並以冷淡的口吻回應。

「上次的事情很謝謝你！」靜瑜含情脈脈地向世遷道謝。

「哦……上次發生了甚麼事？我已經不記得了。」世遷假裝甚麼事情也沒有發生過的樣子回答。

「我知道你不方便承認，不打緊，我明白的。」靜瑜連忙把說話補上，舒緩那尷尬的氣氛，並低著頭。

聽到這番話之後，世遷的眼神開始變得比剛才銳利，說話的語調也開始認真起來。他小步向前，把雙手隨意投在欄杆上，身體與靜瑜平排，世遷凝視著面前的海岸景色。

夕陽西下的陽光使平靜的海面波光粼粼，白色的浪花因輪船駛過而碎散開來，雀鳥在空中盤旋著。

稍稍客氣而寂靜地看著世遷的側臉，比起單純看著說成是欣賞著會更恰當，靜瑜輕微抬頭。打破寂靜無言的氣氛，世遷一本正經的口吻問道：「這個世界，你有甚麼看法？」

「這個世界？唔……其實我覺得還可以吧，生活簡單就可以了。」靜瑜單純地回答。

「不覺得社會混亂嗎？晚上外出不覺得危險嗎？」世遷再次提問。

「唔……也沒辦法吧！現在香港的社會由黑幫所操控，雖然社會上每天的罪案率都很高，但我們作為平民百姓也不能怎麼樣，只能活在當下。」靜瑜微笑著回答。

「你這種性格隨時會令自己陷入險境。」世遷稍微加強了語氣說道。

靜瑜不太明白世遷的意思，遂皺起那清秀的雙眉。

豪華房車停泊在附近，管家從遠處望著正在對話中的二人。

「沒有危機意識，單純得像隻小綿羊，不是每一次都能像上一次一樣幸運。沒錯，你這身打扮的確漂亮，可是這是個混亂不堪的時代啊！晚上在街道經過的人隨時會把你捉住，然後也不用我多說吧！」世遷用責罵的語調說道。

不介意世遷的直斥責罵，不顧一切地直線撲向前，雙手抱緊對方的頸項，再向其唇上吻去，堵塞著嘴上的說話。

一直在遠處窺視著的管家忽然瞪大雙眼，立刻從褲袋裏取出手機，用手機拍攝鏡頭拍下動人的照片，然後透過信息傳送到姚彩妍的手機。整個親吻過程長達十秒，靜瑜柔軟的嘴唇奪去了世遷從未給予任何女生的初吻。互相緊貼的體溫使靜瑜的心跳得快要從身體裏掉出來一樣，從旁經過的男生都以羡慕的眼光覷視著世遷。

當然，被這種程度的氣質美女主動親吻，任誰也受不住，任誰都想立刻還以雙手抱緊對方的腰間，來一場轟烈的親密。

可是這位才華橫溢、家財萬貫的歐世遷卻不動聲色，雙手垂下，既沒有拒絕推開之意，也沒有欣然接受之意，接過靜瑜突如其來的吻。

靜瑜輕輕放開強吻下世遷濕潤的嘴唇，但雙手依然扣在對方的頸項，水汪汪的眼睛凝視著，並輕聲說道：「有你保護我就已經足夠了！」

褲袋裏的手機突然傳來信息提示聲和震動，世遷用手稍微推開靜瑜取出手機。

「芒果動新聞：……」

世遷還沒有看到信息的標題，就被一隻纖幼白滑的手按壓著自己的手機。

「可以告訴我，你的手機號碼嗎？」靜瑜面面相覷地直接問道。

「哦……12345678」世遷也直接回答。

用自己的手機存下了世遷的號碼，靜瑜露出一臉滿足的少女情懷。

夕陽已經消失了，黑夜漸漸降臨。

「我叫管家開車送你回家吧！」世遷彷彿把剛才的事忘記得一乾二淨，若無其事地說道。

仍然陶醉在嘴唇裏的溫度，靜瑜緊扣著世遷的手臂信步到豪華房車的旁邊。

管家用可疑的眼神望住世遷微笑，可是世遷卻沒有回應。

在行車的途中，靜瑜把頭依偎在世遷的肩膀上，甜蜜地在心底裏微笑。

把靜瑜送返寓所，二人頷首道別。靜瑜的眼神已經透露，她已經愛上了歐世遷。看著豪華房車的離開，靜瑜依然沉浸在剛才自己親吻世遷的餘韻當中。

汽車已經遠去，開著車的管家忍不住開口問道：「少爺，那個美女王老師都給你追到手，現在很神氣吧！」

「我沒有追過她，只是她剛才突然間吻下來，我也不知應該如何反應。第一次被女孩子親吻我卻沒甚麼大感覺……」世遷用冷淡的口吻回應。

「竟然……一個美女親吻你都沒有感覺！？」管家驚訝地說道。

「嗯……就像沒甚麼心動的反應。」世遷一邊從褲袋裏拿出手機擦動，一邊彷如心不在焉地回應著管家。

從世遷的表情來看，他好像沒有把剛才當成一回事，可能他根本就不打算談戀愛吧！或者沒有愛情經歷的他根本就不知道何謂談情說愛。管家的心底裏就是如此思量著。

「王老師知書達禮、精通音樂、長相端正，相信太太也會喜歡她！」管家在讚賞著靜瑜。

可是世遷沒有就管家的說話回應，然而卻一直低著頭在後座獨自擦動手機，彷彿被手機裏的甚麼吸引著。

「芒果動新聞：球場欺凌黑幫嘍囉離奇死亡，途人慌忙走避」

世遷在注視著這篇新聞報導，面色較之前一百八十度改變，驚愕、疑慮、焦急都能夠在他的臉上看出來，頭額上還滲出了令人討厭的汗水。

「管家，快回家！」世遷焦急著說道。

「發生了甚麼事？」管家驚訝地問。

「別問了，快！一定要快啊！」

世遷加強語調，彷如下命令般回應著管家。從未見過世遷如此驚惶失措的樣子，管家心知不妙，於是用力踏下油門，輪胎在公路上發出比剛才更尖銳的聲音，引擎轟響著，車子飛奔回家。

莫非……

世遷在心裏有一種不詳的預感。

第十六章 矇矓．無奈

車子停泊在大宅門前，還沒有端正地泊好，世遷便彷如弓上發出的箭般直線衝入大廳內，用搖控器調校著電視到新聞台。

「……在傍晚時分，油麻地一個藍球場發生欺凌事件，三名介乎十六至二十三歲並擁有黑幫背景的男性青年當場死亡，涉事是一名女中學生。據消息指，該名女學生放學與友人到球場消遣，期間被三名青年男性性騷擾，女事主拼命反抗但無效，友人亦立刻抽身離開，遺下女事主……」

畫面轉到現場記者訪問著途人。

「陳先生，請問當時發生了甚麼情況？」

「我也不知道具體情況，當時我剛下班，途經球場見到那三名男孩正在侵犯著那個女學生，先聽到她大聲呼叫著求救，可是卻沒有人伸出援手幫忙，之後忽然間有一段彷似音樂旋律的聲音掠過，他們三個人就倒下了。附近的人都嚇得慌忙走避……」受訪途人講述事情經過。

「聽到是甚麼樂聲嗎？」記者追問著。

「聽得不太清楚，只是一些『噔、噔、噔』的低沉聲，但感覺是有旋律性的。」途人解釋著。

畫面轉回新聞台報導員的情況。

「警方正接手調查事件，有傳是鬼神作祟，警方指是無稽之談，不排除是社團仇殺鬥爭。轉看其他消息……」

管家佇立在世遷的背後一言不發，彷彿感覺到些甚麼似的，可是卻不能直言出口問道。

世遷一臉茫然的樣子呆愣在沙發上，額頭上令人討厭的汗珠從未間斷地不停冒出，勉強地「咕通」一聲咽下了一口唾液。

沉靜了不知多久的時間，手機的信息聲也響過數次，但世遷毫無意慾理會，就連管家遞上的飯菜亦撒手拒絕，即使閉上眼簾呼喚著耶魯斯，亦沒有得到回應。

「到底發生了甚麼事……」

世遷回到自己的房間，坐在書桌前開啟了電腦。右手手指遊走在滑鼠上不斷按下按鈕，左手敲響著鍵盤。

在搜尋引擎裏輸入關鍵字：「球場」、「欺凌」等。關於剛才的事件，網頁上並沒有太多相關資料，有的只是與剛才電視上的報導資料差不多的資訊。

昏暗的房間只有亮著的電腦螢光幕，被周遭黑暗的感覺籠罩著，世遷只感到無盡的空虛和寂寞。

再次閉上雙眼，希望在耶魯斯身上得到一些答案或啟示。可是耶魯斯彷彿消失了一樣，祂一直沒有回應。

「難道世上還有另一個與我擁有相同能力的人？」

「還是只是湊巧……他們三個小嘍囉是被其他社團的人暗殺？到底……」

世遷在心裏不停地胡思亂想，思緒混亂的他倒頭在床上，張開雙手，眼睛慢慢合上，意識開始變得模糊……

一把甜美帶點稚氣和溫柔的女性聲音隨著清風在迴響著。

「我們很快便會見面了！」女性聲音倏然遠去。

嗄，嗄，嗄……急速的喘氣聲從睡夢中漸變清晰。

一睜開眼已經是清晨，溫暖的陽光從窗櫺滲透出來，微溫的光線把世遷照得一臉嫣紅。

輕輕一看蓋在身體上的被子，那是管家半夜為自己蓋上的，免得著涼。世遷心裏清楚著這一切。

「呼……」嘆了一口很深的氣，世遷彷彿把心裏的糾結都呼了出來。

如常起床梳洗，折騰一番後弄好自己的儀容，世遷走到書桌前發現自己的手機不停閃爍著信息的訊號燈。於是解開手機密碼，然後翻看著信息內容。

「三個未讀信息：

「1.王靜瑜：回家了嗎？今天很謝謝你，謝謝你保護我，讓我成為你的女人。（昨晚20:00）

「2.王靜瑜：新聞報導那件事情是你幹的嗎？很帥啊！你不單止是我的英雄，還是社會上的英雄。

「3.王靜瑜：安心休息吧，我會默默在你的背後支持你，做一個稱職的女朋友。I Love You!」

世遷放下手機，面帶憂鬱地用手按捺著的自己的額頭。

突然書桌上的電腦傳來通訊軟件的信息聲。世遷快步走上前打開一看，原來是母親姚彩妍的視像通訊請求。

勉強地裝出微笑，刻意提高嗓音，世遷裝扮得精神奕奕的說道：「早晨！媽媽，怎麼了？」

「早啊！可是媽媽這邊已經是深夜了。」姚彩妍看似容光煥發地回應著。

「噢……我忘記了英國和香港的時差。怎麼樣？英國的地方人傑地靈，好過嗎？」世遷問候母親的近況。

彷彿急趕著有問題想問，姚彩妍單刀直入：「哎喲！不要說媽媽的事，我聽管家說你最近交了一個玩音樂的女朋友，對嗎？」

「……」世遷吞吞吐吐。

「管家把你們親吻的相發給我了，那個女孩看似溫文爾雅，不錯！媽媽也很喜歡她。」姚彩妍繼續說下去。

「其實……」世遷仍然吞吞吐吐。

「你長大了，談戀愛的事就讓你自己作主吧！媽媽要睡覺了，Bye！」

視像通訊中斷了，目定口呆的世遷感到非常無奈。

「其實我想說，我還未有承認她是自己的女朋友……」世遷在嘴角裏念念有詞。

二零三三年中旬，齡月流逝，世遷已經十九歲，回到魂鷹社逐漸把權力收回。一群曾經對歐世鷹死忠的叔父熱烈推舉世遷為坐館[3]，世遷靈活地運用自己的頭腦把黑幫生意做大，甚至同身在英國的母親姚彩妍一起合作，把香港與英國的黑幫一瞬間連接一起。香港三大黑幫的生意成為跨國性犯罪，毒品、黑錢、黃色事業等應有盡有，總之牽涉到犯法的事情，總會有他們的生意。

活在灰色地帶的世遷，心情百感交集。縱使腦海裏有多好的良策妙計，骨子裏有多大的正氣，能夠明白自己的只有管家一個。可是自己身為神明的揀選人，這個身份絕不能給管家知道。所以每當世遷在做起事情來的時候，總免不了有所顧忌。畢竟自己很多的事情，包括日常生活、感情生活等，管家無所不知，亦會報告給自己的母親知道。

「這種無奈和孤單的感覺又會有誰知道？」世遷自問自答著。

在叫人摸不著頭腦、心理完全沒有準備，就連自己也不知道這樣是否叫做戀愛的情況下，世遷與靜瑜拍拖接近一年。

3 坐館：主事人的意思。

——在這一年裏，世遷經常處於被動的角色，主動的是靜瑜。在年紀上靜瑜比世遷大八年，雖說從外表上驟然一看並看不出他們的年紀差距，可是仔細觀察下依然能夠感覺到是姊弟戀。不！應該說是師生戀才對。

靜瑜繼續在中學裏擔任音樂科老師，自從細豪和四個色魔事件後，校園風氣的確較以前改善了不少，這功勞多歸於努力打擊罪惡的世遷。

可是接二連三的怪事一直發生，在香港各處的黑幫嘍囉相繼被殺，而且死去的人大多數都有共通點，就是擁有黑幫背景、欺凌別人和非禮強姦等。網上出現大量流言蜚語、不盡不實的猜測，更有人曾經在網絡張貼過一張疑似戴著面具的人在街上暗角出現的圖片。有人質疑圖片的可信性，有人看圖講故事，社會變得怪異萬千。

「面具人身份齊猜測：1號警方高層總警司：滅罪大使——許鎮德；2號資深大律師：嫉罪如仇——湯嘉華；3號……」

「哼……」世遷一笑置之，發出輕蔑的冷笑聲。

擦動手機屏幕，瀏覽著社交平台網站，世遷佇立在一間名牌時裝店裏，彷彿在等待甚麼似的。

「噔噔！漂亮嗎？」一把嬌柔的女性聲音傳過來。

世遷連忙把手機屏幕熄掉，然後抬頭說道：「很好，很適合你。」

身穿簡約設計的紅色絲質連身裙，但卻能盡現其美好身段，也許是為了吸引異性而特意挑選的服飾，這種以賣弄性感的女性品味打扮的正是王靜瑜。

她展開雙手，在鏡子前轉一圈，手指輕輕的撩起在耳朵旁垂下的髮絲，那一舉一動都盡顯女性味道，配上慣用的茉莉花香水味，更顯嫵媚。

生於小康家庭的靜瑜，從小便受到父母的熏陶，對於生活有一定的態度。飲食、衣著和談吐等，都非常講究。家裏雖談不上富裕，可是住在私人樓宇，父親也擁有一部日本豐田（Toyota）的Corolla系列房車。無論平日出入或上學，父親總會開車接送。父親是一名餐館經理，母親是在名牌店裏做售貨員的。二人的職業看似完全沒有關係，但是他們就是結婚了，還把靜瑜帶來這個世界。由於靜瑜是獨生女兒，所以父母把所有資源都投放在她的身上，可說是集萬千寵愛於一身。

音樂之路是靜瑜自己選擇的，自幼隨名師習豎琴和鋼琴，練得一手好琴技，曾經贏過不少校際音樂節比賽冠軍。她中學畢業後考入大學音樂系，完結大學課程後就去到之前世遷的中學任教音樂科，成為一名音樂老師。

靜瑜的人生可說是一帆風順。

長得一臉得人寵愛的臉龐，溫文爾雅的談吐舉止，加上才藝氣質，實在是眾多男人夢寐以求的對象伴侶。曾經拒絕過數十個追求者，不論在中學還是大學裏，靜瑜一直未有戀愛對象，直至世遷的出現。

可能是社會混亂的緣故，靜瑜一直渴望著自己能夠擁有一個可以保護自己、照顧自己、有著一顆正義俠士之心、音樂造詣比自己高的男性伴侶。剛巧世遷混入學校假裝學生並遇上自己，靜瑜相信這是上天的安排，即使自己比對方年長八年也不介意，甚至主動示愛，把世遷追求成自己的男朋友。

時裝店裏的男售貨員都羨慕著世遷能夠擁有這種絕色的女朋友。相比店內其他的女職員，靜瑜可說是艷壓群芳。

世遷佇立一旁，把雙手交叉在胸前，欣賞著那嫵媚得像朵嬌花的靜瑜。雖然世遷對她一直沒有怦然心動的感覺，亦沒有真正把她看待成女朋友，但是他們就是這樣交往了一年。

「小姐，麻煩幫我包起來。」世遷向女售貨員說道。

世遷從褲袋裏拿出一張黑卡——那是美國運通（American Express）1999年在英國推出的「百夫長系列簽帳卡」的最高級別版本，由於其卡面主體色調為黑色，所以又被稱為「黑卡」。「黑卡」定位於頂級富豪群體，而且無簽帳額度的上限。

「麻煩你，小姐。」世遷把黑卡交到女售貨員的手上。
全店的職員都表現得瞠目結舌：「一個小伙子竟然有黑卡？」
眾人都受寵若驚，就連靜瑜在拍拖的一年內都是第一次看見。雖然曾經乘坐過世遷的豪華房車，可是也沒想過原來對方富有到擁有黑卡的地步。
「這裙子就讓我自己付錢吧！當個老師還買得起的。」靜瑜跟世遷說道。
「不要緊吧，五萬元也不算是甚麼，就當我送給你的禮物吧！」世遷微笑著說。
靜瑜親吻了世遷一口，一臉甜蜜的樣子。
「好了，快換好衣服，一會兒我們去吃飯吧。」世遷用說話回應靜瑜。
雙手撓著世遷的手臂，把頭依偎在他的肩膀上。管家把靜瑜購買的衣服放上車尾箱，然後在車上等待接送二人。
在一間高級餐廳裏，二人對立而坐，靜瑜點了幾款菜式，包括：黑松露香檳燴茸雞蛋、煙熏鴨胸義大利麵、明蝦蘑菇沙律。

「你還有甚麼想吃嗎？」靜瑜問。

「你作主便可以了，我要一杯橙汁。」世遷微笑著回應。

靜瑜對於進餐時也有一定的儀態講究，每次都一小口地將食物放進嘴裏咀嚼，哪怕只是一碟沙律也可以用一個小時來品嚐。那份淑女般的魅力實在是脫俗超凡。

世遷慢慢地品嚐鮮榨橙汁的香甜，同時欣賞著靜瑜的美態。

靜瑜被世遷的凝視弄得害羞，臉紅得像蘋果般，羞怯地問：「怎麼了？」

「不，只是覺得你的每一個動作都很優美，就好像一件高貴的藝術品一樣。」世遷微笑著回答。

靜瑜被世遷哄得非常開心，窩心的感覺縈繞著整頓晚餐時間。

晚餐過後，管家開車把靜瑜送返回家。在住所樓下靜瑜依依不捨地擁抱著世遷的腰間道別。

「不如今晚去你的家裏好嗎？」靜瑜用手撫摸著世遷的背部，深情地望著他的眼睛。

「不了……你父母在家等候你，晚了，快上去吧，別讓他們擔心。」世遷輕聲說道。

「我還沒有疲倦的睡意，不如我們到附近走逛一下好嗎？」靜瑜請求著。

「唔……好吧！」世遷答應了她。

靜瑜居住在香港新界區深井的豪宅——碧堤半島。雖然不能與世遷的歐氏大宅相比，可是居住環境亦相當優美。

二人走到附近的海傍，並在一張長椅上坐下來。管家把豪華房車停泊在馬路一旁，在遠處等待著世遷。

清涼的海風迎面吹送，眺望著黑夜裏平靜的海面，附近一座青馬大橋橫跨半空，把道路連接起來，各式各樣的車子在橋上往來行駛。

世遷一言不發，把手放在腦勺，身體往後靠在椅背上，抬頭仰望著夜晚裏的繁星。

靜瑜默默地凝視著俊俏的世遷，二人沉默了一會兒。

「你……是不是有很多問題想問我？」世遷望著夜空，嘴上輕聲問道。

「吓……」靜瑜突然驚愕著，因為想不到世遷會主動問。

「嗯，其實我真的很想了解你多一點。在學校裏認識你的時候，我已經覺得你很不簡單，音樂造詣深厚，而且還保護了我。其實你是從事甚麼的？我一直不敢問你，但我很想知道。」靜瑜直接問道。

「唔……如果我說我是黑幫頭目，也是世界的平衡者，假扮學生混入學校救社會，你相信嗎？」世遷依然望著夜空，然後回答靜瑜的提問。

靜瑜的手拍打在世遷的肩膀，溫柔地說道：「世上怎會有如此年輕的黑幫頭目，你說你會對付壞分子，我相信。但黑幫頭目……太扯了吧，哈哈哈！」靜瑜依偎在世遷的肩膀上笑談。

「本人不打誑語，魂鷹社的頭目就是我！」世遷泰然自若地說。

把頭伸開，身體稍微往後退，靜瑜被世遷的說話驚訝得睜大眼睛。

世遷把視線方向從夜空移到靜瑜的臉上。「明晚我叫管家接你下班來我家，讓你了解一下我吧！順便我們也能夠合奏音樂，好嗎？」世遷壓下聲線溫柔地問。

終於能夠深入了解愛人的事情，靜瑜立刻頷首答應。

這個晚上，靜瑜深深地用力吻下世遷的嘴唇，答謝對方的坦白和真誠。

世遷閉上眼簾嘗試感受靜瑜的唇溫，突然一把似曾相識的女性聲音在腦海中掠過。

「我們很快便會見面……」

詭異的女性聲音使世遷在意著，甚至比靜瑜的親吻更在意……

第十七章 和平結束

眼前是一道非常漂亮的海岸線。

一部紅色的士，以時速五十公里的速度穿梭在左右掠過的綠林之間。行駛在高地上的公路，靜瑜在車廂內遠眺著廣闊的景觀。

在對面山頂的附近，看到一座外型彷似飛鷹般的銀色大宅，與其說是大宅，不如說成灣仔的香港會議展覽中心會更相似。那時尚的建築設計，從這距離看也能知道這座大宅擁有著相當廣大的面積。

的士停泊在大宅門前的迴旋處外，那裏守衛森嚴，有多個全身穿著黑色西裝的強壯男人在看守把關。他們有四至五人圍著車身，把的士截查。

「這裏根本就像個總統府啊……」靜瑜驚嘆著。

的士抵達大宅時已經差不多下午六時了，陽光漸漸變暗，四處被夕陽的昏暗所籠罩。

「你們退下吧！她是少爺的女朋友。」一把老人聲嚷著。

那些黑衣大漢彷彿不好意思地立刻向靜瑜頷首道歉。

從大宅走出來的是管家，他前來迎接靜瑜。

的士車門打開，白皙的雙腿穿著純白色高跟鞋，配襯著紅色連身裙展露姣好身材，手握名牌手提包，靜瑜矚目登場。

「靜瑜小姐，少爺已經在大廳裏恭候你。這邊請！」管家有禮地招呼靜瑜。

保持著美態的步姿，左手撓著管家手臂，隨他帶領著，靜瑜細步進入歐氏府邸大廳。

雍容華貴的舖設，驟眼看大得連撐大眼睛也看不盡的空間。映入眼簾的是中間擺放著的一隻1:1的巨鷹雕像莊嚴聳立。大廳門的兩旁站立了數十個傭工，他們都貌似受過專業培訓，髮式、衣裝都齊整得像軍人般，他們都同一時間齊整地向靜瑜蹬地敬禮。

宏偉的景觀使靜瑜瞠目結舌，她一輩子也從未看過如此景象，至少在二十七歲前未曾見過，自己就好像進入了現代宮殿一樣。

在水晶燈光的照射下，四處的空氣添上一份強烈的威壓感，本來步姿優美的靜瑜，腳步亦變得稍微沉重不穩。

一個上身穿黑色短袖襯衫，胸前燙印著卡通圖案，下身穿著深藍色牛仔褲，腳穿露趾拖鞋，目測約十八、九歲的男性青年背向靜瑜，佇立在巨鷹雕像前面。

「少爺，靜瑜小姐來了。」管家禮貌地說道。

男性青年凜然地轉身過來，那看似與大宅極不相襯的衣裝打扮……他正是這裏的主人——歐世遷！

「來了嗎！歡迎你。」世遷用笑面迎人般的語調說道。

靜瑜從頭到腳打量了世遷一遍，他身上那一反常態的衣裝令自己感到意外。除了在校園裏那段日子世遷是穿著校服外，其他時日與靜瑜拍拖時，他都是穿著名牌西裝，外型帥氣。如今那卡通的襯衫，實在令靜瑜感到格外疙瘩。

「唔……」靜瑜露出苦笑的樣子，好像介意著世遷的打扮。

「怎麼了！？」世遷愕然地問道。

「沒甚麼……」靜瑜面面相覷地回應。

彷彿從靜瑜的眼神中領略到其意思，世遷重整自己的語態說道：「噢……不好意思，我習慣了在家裏穿著這類型的襯衫。不要緊吧，你先安坐在餐桌那邊待會兒，我回到房間換過另一套衣服。」

世遷轉身便信步回去自己的房間。

管家帶領靜瑜到餐桌那邊等候，二人被尷尬的氣氛籠罩著。

為打破這種氣氛，管家率先開口說道：「靜瑜小姐，請不要介意。少爺平常在家裏習慣穿著得比較簡單，加上他本人很喜歡日本的動漫和特攝人物，剛才那件卡通的襯衫是少爺最愛的角色衣服，而且還要是限量版，從日本空運到香港的。可能他沒想過今天你會穿著昨天買的裙子，所以……」

「哦……不要緊吧……」靜瑜面面相覷地回答。

從靜瑜的眼神中，管家感覺到其實她心裏是非常介懷的。畢竟自己盛裝出席，但對方竟然穿著一件卡通人物的襯衫，那實在是叫人難以接受。

靜瑜以淑女般的坐姿，端正地坐在復古中式的椅子上。即使不知道是屬於哪個年代的哪種風格，可是她也能夠清楚感受到那是貴族的奢華品味。

「這裏……」靜瑜諗諗有詞。

代替靜瑜說下去，管家彷如聲音導航般說道：「這裏是歐氏大宅，是我家老爺——歐世鷹一手建立。聽說這裏本來是古代某王爺的封地，最後連同整個山頭被我家老爺買了下來。」

「你家老爺是從事……？」靜瑜不好意思地提問著。

「他是魂鷹社頭目，也就是香港最大的黑幫社團之首。門前那座巨鷹的雕像就是代表著歐氏家族的精神。」管家毫不掩飾地把歐世鷹的身份告訴靜瑜，而且語調還帶著一點歌頌的感覺。

靜瑜對管家的說話輕輕頷首，表示明白。

「這裏還是我習樂的地方！」一把嘹亮的聲音從高處的梯間嚷著，並產生迴盪聲，那是世遷的聲音。

皮鞋的木踭敲響著梯間的木板，發出清脆的「咯咯」聲，黑色配上金絲線的綾羅綢緞而縫製出來的高貴禮服，彷如王子般的打扮，世遷華麗登場。

與剛才截然不同的打扮，卸下卡通人物襯衫的世遷，連那份稚氣都頓時消失殆盡，眼神和步姿變得精悍而英武。在天花懸掛的華麗水晶燈的烘托下，世遷從梯間走下來，身上散發著君臨天下的氣息，那是讓天下女性無從忽視的仰慕感。

剎那間全座府邸上下的守衛、傭工，管家和靜瑜，彷彿都被這一刻的世遷攝去魂魄般，眼球不由自主地隨他的步履移動著。

走到餐桌前，二人對立而坐，晚餐食物隨即送上。

為了這個晚上的約會，管家早已安排廚師為二人設計好貼心的菜式。

從小到大，世遷都是比較喜歡吃素食類居多，對肉類並不太感興趣。而且他的飲食習慣較為偏食，主要都只是吃幾款食物。因此廚師為他們安排了以下幾款菜式。

是日晚餐有中式的翠棠豆腐、橙花焗肉排、蒜蓉炒西蘭花和冬瓜瑤柱湯；西式有雜菜蕃茄湯、芝士煙肉蘑菇焗薯蓉、黑松露義大利麵。中式是提供給世遷，西式是給靜瑜。

明明是二人約會，而且對方還要是第一次來自己家，飯局理應充滿浪漫氣氛，應該喝紅酒伴肉扒……但最後演變成彷如酒店自助餐一樣。靜瑜摸不著頭腦，一種失落感突然冒上心頭。

吃過晚餐後，靜瑜雖然覺得食物的質素和水準是超卓非凡，但是心裏卻有種不爽的感覺，用微笑遮掩著那感受。

世遷把靜瑜帶領到自己的房間參觀，那裏的空間比她整間房屋還要大。房間裏擺放著形形色色不同的樂器，包括豎琴和鋼琴，這都是靜瑜的專長樂器。

「這部豎琴是我安排外國的造琴師傅為你打造的，你試試看。」

剛才心裏的不爽彷彿一掃而空，靜瑜興奮得立刻把手彈奏。

這部豎琴發出的樂聲可說是天籟之音，亦幫助了本來技術不太高的靜瑜發揮得更好。把手一彈後發現自己已經沉迷在弦音之間，靜瑜彈奏得越發興奮，優美的音韻徘徊八方。

笙聲突然和入，手指跳躍在按孔之間，發出柔和的笙簧聲與豎琴合奏著。

被笙聲敲了一下耳朵，靜瑜把視線投向世遷，並微笑著。

沒有奏出甚麼指定樂曲，只是隨意的自由式合奏，世遷第一次在靜瑜面前展露出自己真正的才華。

笙簧聲越發有勁，那連綿不絕的雙吐音和軟花舌，彷彿把對方的豎琴聲蓋過和拋離，合奏樂聲漸漸變得只有笙的獨奏表演。

靜瑜停下彈奏，凝視著演奏中的世遷，失落和寂寞的感覺再次湧上心頭。

吹奏得彷彿進入了忘我的境界，靜瑜看到世遷身上散發著一種白色的光芒，那是接近神的氣息。

高超的技巧使音飾充滿生氣活力，七情上臉的表情牽動著眾生的情緒，笙聲的響起令空氣盪漾。

「那是遙不可及的境界！即使我使用這部完美的豎琴……」靜瑜失落地喃喃自語。

「夠了！」靜瑜激動地吐出一句。

似乎一早預料到結果會是這樣的世遷，平靜地放下手上的筆，然後望著靜瑜那張快要哭出來的臉。

「今天的一切是你刻意安排的嗎？你根本就是想證明一件事！證明我們之間……」靜瑜說不下去，而且哽咽著。

看似對方終於明白了的樣子，世遷心裏帶著一絲愧疚之意想著。

事實上歐世遷自從昨晚跟王靜瑜約會後，心裏已經下了一個決定。那就是要對方清楚明白到自己的一切，畢竟拍拖是關乎兩人之間的相處和未來的幸福，總不能糊塗地一直發展下去。

最初是靜瑜主動向世遷示愛，對從未戀愛過的世遷來說，是新鮮的。這樣的他就一直糊塗地跟靜瑜發展了一年。

對已經二十七歲的靜瑜來說，世遷雖然年紀較自己小八年，可是充滿正義感的他，是吸引著自己的。而且最重要的是男方富甲天下，對已經進入適婚年齡的自己，世遷絕對是一個能夠讓自己過上好生活，又能夠照顧自己爸媽的男人，所以靜瑜根本就不介意塵俗的眼光，一心以嫁給世遷為目標。

年僅十九歲的世遷只是以好奇、新鮮感，甚至能稱為以學習的心態來伴隨靜瑜，當然談不上愛，更不要說談婚論嫁。

明白到自己與靜瑜的距離，世遷只好下定決心與靜瑜分手，並以衣著、飲食、音樂造詣和生活習慣等來證明給她看，自己和她的分歧。

靜瑜別臉過去，望著玻璃窗外的海景飲泣著。

「呼……」世遷嘆了一口不能再深的氣，然後坐在床邊。

「你也聽過面具人的事吧……！」世遷語重心長地問道。

靜瑜啜泣著輕輕頷首。

「在九年前我生日的那一天，當時我剛剛十歲，本來只是小孩子的我，偶然得到了天上之神的力量，並幻化成音樂力量去消滅罪惡。矛盾的是身為魂鷹社首領之子，繼承著這犯罪社團同時去消滅罪惡，這是何等荒謬的事！」世遷闡釋著。

被世遷的話吸引過去，靜瑜停止著眼淚，細心地聆聽對方的說話，並投以質疑的眼光望著他。

那臉龐寫滿了苦澀，世遷在剖白的同時亦不禁在胸前泛起大大的漣漪，茫然若失的他，彷彿回應靜瑜的眼光繼續說道：「沒錯，細豪的事件是我幹的！」

靜瑜報以驚愕的眼神回答世遷。

「可是過去一年頻頻出現的面具人並不是我！」

靜瑜只剩下瞠目結舌的表情，屏息靜氣地凝視世遷。

曾經認為球場事件是世遷的所為，早已經感覺到世遷異於常人的靜瑜頓時思緒變得十分混亂。

「同樣是面具人，但我從不殺人，只是懲罰他們。相反對方卻是個報復感極強，而且非常嗜血的人！」世遷繼續解釋。

彷彿終於理解到為何世遷與自己約會時總會心不在焉，亦明白到作為一個普通人的自己根本就不能夠分擔對方的精神壓力，一心只想找個好歸宿的自己，不論是年紀上、生活習慣上、音樂造詣上，通通都跟面前的世遷南轅北轍。

就此靜瑜心裏愧疚著剛才自己發的脾氣，對伴侶衣著的講求、飲食的習慣，事實上剛才那個才是真正的世遷，只是自己從來沒有深入了解過對方的生活而已。一直著眼別人穿著品味的西裝、乘坐豪華的房車、闊綽贈送的禮物，把世遷看待成夢寐以求的王子。其實一切只是自己的一廂情願。

再次呼了一口很深的氣，世遷把黑色禮服的外套脫下，並鬆開頸上的鈕扣。

「對不起，一直以來我……」靜瑜道歉著說道。

世遷低下頭，提起手示意不用介懷。

看見這種幹大事的男人意興闌珊，任誰的女人都想為其分擔。明白到今晚可能是最後一次與世遷相聚，決心用愛去守護自己的男人，靜瑜豁出去了。

「讓我盡一點微力，替你分擔一絲苦惱吧……」靜瑜突然溫柔地說道。

「靜……靜瑜。」

這一刻，世遷再也不能說些甚麼。因為靜瑜的嘴唇，早已緊緊的堵住了自己的嘴巴。

一陣纏綿過後，世遷推開靜瑜。

「怎麼了？」靜瑜失望地看著世遷說道。

「這不好吧……」世遷別臉過去。

「我……明白了，對不起，我太衝動了。」靜瑜連忙道歉。

一會兒，二人不約而同地躺在地上聊著，不同的話題陪伴著他們一整個晚上。管家為他們預備飲品，喜歡品酒的靜瑜搖晃著玻璃杯，世遷卻喝著一杯既健康且熱騰騰的綠茶。喝著、聊著，二人背對背望著各自的景象。

酒精使靜瑜慢慢睏倦，身體不由自主地依靠在牆上。看著個美人兒快要入睡，世遷雙手抱著她，把她抱到房間裏的床上休息。

替靜瑜蓋好被子，自己卻安坐在床邊的椅子上閉目養神。不消良久，世遷也安睡了。

安靜且平和的氣氛陪伴著二人睡覺，這是一個美好的晚上！

第十八章 面具人

一張純白色寫滿了文字的紙張，安放在床邊的床頭几檯上。

給世遷：

和你一起的日子不知不覺間已經一年了，還記得最初你我只是師生關係，雖然明白師生戀是錯的，可是被你拯救的我仍然選擇鼓起勇氣去愛你。今天我終於明白了，也選擇放下。感謝你給了我一個美好的晚上，希望你能夠繼續保持著一顆善良的心，救助更多有需要的人，用音樂去守護這個世界！最後我衷心祝福你，希望你找到一個能夠和自己互相扶持和理解的伴侶。

靜瑜上

清晨的鳥啼聲和陽光從窗櫺滲透到房間裏，清涼的海風輕拂著世遷的臉頰，把熟睡的他喚醒過來。

溫暖的體溫彷彿降低了，寂寞的身體不由自主地翻側過去，彷彿在找尋著另一份體溫溫暖自己。睡眼惺忪，把頭側望，世遷發現靜瑜已經安靜地離開了。

看見旁邊擺放著的字條，相信靜瑜也下了決心，於是世遷把手一看。

細閱字條的內容，世遷不禁露出久違的笑容，那是發自內心的微笑。世遷對靜瑜的情雖然不存在愛，可是卻在心裏感激著她。

放下一段煩惱，微笑著倒頭床上。閉上眼簾，世遷懷著幸福的樣子咀嚼著靜瑜的文字……

二零三三年的九月，歐世遷決定要剷除香港所有黑幫頭目，並要抽出那個假裝自己的面具人。於是他召開社團大會，與馬忠延和孫葵英等人商討對策。

「就有關近年來的怪事發生影響到社團收入……」世遷想了一道良策妙計。

「近年來社會上流傳著一個叫『面具人』的神秘人物。那個身份來歷不明的人已經殺了不少我們社團裏的兄弟，更連累我們的場口被警察掃盪，生意比之前下跌了很多。因此我們必須想辦法解決！」世遷的語調略帶憤怒地說斥道。

「我管他是個甚麼人，我要用一雙拳頭把他活生生打死！」馬忠延抖動著紋有馬頭圖案的雙臂，怒髮衝冠地叫嚷著。

身型魁梧的馬忠延雖然年紀已經不小，都四十六歲了，然而於各社團中，他是最橫行無忌的首領。

「你知道那個面具人在哪裏嗎？找不到他出來的話，你是要打空氣嗎？」孫葵英狀甚親暱地跟馬忠延開起玩笑，但在馬忠延的眼裏卻並沒帶半點笑意。

在世上能夠這樣嘲諷他馬忠延的人只有兩個，一是孫葵英，二就是已去世的歐世鷹。

孫葵英是繼歐世鷹死去後較有頭腦的人，而且心思細密，不！應該說是老謀深算。

一年前，在世遷在入學前，孫葵英曾經派手下監視過他的一舉一動。可是洞悉先機的世遷早有準備，就是如常生活，像個年青人生活著。平凡得令派去監視的人都感到浪費時間，於是監察行動維持了一個月就結束了。

孫葵英把目光投到世遷的身上並問道：「世龍，你有甚麼提議？」

他們仍然不知道其實世龍早就改名歐世遷，可能世遷的演技太神級吧，在魂鷹社裏把歐世龍的角色演繹得淋漓盡致。

對世龍的稱呼不感意外，世遷保持泰然自若的嘴臉回答道：「解決他吧！」

同場的其他頭目都異口同聲地贊成，馬忠延的反應最為熱烈。孫葵英凝視著世遷的眼神，並從對方的眼神裏感覺到不滿、憤怒和殺氣。於是孫葵英亦投手贊成。

「我搜集過一些資料，過去發生事情的時候很多人都說聽到一些樂聲，而且死的人都有社團身份。我懷疑這個面具人是針對社團的人，甚至是仇視社團和跟音樂有關。」世遷向眾人分析著自己的想法。

「仇視社團？是那幫臭警察嗎……」馬忠延憤怒地喃喃自語。

「跟音樂有關？」孫葵英把眉心用力一推，並再次把疑惑的眼光投到世遷的身上。

沒有逃避對方質疑的眼神，世遷氣定神閒地回應：「以上猜測是我個人的想法，但我有60%肯定！」

眾人都在互相低語著。

「我動議用我自己作賭注，辦一場音樂會，我自己作演奏者，引面具人出來！」世遷突然如此提議，令眾人吃驚。

彷彿被世遷的勇氣和膽量征服，馬忠延領著他的手下呼應著世遷的動議。孫葵英見狀四處張望一番後，亦立刻投手同意。

「世龍，那麼你就好好表演一下吧！」孫葵英的娘娘腔嘴臉彷彿蘊藏著另一種意思。

報以微笑的世遷，用銳利的眼神和泰然自若的語調回答：「好的，感謝各位支持！下一次開會我們再討論細節。」

在手下的隨行下，眾人從中環的一棟商業大廈裏各自散去。

乘坐賓利房車回家，在路途上，管家一直觀察著世遷。充滿憂愁的眼神再次出現在世遷的面孔上，那是暴風雨的前寂，管家相信著。

「在前面路口把我放下吧！」世遷忽然嚷著要下車，輪胎發出尖銳的剎車聲。

「還未到達大宅，少爺你要往哪裏去？」管家望著倒後鏡問道。

「我想在剛才經過的那間麵檔吃碗雲吞麵。」

「奴家幫你去買就可以了，你在車裏等候吧！」

世遷揮手示意不用，自己行過去就可以了。「你在附近泊好車子等候我吧！」世遷離開賓利房車，往反方向步行過去。

這裏是港島區的鰂魚涌。

世遷停步在麵檔的前方，抬頭望去那招牌——「興記雲吞麵」。他暫時放下憂愁的臉孔，嘴角勉強地撐起微笑，步入麵檔安坐下來。

掛在牆上的餐牌清楚列明食物的種類和價錢。

「老闆，給我來一碗雲吞麵、腐乳通菜和一支豆漿。」世遷以高亢的嗓音嚷著。

「好的，稍等！」麵檔的老闆回應道。

世遷四處張望店內的情況，幾張長型橫檯有些拼湊在一起，有些貼牆擺放。店內空間不算很大，能容納的客人也只是二十個左右。圍坐在店內吃麵的都是平民百姓，他們看似都吃得津津有味。麵檔老闆親自在煮麵，而且還跟客人在聊天。

看起來老闆跟他們應該也是熟悉的吧！世遷是如此想著。

「雲吞麵、通菜、豆漿。」老闆把食物遞送到檯上。

熱哄哄的麵使世遷胃口開懷，於是用筷子夾起麵線品嚐。

「唔！」世遷頗欣賞著。

再品一口雲吞。

「唔唔！」世遷雙眼睜圓！

再品多一口鋪滿了腐乳的通菜。

「唔唔唔！」世遷驚嘆地品嚐著味道。

再喝一口豆漿，咀嚼著黃豆的味道。

「嘩！簡直是上帝的傑作。」世遷不禁讚嘆著。

「相比起管家平日親自煮的……」世遷在口裏喃喃自語。

「怎麼了？」一把熟悉的老人聲在背後傳過來。那是管家的聲音。

「咦！你為甚麼在這裏？你不是在車裏等候我嗎？」世遷驚訝地問道。

「我也想吃雲吞麵，所以便隨你來。」

二人一起品嚐雲吞麵的味道，亦同時聆聽著麵檔老闆跟其他客人的對話。

「他們又來收保護費了，還比上個月的收費多了一倍，麵檔也許經營不下去吧。」老闆愁眉苦臉地說道。

「黑幫社團當道，警察也管不到這麼多。以後我們這些老百姓也不知往哪裏吃麵了。」

「上次不是談好了一年不加保護費嗎？怎麼會又加價？」

「黑幫嘍囉又怎會講信用！」

麵檔裏的客人討論的話題吸引了世遷和管家的目光。

「老闆，現在他們向你一個月收取多少保護費？」彷如蓋過所有人的聲音，世遷大聲問道。

「本來收一萬元一個月，從下個月起加價到三萬元，我們這些小店又怎能夠長期應付這種支出呢……」老闆苦惱地嚷著。

「知道他們的背景嗎？甚麼名字之類？」世遷追問著。

「他們好像是魂鷹社的人，來收數的是一個叫『辣雞』的女人，每次隨行都帶著二、三十個手下，他們都是盤踞在這區的嘍囉，而且脾氣都是很火爆的，只有少許不順心便會到處找碴破壞，我們也害怕了他們。」世遷從老闆的語調也感受到他的驚慌，看來這幫人也相當麻煩。

「可惡！」啪嘞！盛著豆漿的杯子一下子碎裂了，世遷把杯子捏成碎片。

世遷的憤怒令眾人驚愕起來，眾人把眼神聚落在他的身上。

管家亦感到世遷的憤怒，然而也只能從旁凝視著。

「小伙子，看你衣衫錦華，絕不像嘍囉分子，相信也讀了不少書吧！現在很多像你這個年紀的年青人都被招攬到黑幫做非法事，社會也快要沒落了……」老闆絕望地說道。

「不！因為神會把世界潔淨！」世遷加強語氣，堅定地說。

這番凜然的說話把在場的人都震懾著。當然有些人只是當成「中二病」[4]的垃圾話語。

世遷從衣袋裏取出一疊一千元鈔票，驟眼看至少都有三至四萬元，站立起來朝老闆步去，交到他的手上。

4　中二病：是源自日本的網路流行語，泛指一種自我認知心態，用以形容一些經常自以為是地活在自己世界或做出自我滿足的特別言行的人，是青春期特有的價值觀的總稱。

「好好經營這麵檔，不要把錢白白送給他們，不要向惡勢力低頭！」

老闆拿著一大疊鈔票現金，一臉愕然。

管家隨世遷的腳步離開。

老闆和一眾客人被世遷的說話和豪氣所震懾著，正義的氣氛籠罩著麵檔。剛才抱著嘲諷想法的客人，也對那疊鈔票的數量感到訝異，把愚昧想法除去的同時，他們也開始懷疑自己的看人眼光。一道白色的霧光追隨著世遷的身影，可是他不以為然。

目送那小伙子的身影，白色的霧光使他的影子更神秘，更高尚。年紀輕輕就散發著彷如巨人般的氣勢，相信他將會是個改變社會的人，一定是！老闆握緊手裏的錢，如此深信著。

回到家中，世遷怒氣沖沖地坐在沙發上。在旁的傭工也害怕得不敢作聲。

世遷的眼神裏滿懷憎恨，而且他握緊拳頭。管家上前握著他因憤怒而抖顫的雙拳。

「懷著這種仇恨的感情又怎能夠當上王者？又怎能挽救世界呢？」管家語重心長地說。

管家的說話引導了世遷的目光瞧著自己。

「請不要！不要被怒火蒙蔽雙眼！」管家續道。

咬緊牙關，雙目往天花瞧著。世遷深深地呼了一口氣。

「請在這裏稍等一會兒。」管家溫柔地說道。

只是瞥了一眼，世遷以眼神回管家。

不消良久，管家從大宅內的梯間走下來，手裏拿著一把笙，信步走到世遷的面前。

二人的眼神互相交換，彷彿有著一些難以宣之於口的話。管家揮手示意大宅內所有的傭工離開大廳迴避，待所有人離開現場。

「就用這個去挽救世界吧！」管家用堅定的眼神和語調說道。

「你……」世遷壓低聲線吞吞吐吐。

「我早就知道了！」管家一臉寬容地說道。

世遷把窘在喉嚨的說話，吞回肚子裏去。

管家繼續說話：「在一年前，學校的事情已經證明了。而且很久以前發現你經常在房間裏自言自語，我就知道你根本不是在自言自語，而是在跟一個我們平凡人看不見的物體在對話，沒猜錯的話應該是神明之類吧……」

世遷兩眼圓睜地瞪著管家，為他的正確推測而感到驚愕。

「不過我清楚少爺是不會殺人的，那個在社會上流傳著的面具人絕對是個冒牌貨。」管家把笙交到世遷的手上，並再次語重心長地說，「謹守原則，不忘初心！」

感覺到管家的那份用心和支持，世遷彷如下定決心般，用力頷首：「嗯，我會好好努力，謝謝你！」

世遷給管家一個感謝的擁抱，把憤怒的心情釋懷，於是充滿信心高舉起笙，擺出一身王者的姿態，閉上眼簾感受著這種感覺。

白光浮現在世遷的意識。

「終於肯回家了嗎？」世遷嘴角一翹，揶揄著說道。

「天界之前有點事情離開了，相信這段日子小伙子成長了不少。」耶魯斯再次現身說道，並有意暗示靜瑜之事。

感覺到對方回饋自己的揶揄，世遷「哼」一聲，一笑置之。

花了一星期時間擬定好作戰計劃。世遷打算舉辦一場個人音樂會，第一次以魂鷹社的名義，明目張膽地廣發宣傳，目的就是把那個冒牌面具人引出來。同時於當日把在場的所有黑幫分子一網打盡。

到底這個一箭雙鵰的方法能否成功呢？

在社團會議上，世遷向眾人闡釋會用自己做餌把面具人引出來，並合眾人之力把其捉住。

這個計劃得到孫葵英、馬忠延和魂鷹社上下的支持，於是音樂會定於一個月後在香港大會堂裏舉行。

演出前的一晚，是個夜闌人靜的晚上。海浪聲和浪花甚至比平日的細和小，在露台望出外面的世遷，心情彷如熱鍋上的螞蟻，臉上好像寫著很煩惱和擔心的字樣。

世遷心煩意亂之際，手機隨即震動起來。

那是靜瑜發過來的信息：「明天加油！學校有課，來不了支持，但也請加油！」

世遷微笑著搖頭，那是慨嘆的意思。

「她根本就不明白……」世遷在喃喃自語。

世遷覺得靜瑜只是以為他純粹是辦場音樂會而已，所以為靜瑜的單純感到慨嘆。

世遷簡單回應了一句：「謝謝！」發送後便放下手機。

拿起笙結合鋸氣和爆花舌的技巧，奏出一連串的音飾把大宅外的海面激起白色的巨浪，並往大海的方向一直垂直切開海浪，彷彿要把大海一分為二。

掌控那驚人的音樂力量的，正是歐世遷！

輾轉難眠的一晚，令世遷得不到飽滿的精神，但對於以消滅罪惡為己任的他，一晚的失眠絕對影響不到他的決心。

終結黑幫的日子終於要來了，距離音樂會開始還有四個小時。

技術精湛、獨當一面的世遷省去對他無謂的綵排。

「反正都只有我獨奏，不需要吧……」世遷在心裏念念有詞。

「有信心嗎？」耶魯斯突然問道。

「哼……你不要又忽然走去天界撇下我一個就好了！有祢在我的身體裏，感覺力量比沒有祢在的時候會更充沛。」世遷為上次耶魯斯突然獨自離開的事而絮絮叨叨地發牢騷。

「當然吧，我是神！有我坐鎮當然會給你正能量吧！哈哈哈……」耶魯斯苦笑著。

「唉……得啦得啦！祢這個自戀神……」世遷開著玩笑揶揄耶魯斯。

耶魯斯心想，難道你自己不是嗎……可是祂並沒有宣之於口。

世遷在衣帽間裏挑選了上次見靜瑜的那套黑色金邊禮服，像個王子般的打扮，乘坐著管家開的賓利房車到達會場。

準備了演奏的十首曲目，並帶備了笙、笛子和結他，世遷叮囑耶魯斯幫忙監察著有沒有面具人或可疑人物的出現。

世遷計劃用音樂力量把在場的所有黑幫分子，包括孫葵英和馬忠延等頭目人馬全部弄昏，然後把他們送入監獄，讓他們接受法律的制裁。畢竟他擁有了他們大部分的犯罪證據，相信要他們入罪坐一輩子牢獄也是十拿九穩。黑幫社團失去了全部頭目人馬，社團的運作亦會停頓和瓦解。

為何掌握了犯罪證據，但又不一早提交給警方呢？耶魯斯早在以前曾經提問過。

世遷的確有考慮過，但深知社團實力底蘊，如果硬碰硬的話，香港警察是一定吃虧的。因為社團的軍火武力遠超於香港政府的想像，就算全香港所有警力出動捕捉孫葵英和馬忠延，相信也是徒然，甚至全軍覆沒。

用一般方法是解決不到二人的，只可以待準時機把他們一併收拾，而且還要依賴世遷的力量。

香港大會堂的門外集結了龐大數量的黑幫小嘍囉，演奏廳裏也坐滿了在江湖上重量級的頭目。

在後台預備的世遷聽到外面的喧嘩嘈雜，精神也難以集中。

輕拍世遷的肩膀，管家支持道：「加油啊，少爺。今天就讓奴家好好見識一下你的力量！」

世遷報以勉強的微笑。

「！」忽然戰慄走遍了世遷全身。

一陣古箏的聲音掠過耳朵，那是具備殺氣的感覺。本來被來賓的嘈雜聲籠罩著的會場，瞬間變得一片死寂。連忙拿著笙從後台跑到台前，世遷驚惶地四處張望。

「到底……」

整個演奏廳內的人都吐血倒地，不動聲色。鮮紅色的血液流淌在地上和梯間，使整個演奏廳都充溢著血腥的味道。

演奏廳的門前佇立著一個手持小古箏，摒棄了輔助支架，把琴直立式豎立在地上，體型纖瘦，穿著黑色披肩、緊貼雙腿的窄腳褲和高蹭皮鞋，頭上戴著英式的黑色圓帽，臉上被優雅花紋的面具遮蓋著的神秘人。

充滿神秘亦具備駭人的殺氣，此人在台下與台上的世遷對峙而立，並互相投以肅殺的眼神……

第十九章 地下之神——洛斯達

歐世遷與面具人對峙而立，演奏廳內頓時產生了一道強勁的氣場。

面具人一言不發，出其不意地向世遷發動攻擊，五指朝著琴上的弦線，撥彈出清脆的音飾。弦音奏響，音飾瞬間變成無數把黑色的能量光刀，並直線飛插向世遷。

世遷早料及此，縱身一避躲開所有攻擊。

然而面具人乘勢狙擊，連環撥彈琴弦使音韻化成黑色的能量光束，並攻擊對方。世遷亦緊隨迎擊，使笙簧的聲音化成白色的光束對抗敵人。

彷彿拳頭對拳頭，腳踢對腳踢的衝擊，兩者在互不相讓的情況下，音擊發出震耳欲聾的巨響，餘勁拼射四周。

躲藏一旁的管家亦用雙手掩蓋雙耳，瑟縮一旁。

笙鳴琴嘯，勢均力敵的戰鬥，亦不斷持續了數十秒。因衝擊而產生的強大氣流把地上的屍體托浮起於半空，管家也依靠捉緊旁邊的牆壁穩住身體。

「到此為止！」兩把詭異的聲音，異口同聲地說道。

光束能量瞬間抵消，浮起在半空的一切立刻應聲掉落地上。

世遷背後散發出白色的人型光芒，而面具人身後亦出現了黑色的人型身影。

世遷為眼前的景象感到驚愕，可是面具人卻保持一臉鎮定。

面具人悠然地卸下臉上的花紋面具和頭頂的帽子，並以嬌柔且高亢的聲線說道：「我們終於見面了，歐世龍。噢……不！應該說是歐世遷！」

「女人！……」世遷驚訝地沉吟著。

「初次見面，多多指教！我叫藤原莉娜。」那個卸下面具的女性帶著半點外音以廣東話[5]說道。

「藤原莉娜……你是日本人？」世遷放下剛才架好的姿勢，筆直地站立著問道。

「說來話長，有機會再告訴你呢。」莉娜回答。

5　廣東話：又稱白話。

「既然你知道我的舊名字，你應該也熟知我的底細吧！」世遷再問。

「當然！我們是同一類人，也是伙伴啊！」莉娜泰然自若地說。

彷如蓋過她的聲線，世遷怒斥著：「別把你與我相提並論，你只是個殺人犯而已！」

世遷以鄙視的視線緊盯著對方，讓莉娜不由得憤怒起來。竟然一開始就用這種語氣說話！關於最初被世遷俊俏的臉孔所吸引的事，現在莉娜反而更覺悔恨。

頭腦在瞬間冷卻下來，同時也喚醒了世遷冷靜的思緒。

「在那邊黑色的……你到底是甚麼？」世遷質問道。

一把低沉的聲線回應：「哼！你這小子說話也挺不客氣啊。我是地下之神——洛斯達。」

「洛斯達……」世遷沉吟著，銳利的目光投向洛斯達的身上。

「喂，女人！」彷如命令的語調，世遷喝道。

莉娜為世遷那份不屑的態度而感到非常不悅，遂瞇眼盯住。

「你有沒有親眼目睹孫葵英和馬忠延倒斃？」世遷問。

「地上有這麼多死屍，我怎知道？你沒眼睛的嗎？你就不能自己找一下嗎！？臭笨蛋！」莉娜晦氣地罵道。

漠視莉娜的晦氣說話，世遷躍身跳到台下，然後逐步仔細檢查倒斃的屍體。

「不妙了……」世遷驚惶地沉吟著。

莉娜皺著眉繼續瞇眼盯緊世遷。

「他們並沒有出現……」世遷驚惶地喃喃自語。

「喂，即是怎麼樣？」莉娜以輕蔑的眼神望著世遷說。

「我現在假裝暈倒在地上，你立刻毀壞現場所有攝影機！」世遷緊張地命令般說道。

「為甚麼……？」莉娜疑問著。

「別這麼多廢話！快按照我意思做！」世遷加強語調命令莉娜。

莉娜彈撥一下箏弦，音飾的發出瞬間，場區內所有的攝影機爆裂，並切斷了一切電源。

單靠耶魯斯身上發出的光芒來照明，管家從後台踉踉蹌蹌地走到世遷身旁。

「管家，麻煩你把這個女人從後台帶走，然後報警通知警察和救護車來善後。」

明白了現在不是發問的時候，管家聽從世遷吩咐，帶領著莉娜從後台離開。

於是耶魯斯返回世遷的體內，而他亦假裝受傷暈倒，躺臥在屍群之中，直至救護員前來為止。

香港大會堂裏屍橫遍野，一片狼藉，事件被傳媒報道後，不論是香港社會還是世界各地都議論紛紛。

黑幫人士死傷無數，歐世龍的名字亦出現在傷亡名單中，外界的人似乎並不知道世龍曾經改名。

消息很快便傳到姚彩妍的耳中，她著急地向管家查問自己兒子的狀況，更說要從英國立即回港。

管家以世遷的思維方式回應姚彩妍，告訴她先不要緊張，少爺並沒有生命危險，而且更把莉娜的事情收藏起來，並未有宣之於口。

在醫院醒過來已經是三天後的早上，世遷在假裝暈倒的同時，耶魯斯協助他的身體進入休息狀態，讓之前因事情未有作適當休息的世遷能補充體力，於是平心靜氣地安睡了三日。

從病床醒過來的一刻，世遷精神煥發，彷如休睡了好幾年似的……

世遷睜開雙眼，望見管家在病房內擦著手機，完全沒有留意到自己已經醒過來。

「在看網上美女嗎？」

開玩笑的聲音令管家立刻放下手機把視線投放世遷：「噢！少爺，你醒了呀！」

「我昏了有多久？」世遷第一句問道。

「已經有三日了……不過比起昏過去，我覺得你更像睡過去。」管家彷彿在隱喻著某些事。

「甚麼？」世遷一臉錯愕。

「你在醫院裏的這三天經常夢囈，總是嚷著炸燒賣啊！炸燒賣啊！」管家模仿著世遷夢囈的聲線。

世遷輕咬著唇，展露出難看的表情，別臉過去。

「哈哈哈！我從小看到大習慣了。不過……」管家吞吞吐吐著。

世遷再次把臉面向管家：「不過怎麼樣？」

管家輕輕吞了一口唾液，然後說道：「馬先生和孫先生有來過探望你。」

世遷立刻瞪大眼睛，然後一瞬間又輕推眉心，眼神驟變銳利，神情認真：「果然他們沒有去到演奏廳……我應該派人監視著他們，看來我還是太嫩了……」

世遷的說話質疑自己想法的同時，頓時也令周遭的空氣變得沉重，管家亦垂下頭默不作聲。

二人沉默了一會兒，世遷率先開口說道：「那天你已經看到了吧……」

世遷欲披露自己的秘密，他認為即使對管家說出也沒大問題。萬一自己有甚麼不測的話，還是必須有個像管家般能理解情況的人存在。

「唔……」管家發出輕微的喉音，一臉不知如何是好的表情。

「祂是耶魯斯！天界之神。」世遷坦言告訴管家。

「嗯……不過我相信少爺永遠都是少爺！歐世遷嘛……我知道，也記得。」管家沒有半點猶豫，依然保持一如既往的微笑回答。

「那個女人呢？」世遷問。

「當日她在大會堂的後門跟我分道揚鑣，我也不知道她的去向。」管家如實回答。

世遷嘆了一口很深的氣。就在這個時候，一陣陣的敲門聲從門外傳來。

世遷和管家互相對望，然後世遷頷首示意管家給對方開門。

「您們好，孫先生，馬先生！」管家有禮地向二人問好。

來者是孫葵英和馬忠延。

「哎喲……是孫叔叔和馬叔叔啊。你們來探望我嗎？」世遷裝著剛甦醒的樣貌，然後一臉乏力地輕聲說道。

「啊……世侄兒，你終於醒了嗎。我們很擔心你啊！昨天和前天我們來的時候看見你昏去的樣子，真讓我們驚慌了。還擔心你醒不過來啊……」孫葵英以一貫的娘娘腔說道。

那種假惺惺的說話只有孫葵英能掛在口邊，巴不得想自己一輩子都醒不過來，甚麼很擔心、很驚慌，簡直是胡說八道，正人渣！世遷心裏如此想著。

不論是眼神、面部表情，還是身體，一絲破綻都沒有流露出來。演戲程度直逼影帝級的世遷未有把內心感受宣之於口，然而還裝著一臉受驚的孩子樣貌。

不太善於對話溝通的馬忠延激動地說道：「不用驚怕，讓馬叔叔為你報仇，我一拳就可以轟飛敵人！」

世遷報以苦笑的臉容。

「到底那天發生了甚麼事？」孫葵英問。

世遷以一臉不知情的樣子回答：「當日我按照計劃在台上進行演奏，希望引出那個面具人，可是忽然一陣怪聲傳來，所有人一瞬間都一頭栽到地上，我還沒有弄清楚事情就失去了知覺倒地了。」

孫葵英和馬忠延聽過世遷的闡釋後都不約而同地皺起眉沉思著。

「你們當日沒有到會場嗎？」打破沉寂氣氛，世遷反問道。

「我們當日……」馬忠延想回答世遷的提問，可是孫葵英立刻用蓋過他的聲音爭先說道。

「我們當日在趕往會場的時候塞車，所以沒趕上。如果我們早一步來，或者可以把那個可惡的面具人捉住！」孫葵英說得振振有詞，更七情上面。

「啊……幸好你們沒有出事，不然我這個魂鷹社主事人就對不起你們和爸爸了。」世遷報以感恩的語調和表情說道。

「不打擾你休息了，我們先走了！」孫葵英拉著馬忠延向世遷告辭。

「好的，叔叔你們也要小心啊！」世遷最後笑著回應一句。

三人道別後，病房的門關上。

世遷閉上眼簾，一言不發地躺臥床上。

意識裏進入了一片空白，那是耶魯斯寄居的地方。

「能與對方的神聯絡嗎？把她和祂召過來。」世遷用請求的語調問。

耶魯斯彷彿有著一瞬間的猶豫，然後低聲回答「嗯。」

管家佇立一旁看著不動聲色的世遷亦不作打擾，用紙張寫下便條，然後就靜靜地離開了。

世遷睜開眼睛後找尋不到管家的蹤影，把放在病床上的字條把手一看，然後微笑地發出「哼」一聲。

「少爺，我先回家看電視了。今晚有TBB的《很愛回家》劇集啊！」

世遷閉目養神好好休息，晚上的護士來巡查病房，一把女性聲音親近地傳到他的耳邊：「是時候吃藥了。」

那不太純正的廣東話，配上嬌柔的女性聲線，使世遷汗毛豎直。

睜開眼的瞬間，一張女性的面孔貼近自己，世遷一臉驚愕。

那是莉娜喬裝成醫院裏的護士。

「喂，你這個女人，快後退幾步，不要靠近我！」世遷喝罵著。

莉娜露出甜美的笑容，身體壓向世遷的胸前，用手指挑逗著世遷的臉龐說：「難道你不喜歡制服誘惑嗎？」

世要別臉過去，一手推開莉娜：「嘖，滾開吧，死八婆[6]！」

被世遷的說話惹怒，莉娜反擊回應道：「是你自己叫人家來，現在又叫人家滾開，你到底想怎麼樣啊！？」

---

6 死八婆：意指令人討厭的女性。

世遷嘆了一口氣，平靜了思緒，然後問：「喂，有沒有人跟蹤你來到這裏？」

「沒有啊，死八公[7]！還有我是有名字的，叫藤原莉娜啊！不是喂喂喂！」

世遷彷彿放棄了跟對方鬥嘴，然後唾棄說道：「OK OK！我們不要再爭吵了。」

莉娜交叉雙手抱在胸前，展露出一副不滿的樣子。

世遷稍微改變了一下聲線，低聲客氣地問道：「你能告訴我有關你的事情嗎？」

莉娜對世遷那嗤之以鼻的態度感到生氣，眼睛內藏著一種不滿的感覺，她以如刀刃般銳利的視線盯著世遷。

那視線使世遷的判斷在一瞬間遲緩了。

不敵女性的憤怒視線，世遷也為自己剛才的語調感到歉疚，遂說道：「那個……對不起！」

然後下一刻，他卻被莉娜的說話所壓倒下來。

「我感到很失望。擁有神能力的人竟然是如此無禮！」今次是世遷首次被女人這樣教訓說道。

7　死八公：意指令人討厭的男性。

莉娜呼了一口氣，然後回答：「算了，本小姐不跟你計較。我的神是掌管地下之神，你與我是同一類人，以後一起行動吧！」

世遷把眉心一推問道：「你叫藤原莉娜，是日本人嗎？」

「不完全是。」

「是甚麼意思？」

正當莉娜想解釋的時候，突然有人敲門進入病房。

「馬叔叔！？你怎麼會回來。」世遷驚訝地說道。

「世龍，我想問你有關那天晚上的事情。我要把那個面具人打倒！」

喬裝成護士的莉娜在旁一邊假裝記錄報告，一邊留心傾聽二人的對話。

「我其實也不太清楚，不過那個面具人呢……我覺得他是個中年男人。」世遷愕然地隨意說了一個謊言。

「中年男人？」馬忠延感到困惑，因為他從來都是個不太動腦筋，只靠拳頭解決事情的粗豪大漢。

「說來話長，不如待我出院後再去商討怎樣處理吧！最近白黑兩道也在找尋他，相信他暫時應該都不會現身。」世遷假裝疲憊的樣子說道。

馬忠延無視著莉娜的存在，獨自在思前想後，不消良久便被世遷的話打發離開了。

那突如其來的探訪，令世遷感到驚愕。畢竟在不清楚莉娜的底細前，突然有人衝入來病房，一來不知道對方會否竊聽到之前的對話，二來擔心莉娜不知會對馬忠延幹甚麼。

幸好莉娜只是佇立一旁假裝工作中的護士。

世遷呼了一口氣釋懷，莉娜在馬忠延離開後，立刻問道：「怎麼了？在擔心我嗎？為甚麼不直接說面具人是個女人啊？還有為甚麼他會叫你世龍呢？」

「他叫我世龍是因為這是我本來的名字，改名後我未曾跟他說過，所以面對黑幫社團，我的身份仍然是歐世龍。他不是一般的黑幫嘍囉，他是我爸的兄弟好友，不能用一般的方法對付他們。你這段日子務必要小心。」世遷語重心長地說道。

莉娜的臉上展露出明顯比剛才快樂的樣子，遂說道：「你是在關心我嗎？倒不如這段日子我跟隨你一起生活，大家可以互相照應啊！你也可以放心。」

世遷為她最後一句「你也可以放心」，而感到在意。

「就這樣決定吧！」莉娜堅定地說。

暫時沒想出更好的辦法，世遷唯有黯然接受。

突然一陣彷彿觸電的感覺流過世遷全身，莉娜濕潤的雙唇冷冷地親了世遷臉龐一下。

世遷兩眼圓睜，心跳加速得彷如躍動的音符，那是從沒感受過的緊張。

「可愛的寶寶，這是我的手機號碼！」莉娜拋下那寫上手機號碼的字條後便轉身離開。

耶魯斯從世遷的身體冒出來，望著莉娜身後的黑影微笑，那是地下之神——洛斯達。

二神彷如認識似的。

病房再次變得寧靜，躺在床上仍然沉浸在莉娜的嘴唇冒犯，世遷瞠目結舌。

「怎麼會這樣？這女人……實在可惡！」世遷用手狂擦著臉頰！「呀！臭女人，死女人！」

耶魯斯揶揄著世遷開玩笑說道，「呵呵，大名鼎鼎的歐世遷也遇上麻煩了！」

離開醫院，站立在街上的莉娜脫下那護士的喬裝，回頭仰望樓上的病房，心裏喃喃自語：「我沒說錯吧！他是個好伙伴。」

洛斯達在她的意識裏回答：「雖然欠缺一點禮貌，可是只說重點的說話方式，和他所給人留下的印象都能表現出他的知性。如果他能稍為修飾一下說話的語調，他可算是位無可挑剔的男孩。」

莉娜感到洛斯達都在稱讚世遷，因而感到高興，因為這印證了自己的眼光。

微風輕撫莉娜臉龐，順斜而下吹動髮絲，這時的她在嘴角裏不經意地流露出含情脈脈的微笑。

第二十章　**藤原莉娜**

數天後，管家把世遷接送出院。

為了讓所有人都相信自己受傷，世遷刻意把自己的左臂用繃帶包紮吊在在頸上。

「少爺，你挺會演戲啊！」管家一邊開車，一邊揶揄世遷。

「不這樣做的話就會惹人懷疑，畢竟對手是面具人，全場的人死傷無數，假若我一點損傷都沒有，大搖大擺地走出醫院，那不就是等於告訴全世界人知道我之前是假裝的嗎？所以演戲要演到底。」世遷闡釋著。

「要找她嗎？」管家瞥了一眼倒後鏡，然後再問道。

「嗯！」世遷輕聲回答。

早在出院前，世遷已聯絡並得知莉娜的位置，於是賓利房車往回家的另一個方向行駛。

十分鐘後，車子停泊在九龍區一家賓館的外面，那是龍蛇混雜的地方。

賓館外有代客泊車的服務員，那賓館是魂鷹社開辦的其中一門生意。當然賓館內的員工全部都是魂鷹社的成員，門外的服務員也不例外。

一看見那賓利房車就知道是魂鷹社的頭目主事人，賓館所有人立刻蜂湧至門前來向世遷敬禮。

「歐先生！」數十人異口同聲高呼著，聲音響亮得彷如能夠穿透整條街道的每一個角落。

莉娜戴著鴨舌帽、口罩，全身著黑衣，裝著成嘍囉般的衣著打扮，混入人群其中。

視力敏銳的世遷，從眼角的餘光裏一眼便識辨出莉娜的位置。

世遷把車窗調下，並壓下聲線彷如宣言般說道：「我只是來巡視業務，順便追尋一下面具人的跡影，各位兄弟要繼續努力，把那個可惡的面具人揪出來，然後為死去的兄弟報仇！」

眾人為世遷的話歡呼著。

「好，大家繼續回去工作！」管家代為補說一句。

在人群散去的時候，莉娜不知不覺地從另一個暗角方向快速地跑上了賓利房車的後座。

「謝謝你幫我製造了脫身時機！」莉娜說道。

「明知這裏是龍蛇混雜的地方，你來這裏觀光嗎？真是一個神經病女人！」世遷不滿地罵莉娜。

「過去了，由它吧！哈哈哈，開車啦。」莉娜一臉不在乎的樣子說道。

那副嬉皮笑臉的樣子使世遷更為不滿。

管家從倒後鏡凝視著二人，感覺他們就像一對歡喜冤家。即使過去是靜瑜也從未使世遷經常動怒，管家輕嘆一口氣，然後踏著油門把車駛去。

「嘩！」

好比大規模派對用的禮堂，面前的巨鷹雕像和天花吊下璀璨漂亮的高級水晶燈，令莉娜目不暇給。

世遷的嘴臉表現出一種自滿和陶醉的虛榮感。當然面對那巨大如城堡，裝潢如宮殿奢華的大宅，任誰的女人都會為之瘋狂。

「這間屋大得可以變成主題公園啊……」莉娜喃喃自語。

聽到莉娜的低語後，世遷自滿地回答道。

「當然吧，哥就是個億萬富翁。」

「不就是有個爸有錢，贏在起跑線吧！你這是叫做成功靠父幹啊！」莉娜直斥其非，半點情面也不留給世遷。

再次被莉娜的說話冒犯，世遷開始躁狂起來，用腳大力地踏地板。

沒有理會對方的莉娜，自己圍繞著大廳東張西望踱步著。

管家眼見面前的事情，為此而微笑著說道。

「少爺，看來這次你遇到對手了。哈哈哈！」

不忿氣輸掉了說話競賽的世遷側望瞥著管家，噘嘴說道。

「我沒有輸啊！只是好男不與女鬥啊！」

管家展露出偷笑的神色，輕聳兩肩，就好像向世遷說「你自己看著辦吧……」

「我很累，要回房間洗澡休息，那個女人隨你安置吧！」世遷向管家說道。

之後就信步踏上梯間，返回自己的房間。

把包紮好的繃帶拆除，伸手做伸展運動，手部關節發出「啪嘞啪嘞」聲。

「噢……回到家裏就是舒暢！」世遷在房間裏伸著懶腰嚷著。

花灑的水聲落在浴缸裏發出「嘩啦嘩啦」的聲響，世遷把淋浴乳液塗在手心上，順斜而下塗抹在身體的每一處位置。混合了水分的淋浴乳液受地心引力影響，從白皙的肌膚垂下流動，把本來充滿臭味汗水的皮膚洗潔得一乾二淨。

世遷把水溫調到較熱的溫度，皮膚也開始受水溫影響，從白皙漸變出一片嫣紅。

熱水能使血液加速循環，而且也能舒緩疲勞。浴室內被白濛濛的水蒸氣籠罩著，世遷在洗澡的同時在嘴邊哼出笙名曲《冬獵》的旋律，那是他最喜愛的笙曲之一。

經過之前音樂會和醫院裏的一番折騰過後，淋浴完的世遷，好像洗滌過靈魂和骨子般，雙手攤開，隨意地大字型躺在床上，令本來躍動的細胞都稍微安靜了一點下來，連呼吸也變得緩和。疲憊開始集結在他的雙眼，意識開始慢慢散渙，最後不敵睡魔而閉上眼簾入睡。

安睡了幾分鐘，忽然感覺到有甚麼細小的毛線在臉上皮膚紛擾著似的，這令世遷感到痕癢而用手抓著。雖然閉上了眼，可是世遷若隱若現地感到好像有人在貼近自己的臉，有一種體溫的靠近。

這種不適的感覺令世遷立刻睜開眼睛。

「嘩！！！」驚嚇的叫聲響遍整座大宅。

莉娜坐在床邊，俯身靠近世遷的臉龐凝視著他。

世遷雙手大力一推，把莉娜推開到床尾。

莉娜整個人都向後翻倒，於是抱怨地嚷著：「唉喲……你怎能夠對女孩子出手啊！」

世遷帶著不屑的樣子，加重語氣發出一連串的質問：「你到底在幹甚麼？你從哪裏進來？為甚麼進來沒聲音又不敲門？你到底有沒有禮貌？小時候父母沒有教導你禮儀嗎？」

他一連串的質問令莉娜頓時瞠目結舌，而且神色驟變凝重。

望見對方展露這種表情，世遷再補充一句：「怎麼了？被人訓斥後，氣不順嗎？」

「對，你說得沒有錯！我是從來都沒有人教導，因為我根本就沒有爸媽！」莉娜噘長嘴唇說道。

「……」世遷被莉娜的話弄得啞口無言。

「對不起，阻礙了你休息！」莉娜拋下這句話後，帶著快要哭出來的樣子，怒氣沖沖地離開世遷的房間。

世遷不忿地呼出一口嘆息，於是閉上雙眼打算繼續休息。

「你的語氣這麼重，人家是女孩子啊……你會傷透人家的心啊！」耶魯斯忽然從世遷的意識裏跑出來說道。

「哼！她竟敢對我無禮，是她自己找來的！」

耶魯斯也別臉過去，彷彿覺得世遷有點野蠻。

「喂……難道連祢都覺得我錯了嗎！？」世遷提問。

「你還是趕快去哄哄她吧！」耶魯斯彷彿嘰著嘴低聲回答。

世遷立刻從床上坐起來，晦氣地狂抓著自己的頭髮喃喃自語：「天啊！到底我做錯了甚麼事情？竟然連神都要我看顧這個女人！」

於是世遷下床穿上拖鞋，提起腳步輕聲地走到門前。打開了房門探身而出，伸頭出去左右兩望，而且在口裏念念有詞：「明明這裏是我家，卻要弄得像個小偷似的……」

世遷發現莉娜獨自坐在梯間的角落抽抽搭搭地飲泣著，然後碎步向前靠近莉娜。

「告訴我你的來歷好嗎？」世遷坐在走廊的梯間上，靠近著莉娜說道。

莉娜沒有理會世遷的提問，繼續瑟縮一旁飲泣著。

「好了，好了，是我不對了！」世遷最後唾棄般說道。

過去也曾經有過令他願意放下面子的人嗎？聽到世遷口中的「是我不對了」這番話時，耶魯斯感到有點莫名其妙。

就連在樓下的管家都躲身在梯間暗角裏，偷聽著二人的對話。世遷的道歉說話不禁令管家既驚訝又歡喜。

難道她才是真命天女？管家心裏暗生歡喜地想著。

但現在的世遷，可沒閒情去在意旁人的看法。自己無意的說話態度給人造成傷害，莉娜的眼淚成了一種衝擊，足以令世遷完全失去了方寸。即使過去靜瑜做女朋友的時候，世遷也從沒有過這種心情。

聽見世遷的道歉，雖然感覺說話語調沒太大的誠意，可是自己已經佔了上風的優勢，莉娜亦停止了眼淚，放過世遷一馬。

「當然是你不對啊！是你不對啊！」

「嗯……怎麼了？現在可以告訴我嗎？」世遷再問。

彷彿已經忘記了對方剛才的提問，莉娜愕然地說：「告訴你甚麼？」

「當然是你的過去呀！你擁有地下之神的力量，快告訴我知道吧，關於過去的一切！」世遷著急地說道。

於是莉娜呼了一口氣，然後跟世遷闡釋一切。

「我本來是個香港出生的女孩，出生後不久被自己的親生父母拋棄到孤兒院。後來在我三歲的那一年，一對夫妻收養了我。男的是日本人，女的是香港人，他們給我取了藤原莉娜這個名字。藤原是養父的姓氏，莉娜是養母取的。我們一家本來生活得很快樂，養父有一間小店賣樂器，養母就負責授課教古箏。我的古箏技術也是她教授給我的。直至他們出現了之後……他們把我的一切幸福生活都奪走了！」

莉娜說得有點兒激動。

「他們？」世遷疑惑著。

「沒錯，他們是日本黑幫大三環！那幫賤人每天都來騷擾我們一家，強收大金額保護費，有好幾次還把我養父痛打了一頓。我們這種家庭根本就負擔不起這種收費，最後養父被他們活生生打死，養母亦憂鬱成病，不久後亦病逝了……」

說話到這裏，莉娜不禁再次落淚。聽完事情後的世遷亦心有悸動。

「之後你就……」彷彿猜測到之後的事情，世遷如此說道。

「之後我遇上了洛斯達，祂賜給我音樂的力量。於是我把大三環那幫賤人一口氣通通殺個清光！」

從莉娜的說話語調中，世遷感覺到她對大三環的憎恨可說是到達了頂點。在情理上，世遷對莉娜的過去深感同情，可是始終是殺了這麼多的人，這種複雜的矛盾心情令世遷有一刻的猶豫。

雖然自己同樣擁有音樂力量去肅清罪惡，但是自己卻堅持著不殺人的原則。世遷深信著莉娜的骨子裏是善良的，只是被仇恨蒙蔽了雙眼而產生這種極端的復仇心態。

過去已成定局，再也改變不了甚麼，做人只有向前看。世遷決定要把莉娜從仇恨中帶出來，把她導入正軌，遂說：「隨我來，我想聽聽你的演奏。」

世遷把莉娜帶到一間房間，那是一間裝潢成練習樂器專用的音樂房間，牆壁上加裝了隔音板和鏡子。管家早已在香港大會堂的那時候，就把莉娜的古箏帶回來安置在這裏。

莉娜驚嘆著房間內的樂器擺設，那整齊得一塵不染的各色各樣的高級樂器，每件都是名貴又漂亮。形形色色、不同地方製的笙更令莉娜心生好奇。

對比之下，自己那部又殘又舊的小古箏，就好像一部垃圾車置身在眾多名貴跑車當中，格格不入。

「來，表演給我看看吧！用盡你的全力！」世遷指向古箏，然後對莉娜說道。

在古箏的旁邊擺放著一張中國式的圓木椅和古箏專用的腳架，莉娜將其放好，然後坐在古箏前面準備奏樂。

「那腳架和圓木椅定必是管家準備的……他又多管閒事了。」世遷微笑著嘆息搖頭，心裏念念有詞。

莉娜坐姿端正，閉上雙眼聚集精神，手指戴上了彈奏古箏專用的指甲，輕提雙手擺出架勢。

那傳統純正的姿勢使世遷目不轉睛地凝視著。

於是莉娜彈奏出古箏名曲《戰台風》，那是一首曲調氣勢磅礡，音韻鮮明，快速段落緊張激烈，慢速段落優美抒情的音樂。

「那纖細的手彈奏時居然發勁有力……」莉娜的功架令世遷略感一點錯愕。

左手用力指壓弦線改變音高，右手手指靈活地遊走在那五聲音階的二十一弦上。一氣呵成的演奏，毫無猶豫的熟練指法，以剛勁有力的手指彈撥出最後一個結束音。

莉娜自信地站立起來說道：「怎麼了！很厲害吧？」

世遷雙手拍掌以示讚賞，但之後又補充一句：「基本功紮實，但感情和音韻傳達張力還欠些歷練。」

「吓……你知不知道天下很多人都彈不出我剛才那種水平啊？」莉娜不屑世遷這番說話。

世遷隨手拿起一把笙說道：「那我們合奏一首《平湖秋月》吧！」

《平湖秋月》是一首中國民族樂曲。樂曲表達對西湖勝景的感受，曲調舒緩柔美，勾勒出了月夜下的江南湖景，富於萬千詩情畫意。

這首曲是任誰學過古箏都定必會認識的曲子，莉娜自滿地再次奏起樂聲。

箏弦配上笙簧的聲響可說是一絕的配搭，世遷把音飾演奏得柔情似水，臉上掛上七情，那是極豐富的情感表達。笙簧發出的聲響柔軟而有彈力，這是他吹奏時刻意用舌頭調節的技巧和聲響。那恰好力度的震音更是擁有著奪人魂魄般的魅力。

不消良久，曲子的聲響只剩下笙聲，莉娜停下手上的彈撥，陶醉在世遷的吹奏當中。

漸慢的終句彷彿化作成消散的霞氣，完美演繹出曲中的神髓。莉娜不禁為世遷的演奏感到眼前一亮。

「不用我解釋吧，以你的造詣應該領略得到。」世遷凜然地說道。

「嗯……」莉娜感覺到大家之間的差距，那不是彈奏快與慢的問題，而是情感表達的問題。

「今晚到此為止，收拾好東西就去休息吧。」世遷說罷便轉身離開音樂房間。

拖帶著一副疲憊的身軀回到自己的房間，世遷心想終於能夠好好安睡一覺，連房燈也懶得關掉，直接趴倒在床上閉目入睡。

一陣從口吹出來的風直捲入世遷的耳朵裏。

被這動作嚇得縮退曲身，「嘩嘩嘩……發生了甚麼事？」世遷嚇得嘴巴一開一合的。

「喂喂，你給我的房間太大了，我不習慣啊！不如我過來你這裏一起睡覺好嗎？」莉娜噘嘴回答。

「當然是不可以啦，絕對不可以啊！你是女孩子，怎能夠在我的房間睡覺呢？你用一下腦袋好嗎？晚安！」

世遷一下子把被子蓋過自己的頭，然後過了一會兒又把頭從被窩裏探出來看看。

莉娜噘著嘴巴，眼泛淚光。

「Jesus！真是的！你就是愛麻煩人。」世遷用手蓋著雙眼抱怨說道，「好了，就當我前生欠你的吧，你睡床，我睡在地上，那可以嗎？大小姐！」

話說未完，莉娜便立刻跳上床。

「好厲害啊！好大張床啊！我跳！」彷彿像個小女孩般天真地跳躍在軟綿綿的大床上，世遷對她的樣子感到沒氣。

鋪好在地上的床鋪，關上了房燈後，世遷抱頭入睡。

「喂喂，陪我聊聊天吧……」莉娜低聲地嚷著。

可是疲憊不堪的世遷已經沉睡得不醒人事。

從窗櫺滲透的月光，照射到世遷的臉龐上。望著那樣子的世遷，莉娜的嘴角甜絲絲地微笑著。

那是她自從失去親人以後久違的笑容。

於是她就這樣微笑著入睡，度過了溫馨且快樂的一晚。

第二十一章 相處

今天是萬里無雲的晴空，十月中旬的柔和陽光令人感到舒泰。

新的一天又來了，晨光把莉娜從熟睡裏弄醒過來。睡眼惺忪地梳洗一番後，悠悠地從世遷的房間裏走到大廳。看見正在吃早餐的世遷，莉娜感到莫名的生氣。

「吃早餐都不叫醒人家，真是自私鬼！」莉娜提起嗓門嚷著。

正在咀嚼食物的世遷向莉娜瞥了一眼，遂揶揄著說道：「大小姐你在睡覺，我豈敢弄醒你啊？難道我就不怕你的洛斯達懲罰我嗎？」

「哼」一聲，莉娜噘著嘴，別臉過去。

世遷放下餐具，用餐巾輕輕抹掉殘留在嘴角上的食物汁，遂說：「我吃飽了，管家你今天不用接送我了，我已經電召了的士，我自己去開會就可以了。」

「好的。少爺，路上請小心啊！」管家禮貌地回應著。

於是世遷轉身便離開了大宅。

莉娜怒氣沖沖地交叉著雙手抱在胸前。

管家上前客氣地說道：「早晨，莉小姐。想吃點甚麼早餐呢？奴家可以做給你。」

心知自己只是個客人，根本就不應該要求別人為自己做甚麼，莉娜一臉尷尬地回答：「啊……不用客氣了，我自己做就可以了。」

莉娜走進廚房裏，嘩……廚房內有十多個兩米半高度的雪櫃，約二十個不同類型的灶頭，有明火的，有電磁的……面前的景觀使她嘩然咋舌。

廚房的枱上擺放了一份精美的早餐，莉娜雀躍地上前走近。

「管家，這裏有一份早餐啊，我吃這個就可以了。」莉娜興奮地說道。

「啊……這是今早少爺做早餐的時候特意為你做多一份的。」管家回答。

「吓！一個少爺竟然懂得煮食物？」莉娜驚嘆沉吟著。

「請不要小看少爺啊，其實他凡事都親力親為，是個很本事的人。」管家突然肅然起敬地讚說道。

莉娜咪眼苦笑，可是心裏是高興的。

地下之神——洛斯達亦不禁道出一句：「我從沒有見過你如此快樂，唯獨這個叫歐世遷的小子能令你面露笑容。以前殺人不見血的莉娜不知往哪裏跑了。」

「多管閒事啦！」莉娜春心盪漾，甜絲絲地微笑說道。

管家皺起眉：「吓？」

莉娜雙手豎起十根手指，猛烈地搖動著：「啊……沒甚麼，我在跟洛斯達說話而已，哈哈哈！」

突然管家汗毛豎直，嚷著：「不打擾你們聊天了，奴家去繼續幹活。」

之後管家便飛奔離開廚房，彷彿很害怕看不見的洛斯達。

時間來到下午。

歐世遷一如既往在中環的商業大廈裏跟葵英社和雲千社的人開會，商討有關過去面具人的事。

孫葵英和馬忠延互相猜忌，他們懷疑社團有內鬼，所以開始發生口角。

世遷心知上一次音樂會的事情。孫葵英和馬忠延沒有出現是一早計劃好的，目的是打算借助面具人來殺死我，剷除了我之後，下一個就是媽媽，最後就是吞併魂鷹社的所有。說不定他們在發生的口角之爭，也只是在我面前演戲！

世遷向他們及一眾叔父頭目提議，把香港三大社團合併，組成一個大組織，並興建一座屬於他們自己的大樓，以方便日後資源管理。

眾人聽見提議後都議論紛紛，各自有著不同的見解說法。從他們的眉頭眼額中可以看見，反對的聲音較贊成的多，甚至連一向揮霍無度的馬忠延都有所猶豫。

於是世遷提起雙手，示意眾人稍安毋燥，遂開口說道：「我很明白大家擔心的是甚麼問題，興建大樓一事需要龐大資金，而且花費時間也較長。不過為了統一社團，向外界展示我們的實力，那是必須的，而且我們還要上下一心，把可惡的面具人揪出來，為死去的兄弟報仇！」

眾人都在交頭接耳，在世遷的宣言下，他們的態度較開始時有些細微的轉變，但氣氛依然是沉寂的。

果然他們對死去的手下毫不在乎……我還以為這樣說會激起他們的意志，沒法子了，唯有……世遷心裏想著。

正當孫葵英打算代表眾人向世遷提出擱置這個計劃時，世遷發出「唔！唔！」的喉嚨聲，遂說道：「各位，我願意以私人名義出資興建，那麼大家沒有意見吧？」

本來想反對世遷的提議，孫葵英把窘在喉嚨的說話，吞回肚子裏去。

眾人為世遷的說話驚嘆著，然後下一秒各人都假裝紳士般頷首贊同。

「既然世侄有此雄心壯志，我們一眾叔父一定支持你的，大家說對不對？」馬忠延以雄厚的聲線高聲喊著。

然而眾人都立刻和應馬忠延的說話，孫葵英亦陰暗地嗤笑著。

世遷從眼角的餘光留意著孫葵英的一舉一動，雖然心裏不忿對方在嘲笑自己愚笨，可是另一方面亦為對方感到可憐，因為他們並不知道自己已經掉進了圈套。

相比起對方暗地裏嘲笑自己，世遷更認為自己是大智若愚。

「好的，我再想一下詳細內容，下星期再跟你們商討有關興建大樓的事情，今天就這樣子吧！散會。」世遷總結著說道。

眾人相繼離開會議室，孫葵英走近世遷的身旁假惺惺地說道：「世龍，辛苦你了！你一直為社團的事勞心勞力，你父親在天之靈一定很安慰！」

「嗯……謝謝叔叔。你們的年紀都開始大了，所以作為後輩的我要更加努力啊！」世遷保持親切的笑容揶揄回答。

凡事不用大腦，單憑拳頭辦事的馬忠延聽見世遷的話後一臉喜悅和欣慰。

可是聽得出弦外之音的孫葵英卻不經意地露出不悅的神色。

「世侄，期待你的計劃。」孫葵英比剛才加重了語調說道，然後轉身離開。

馬忠延輕拍世遷的肩膀，然後緊隨孫葵英其後。

當他們背向世遷遠去的時候，世遷向他們的背影伸出舌頭，裝出一副難看的鬼臉，然後舉起中指，那是個粗言穢語的手勢。

發洩了心中的不忿之氣後，世遷閉上眼簾，嘆了一口很深的氣。

「世遷，你有甚麼計劃嗎？」耶魯斯好奇問道。

「嗯，我發誓要把黑幫社團瓦解！」世遷在心裏回應。

今天管家沒有接送世遷，所以他打算自己坐計程車回家。

在升降機內，世遷的腦海裏突然浮現出一個念頭。倒不如趕快去考個車牌，以後自己開車不是更方便嗎？那就不用時常依靠管家了。

話說未完，升降機到達地下大堂，「叮」一聲，門打開了。世遷依然思索著考車牌的事情。

突然，一把熟悉又令人厭煩的女性聲音瞬間掠過耳朵。「喂喂！您好嗎？」莉娜從一處暗角撲出來，親切地說道。

跟之前在音樂會裏的感覺完全是判若兩人，卸去面具人的裝束和臉上的殺氣，塗上淡淡的胭脂，些微的口紅，穿著簡單的襯衣、牛仔褲和帆布鞋。身材雖然比不上靜瑜，可是纖瘦的體型更顯莉娜的嬌滴。

被她的打招呼方式嚇了一跳，本來思索著事情的世遷立刻倒退一步，身體往後瑟縮，並嚷著：「喂，你有精神病嗎？人嚇人是沒有藥醫啊！」

莉娜洋洋自得地伸出舌頭，聳聳肩膀。

「你怎會知道我在這裏？」世遷問。

「因為我是聰明的女孩！」莉娜繼續得意地回答。

「別廢話吧！是管家告訴你的對嗎？」世遷略為加重語調說。

「明知故問，你就是說屁話！屁話人！臭屁人！」莉娜提高嗓門嚷著，並伸出舌頭。

頓時整個大堂的服務員都把視線落在世遷的身上，她們更在竊竊私語。

「喂，你們看到嗎？那個女的竟然膽敢罵歐先生啊！」

「她是誰啊？好像不是以前的那個音樂老師，是新女朋友嗎？」

「身材平淡無奇，樣貌還可以的吧……」

「歐先生轉口味喜歡這種女孩嗎？」

眾女性服務員的低語聲令世遷的臉立刻變得嫣紅，不好意思的他只好頷首逃避眾人的目光。

「喂，你是港女嗎？當眾大聲說話，全場的人都在看著我們啊！」世遷低語著。

「哦，是的嗎……」莉娜沉吟著。

話未說完，莉娜用力一吻世遷的側臉。

「喂！你瘋了嗎？」世遷用手擦著臉說，然後抬頭環視四周。

眾人都顯現出詫異的神色。

嘩然聲彷彿侵襲著世遷的耳朵，就連耶魯斯亦然。

本來比世遷早離開一步的孫葵英和馬忠延，在登上豪華房車的一刻也沒有錯過這一幕，腳步窒在車門前，目瞪結舌地看著二人。

一陣尷尬的氣氛籠罩著整個大堂，世遷皺起眉，擦著臉，拔足而逃。

「喂，別走啊，別丟下我啊！」莉娜高聲嚷著。

孫葵英看見這一幕，搖頭嘆息：「年輕人的生活就是充滿著激情，又一個新女朋友……」

馬忠延亦苦惱地思索著，到底自己是幾時見過這個女孩，可是過了一會兒仍然是記不起。

世遷怒氣沖沖地急步走到中環街道上的拐角，打算準備截計程車離開。

「慢著，等等！」莉娜氣喘吁吁地追趕上世遷的步履嚷著。

「你還拖累我不夠嗎？剛才大堂內的人都把我看成笑話啊！」世遷怒髮衝冠地說。

「唉唷……人家開玩笑而已，怎麼會如此認真啊？喂，我有一個好提議，不如讓我帶你去探險樂園玩玩吧。很好玩的啊！反正你一臉灰沉，就趁今天好好放鬆一下吧！」莉娜雀躍地回答。

恍如被莉娜氣得像個膨脹的大氣球，世遷瞪大兩眼。

「別絮絮叨叨了，走吧！」莉娜一手拉扯著世遷的衣服走去。

世遷流露出一臉不情願的樣貌。

莉娜帶著世遷搭地下鐵，前往九龍區去。

這是他一生人裏第一次乘搭地下鐵，感到新奇怪異的他不禁愕然起來。中環地鐵站的人流熙來攘往，雖說是社會腐敗的時代，可是仍有不少穿著西裝的上班一族在行走，而通道上亦有些小混混在目光兇猛地四處張望，彷彿在尋找獵物似的，過樓梯的拐角還有不少毒癮子瑟縮一旁吸食毒品，一片混亂。

「喂，停下來！你帶我來乘搭這種車？我不能坐這種交通工具的！」世遷用力甩開莉娜的手，激動地說道。

「怎麼了？坐地下鐵有甚麼問題？」莉娜皺起眉疑問著。

「喂，小姐。我是魂鷹社主事人，是個黑幫社團頭目啊！而且我還是個億萬富翁，怎能夠與這些平民一起坐地下鐵呢！對吧？」世遷用手指著身邊走過的每一個人，手舞足蹈地向莉娜說道。

「這就對了！這樣不是顯現得你更親民嗎？」莉娜回駁世遷的話。

一瞬間，莉娜突然高呼吶喊著：「各位，魂鷹社頭目，你們的老大第一次乘搭地下鐵啊！他說要與民同樂啊！」

迅雷不及掩耳，已經來不及制止莉娜，地鐵站大堂內、通道上，甚至是梯間上，數十個的魂鷹社小混混都立刻從四方八面跑出來，包圍著他們二人，並異口同聲地歡呼吶喊著「歐老大！」

聲音響亮得令整個中環地鐵站都震動著，還有不少途人拿出手機拍攝著現場實況。

世遷見狀，只好順應情況禮貌地說道：「各位兄弟，今天我要跟這位小姐乘搭地下鐵，煩請大家讓路一下。」

「是，歐老大！」數十個小混混同時回應，並給他們二人讓開路。

世遷禮貌地跟他們頷首，然後莉娜教世遷如何購買車票，於是通過閘口進入月台。

「呼！」世遷呼了一口大氣，擦拭著額頭的汗珠。

莉娜看著世遷的尷尬臉容偷偷地笑起來。

「笑笑笑！笑甚麼啊？你這個瘋癲的女人做事就是不顧後果的。如果剛才的小混混不認識我，或者是發難，我看你如何是好！」世遷激動地破口大罵。

「大不了我把他們一口氣都殺掉吧！反正我有洛斯達在這裏。」莉娜泰然自若地說。

「你有樂器帶在身嗎？」世遷冷言地揶揄莉娜。

「沒有……」莉娜一臉錯愕地回答。

「白痴！不要動不動就要殺人好嗎？殺人是犯罪啊！從今日起不要再提殺人的字眼，亦不能再殺人！否則我決不會原諒你。清楚了沒有？」世遷用很重的語調嚴厲地訓斥莉娜。

「知道了……」莉娜低著頭，一臉歉疚地嘛嘴說道。

「還有祢啊，洛斯達！」世遷繼言。

「！」躺著也中鎗的洛斯達一臉愕然。

「倘若祢再把力量借給她胡亂殺人，我定必會追究祢！」世遷閉上眼簾，用意識傳遞給洛斯達。

雖然這絕對是對神不尊敬的語調，更是不該的態度，可是聽到這番話的時候，洛斯達竟然靜靜地受訓斥，因為祂亦自覺從前太過縱容莉娜了，弄得她一副刁蠻任性的性格。洛斯達認為是時候讓莉娜受教了。

耶魯斯在偷偷地笑著，念念有詞地揶揄對方：「唉唷！洛斯達，活該了。看我選的世遷多成熟啊，多有本事啊！呵呵呵。」

洛斯達別臉過去，擺出一副不滿的樣子。

經過一番車程後，他們終於到達了黃埔車站。

世遷用脫下的外套捆包著自己的臉，免得其他車站的人認出自己，引來騷動。

二人偷偷摸摸地走出車站，行在街道上。

「明明是個有頭有面的有錢人，怎麼會……」世遷絮絮叨叨地沉吟著。

莉娜微笑著說道：「嘗試新事物啊！」

「都是怪你啊！」世遷瞪著她說。

你一句，我一句，轉眼間就去到探險樂園的旗艦店。

遊樂場佈置得色彩繽紛，擺放著不同類別的小型機動遊戲機。不少大人也帶著自己的小朋友在玩耍，雖然在黑幫當道的亂世裏，生意不太興盛，可是深得一眾家長和小朋友的喜愛，探險樂園的生意總算勉強維持得住。

「喂！這邊！」莉娜一看見自己喜歡的機動遊戲就立刻興奮得跑過去，並手舞足蹈地示意世遷過來。

「這是推銀機啊！很好玩的。以前在日本，我義父母也帶我玩過。」莉娜用手指著推銀機。

「機內的金幣也不是真的錢幣，有甚麼好玩？」世遷一臉不感興趣，冷冷的說道。

「你就沒有童真嗎？」莉娜斜目一瞥問。

「我小時候就只有練習樂器，偶然提筆寫作短篇故事，研究一下中國文化歷史。這些遊戲我從來沒有玩過。」世遷皺眉回答。

「那麼今天就要好好學習了！來吧，讓本小姐教你！」莉娜抓住世遷的衣服，並把他帶到兌換代玩金幣的收錢處。

用一百元港元兌換五十個代幣，莉娜自掏腰包請世遷玩。「好的，今天就用五十個代幣換個大獎品回來。」莉娜自滿地揚言道。

莉娜親自執手教世遷玩推銀機。雖然並不是第一次與女孩子有如此親近的身體接觸，可是他突然有著一種莫名其妙、怦然心動的感覺。那是從未有過的感覺，甚至靜瑜也沒有帶給過自己這種抖顫的感覺。

莉娜執起世遷的手，面貼面地教導他，使他不禁靦腆起來，被執住的右手亦不由自主地抖顫著。

「怎麼了？手要鎮定，然後看準時機投下代幣！」莉娜在世遷的耳邊嚷著。

那個平日一臉灰沉認真的世遷，頓時彷如消失得無影無蹤，任由莉娜的指導擺動著右手。

一次、兩次、三次……世遷總是看不準時機，把代幣投到邊界或零分位置。

莉娜用一個代幣示範給世遷看，誰料她投一下就已經贏取了大量得分。

莉娜沾沾自喜說道：「看到本小姐的厲害了嗎？」

世遷也不禁為其驚嘆著。

五十個代幣轉眼間就全部用完了，可是被世遷浪費了三分之二，莉娜贏不到獎賞得分，然後納悶沉吟著：「唉，今天換不到獎品了……」

世遷靈機一觸：「大不了再兌換代幣就可以了吧。」

世遷轉身就走到收銀處，再一次拿出他那張屬於頂級富豪群體而且無簽帳額度上限的黑色簽賬卡。

「麻煩您，我想兌換一萬元代幣。」世遷隨意地說道。

女性收銀員瞠目結舌：「先生，不好意思……我們這裏是不收取信用卡的，只收現金。」

可是黑卡的魅力把櫃檯內所有職員的眼光都吸引過來。

「啊……那麼就這一疊吧！」世遷從褲袋裏拿出一疊一千元現金鈔票，驟眼看應該都有五、六萬元港幣。

所有職員兩眼睜圓瞪著世遷。

「慢著！」莉娜喊著。

莉娜從世遷手上把鈔票搶過來，只拿出了一張一千元鈔票兌換了價值一百元的五十個代幣。接著，她把其餘的錢對摺好，並放回他的褲袋裏去。

「喂，你瘋了嗎？在探險樂園豪花一萬元？把這種驚人的黑色簽賬卡拿出來？還要在眾目睽睽之下拿這麼大疊的現金鈔票出來？你是不是想被人打劫？」莉娜捉住世遷的手，在他耳邊激動地低語著。

「有甚麼問題？」世遷泰然自若地說。

「當然有問題啦！街上有很多壞人、賊人和騙子，財不可露眼啊！」莉娜叮囑著世遷。

可是世遷根本就沒有將此看成一回事，因為他……實在太富有了！

莉娜善用五十個代幣，從推銀機贏取了最高得分，並得到了一萬張獎票。

手上還剩下兩個代幣，莉娜把世遷帶到另一個遊戲攤位，那是擲代幣投彩虹。

她看到擲中中心位置的大獎是一比一真人大小的熊公仔，那是日本現在最流行的卡通人物。她閉上眼簾，在沒有尋求洛斯達幫助的情況下，擲出她純純的一次。

代幣落在彩虹的邊緣。「唉唷……欠了點運。」莉娜嘸嘴說道。

世遷露出揶揄的笑聲，嘴角微微一翹：「看我的吧！」

世遷一口氣擲出代幣，可是……

「呵呵！有人出醜啊！還要裝帥。哈哈哈！」莉娜指著世遷捧腹大笑。

世遷的代幣落在出界邊緣。

莉娜提著手上的獎票準備去換領禮品，世遷則說要上洗手間，一會兒回來。

正當莉娜心花怒放地挑選禮品的時候，歡樂一瞬間被某人破壞。周圍響起了一下鎗聲，眾人嚇得立刻落荒而逃，或抱頭蹲在地上。站在莉娜旁邊的婦人被開鎗的男人搶走了手袋，那個男人還劫持著她的小朋友。

頓時全場只有莉娜佇立其中，場面一片狼藉。緊張和死亡感籠罩著整個地方，男人在發出彷如野獸般猙獰的吼叫聲。

從陰暗的眼神看得出，那個男人應該是反社會人格的極端分子，他邊訕笑，邊宣言道：「我是救世主，還富於民，照亮新世界！」同時向天發射多幾鎗。

莉娜蒸騰出久違的憤怒和殺氣，可是她並沒有樂器在手。本打算運用音樂力量對付那個男人，但發現自己沒有樂器隨身，莉娜突然焦急地惶恐起來。

男人用鎗指向莉娜，準備扣下機板朝她身上開鎗。

莉娜瞬間汗顏，用力地咽了口唾沫，心裏念念有詞：「今次死定了……」

忽然一陣單薄的笙簧聲，不知從哪個方向傳過來，並長奏著一個長高音，恍如有人把哨子吹響著。一般人未必能夠分辨出是甚麼聲，不過莉娜就清楚著那是笙簧的聲音。

隨著笙簧聲長鳴著，那男人手上的鎗忽然向下彎曲，並發出滾燙的熱力，漸漸火紅起來。

那是金屬被高溫火焰燒烤著的現象，金屬開始慢慢熔化。那男人想把鎗丟棄在地上，可是金屬溶化並黏貼在他手上的皮膚裏，高溫的火熱把他的手嚴重灼傷。

那男人把劫持的小朋友一手推開，丟下婦人的手袋，用本來劫持人質的左手用力地拉扯著正熔化的手鎗。

他悲鳴著倒下，在地上翻滾，痛苦地不斷掙扎著。

被釋放的小朋友立刻跑回母親的懷裏痛哭著，那是受驚過度吧！眾人為眼前的景象嚇得目定口呆、雙腳麻木，甚至有人用手蓋著眼睛，不忍直視這慘不忍睹的景象。那彷如神懲罰著罪人的情況，使四周充滿著詭異的緊張氣氛。莉娜屏息靜氣地看著事情的發生，任憑那男人痛苦地呻吟。

忽然間有人從人群裏高聲喊叫著：「一定是面具人的懲罰啊！是面具人來救我們啊！」

莉娜立刻望向那喊叫著的人，從旁亦不少人和應，吶喊著「面具人」這三個字。

那男人的手被熔化的金屬灼傷，皮膚潰爛不堪，血肉模糊地流淌著鮮血。他已經再沒有多餘的力氣反抗或站立。

莉娜趁這空檔子嚷著：「大家快把他捉住，然後報警。這失心瘋的壞蛋不能放過他啊！」

響應著莉娜的呼喊，幾名熱心的男人把罪犯用力地按壓制服在地上，然後報警等待警察到來。

在混亂的情況下，笙簧聲不知何時已經停了下來。正當人群漸散時，世遷泰然自若地出現在探險樂園內，並在地上撿起那婦人的手袋，然後還給她。

「謝謝你！」婦人連忙感激著世遷說道。

世遷轉身望著莉娜，二人並交換著眼神。

慢步走近世遷的身旁，莉娜在他的耳邊低語著：「剛才幸好有你！」

世遷擺出一副凜然的表情和姿勢，恍如陶醉在自己所做的事情裏，然後說道：「走吧！在警察來到之前儘快離開。」

二人在混亂的人群中淡然離去。

第二十二章

觀念與風氣

離開探險樂園後，已經是晚上。二人循著美食的味道尋找到一間中式餐館。

世遷較愛吃中式的菜式，莉娜緊隨他的步履進入餐館，雙雙坐下。

翻動著菜單，世遷二話不說點了一籠小籠包。

「我要小籠包！你不要跟我搶食啊，我自己要吃一整籠的。」

「怎能獨食啊？我也要吃！」莉娜嘛嘴說道。

「你自己另外下單要一籠吧！」世遷回應。

「給我兩件試試？」莉娜哀求著。

「不行！」世遷閉眼搖頭。

「一件！」莉娜再哀求。

「唉，好了！一件而已！」世遷回應。

莉娜露出沾沾自喜的笑容，因為她自覺可以分到一件小籠包很有滿足感。

「麻煩請下單！」世遷嚷著。

一名整齊穿著餐館制服的待應走過來：「您好，請問想吃甚麼呢？」

「麻煩你，我要一籠小籠包、一碗上海排骨擔擔麵、一杯即磨豆漿。」世遷一口氣說出自己想吃的菜。

「好的，請問旁邊這位小姐呢？」待應禮貌地問。

「哦……我吃他點的菜就可以了。」莉娜爽快回應。

「好的，請稍等。」待應拿著一部平板電腦下單，然後再為他們盛茶。

「喂，別想分我的食物啊！想要甚麼，自己點菜。」世遷冷冷地說話。

「別做自私鬼吧！我知道你會分給我的。」莉娜拉扯著世遷的衣袖說道。

假裝充耳不聞，世遷嚮嚮地啜茶。

「喂，剛才你吹奏的笙收藏在哪裏？為甚麼不見你提著呢？」莉娜好奇地問。

「那是我自製的細小竹簧，收藏在衣袋裏，是為了不時之需。」世遷冷冷一瞥，然後闡釋著。

「哦……剛才幸好有你，不然我和那裏的人都遭殃了。」莉娜低下頭沉吟著。

「哼，幸好有我，這個世界才會得到和平。」世遷沾沾自喜地抬起下顎。

「啪」一聲，莉娜用力拍在世遷的手臂上。

「喂喂，不要自我感覺良好！下次要讓我去制裁罪犯啊！」莉娜說道。

留意到旁邊有些怪異的眼光望向自己，世遷立刻用手勢示意莉娜說話要細聲一點。

未幾，食物的香氣隨即飄來。

「嘩！」

待應生把所有的食物逐一從托盤放到餐桌上。

小籠包從蒸籠裏發出白色蒸氣，擔擔麵浸泡在鮮紅色的湯裏，上海排骨發出金黃色的光澤，奶白色的豆漿充滿黃豆味的香氣。

一切都使二人垂涎欲滴。

「我不客氣了。」莉娜拿起筷子打算夾下小籠包。

嗖！一陣清勁的風迅速掠過，世遷用自己的筷子夾著莉娜的雙筷。

「別要動！」世遷激動地嚷著。

「怎麼了？你自己說給我一件吃啊！」莉娜嘛嘴說道。

「讓我來夾給你，免得你不小心弄穿了小籠包的皮，把內裏的湯汁都污染到我的小籠包上。」世遷說得振振有詞。

世遷用筷子夾起小籠包的頂部，整件輕易夾起，完整無缺地安放到莉娜的碗子裏。

「趁熱吃吧！」世遷說。

「好可愛啊！完整的小籠包外觀果然很重要呢！」莉娜幸福地哼著歌般說道，並從袋中拿出手機，咔嚓咔嚓地從多角度去拍攝食物照片。

看著這樣的莉娜，世遷不禁搖頭嘆息，喃喃自語：「唉……這個白痴女人……」

「之後要上載到社交網站呢！」

世遷立刻用手按壓著莉娜的手機：「喂，不要上載到網上啊！」

「為甚麼？」

「你忘記了自己是面具人嗎？不要到處留下能讓人追蹤的線索！」世遷壓下聲線，低聲說道。

「啊……對啊！」莉娜恍然大悟，於是放下了手機。

她用筷子把小籠包夾起，並輕輕地淺嘗一口，小籠包內的湯汁全部漏掉在碗子裏。

「小心燙口啊！」世遷一邊把整個小籠包放進口裏，一邊沉吟著，假裝漠不關心，但又留意著。

看著世遷能一口吃下整個小籠包，莉娜不甘示弱，也把小籠包吃下。

「唔！很好味啊！」她發出驚訝叫聲。

世遷把剩下的整籠放在莉娜的面前，然後自己另外再下單點一籠。

「好吃就吃多點吧。」世遷冷冷的說道。

頭。

莉娜沉醉地浸淫在舌頭上的餘韻之中，同時也感覺到世遷那份內斂的溫柔。於是她滿足地點點頭。

「值五星啊！」那是莉娜所作出的最高級別評價。

二人享受完美好的晚餐後，便乘坐計程車回去歐氏大宅。

轉眼間時間又過了幾天。

歐世遷接到一位以前混在中學時結識的同學的電話，那就是陸志謙。

對方邀請自己出來聚會晚餐，世遷爽快應邀，並揚言會帶同一位女性朋友出席。

「喂！電話中的那個人是男還是女？」莉娜帶著質疑的態度問。

「關你屁事！是女的啊！呵呵呵！」世遷以精湛的演技假裝出一副洋洋自得的樣子回答。

莉娜鼓起兩腮，噘起嘴巴。

「唉……帶你去結識一下我的女性朋友吧！」世遷輕浮地說道。

莉娜裝出一副比剛才更不滿的樣子。

「怕了你吧……那是男孩子，是我以前混在中學打擊罪惡時的同學。」世遷彷如唾棄般說道。

終於釋懷的莉娜從不滿中露出一點微笑。

街道上的汽車往來不絕地駛過，他們相約在九龍區一間日式餐廳裏飯聚。

佇立在餐廳門前超過半小時，莉娜不耐煩地說道：「你的朋友怎麼了？是不是忘記了約會？」

世遷拿出手機看一看時間，然後皺起眉，一臉不耐煩地沉吟著：「那個臭小子真沒有時間觀念！」

「別等了，我們自己入去先坐下點餐吧！」

世遷二話不說先行走進餐廳裏，而莉娜緊隨其後。

他們在吃什錦燒，這是莉娜在日本生活時最愛吃的食物之一。

醬汁烤焦時所散發的香氣撲鼻而來，饞嘴的世遷把湧出的口水骨碌骨碌地吞下。莉娜以令人意外的純熟技巧，快速地把什錦燒烤著。

「紫菜要加嗎？」莉娜問著。

「要啊要啊！多紫菜！」世遷應聲答道。

「海鮮蝦要加嗎？」

「要啊要啊！全部都要！」

正當他們專注著面前的什錦燒的時候，突然後從旁冒出了一把男性聲音。

「Hello！」

二人同時往聲音方向看過去。

莉娜一臉不屑地問：「他就是你的同學嗎？」

世遷感到莉娜非常不滿，遂說：「哦，對的，讓我介紹他是陸志謙，是我中學同學。她是莉娜，是我的朋友。」

把目光都注視在莉娜臉上的志謙色迷迷地說道：「嘩，沒見一陣子，世遷你卻泡到個美女啊！」

世遷沒有正面回應，只是苦笑著。

明明是讚賞，可是莉娜聽下去就是不中耳。

為了舒緩氣氛，世遷用手示意志謙坐下來。打算親近女性的志謙一下子坐在莉娜的旁邊。

莉娜很自然地嚷出一句：「滾開到對面坐！」

世遷尷尬地叫志謙坐在自己旁邊，三人面面相覷地烤著什錦燒。

沉默了一會兒，世遷率先開口：「志謙，剛才你到了哪裏去？我們等待了你很久。」

「哦……我剛才在家裏玩網上遊戲，所以遲了少許時間。」志謙泰然自若地說道，完全不把遲到看待成事情。

「少許？」莉娜怒盯著志謙說道。

志謙沒有理會莉娜的怒視，然而繼續自己的講話：「啊……原來由我家步行過來餐廳也不是很遠啊，輕輕鬆鬆二十分鐘就能夠到達。」

莉娜停止了翻弄什錦燒，兩眼瞪大地盯著志謙。

「你缺錢嗎？」世遷苦笑著問。

「不，只是覺得沒需要。」志謙說得振振有詞。

世遷和莉娜互相投了一個眼神，二人的心裏同時想，志謙根本就沒有時間觀念，也沒有重視約會。

大家一邊咀嚼食物，一邊聊天。莉娜不滿地沉默寡言，而世遷就唯有獨自唱戲，儘量緩解尷尬氣氛。

世遷隨意問道：「志謙，畢業後你在忙甚麼啊？」

志謙一邊忙著擦手機，一邊回答世遷：「你還好意思說出口？還沒有畢業你就忽然退學了。」

世遷苦笑著。

「沒甚麼搞作啊，暫時也不想找工作，還想趁年輕自由自在。不過最近我在網上認識了一個新女孩，原來網上交友感覺真不錯啊！」志謙說。

「那麼以前中學的那個倩怡呢？」世遷好奇問。

「哪一個倩怡啊？」志謙放下手機，皺起眉說。

「鄰班的那個班花李倩怡啊！」世遷咬牙切齒地道出那女孩的名字。

「哦……她不接受我，那麼我就轉移目標了。」志謙冷靜地說。

「像你這種廢物，任何女孩都不會對你有興趣吧！」莉娜不屑地沉吟著。

「吓？」志謙聽不清楚莉娜在說甚麼。

「哦，不要緊吧。不過網上結交朋友要小心啊，因為有很多陷阱。」世遷語重心長地說。

可是漫不經心的志謙只是繼續滑自己的手機，根本沒有把世遷的話聽入耳。

世遷和莉娜心中不約而同地覺得，這個志謙根本就不像有意約會飯聚，相比下更像拼桌蹭飯吃似的。

雖然如此，但世遷依然包容，畢竟也是同學一場吧！

「志謙，那個女孩叫甚麼名字？」世遷提問著。

「吓？她……」志謙心不在焉地吞吞吐吐。

「喂，人家在跟你講說話啊！」莉娜終於忍不住開口。

「哦……她叫詠珊，又叫「辣雞」！很火熱呢。她上載到網上的照片很棒的啊！」志謙彷如發情般一臉痴漢地說道。

「辣雞？」世遷一瞬間猶疑起來，彷彿名字曾經在哪裏聽過一樣。

「別管他了，我們走吧！這個廢物根本就沒心跟我們吃飯，別浪費時間了。」莉娜豪氣地把錢擲在餐桌上，然後拉扯著世遷離開。

志謙一臉愕然地念念有詞：「怎麼了，他們這對男女發甚麼神經病？」

他仍然覺得自己沒有半點問題。

被莉娜強行拉扯到街上的世遷嚷著：「不用發這麼大脾氣吧！」

「這種沒營養的朋友乾脆就甩掉吧！會腐蝕你啊！」莉娜激動地說。

「哈哈哈，沒這樣誇張吧……」世遷苦笑著。

可是「辣雞」這個名字卻令世遷非常在意……

第二十三章　誘惑騙局

二零三三年十月下旬，陸志謙接到女網友何詠珊「辣雞」的約會。那個女孩表示有意約會志謙到港島區柴灣的一座舊式工廠大廈相見。她訛稱自己在那一座工廠裏工作，希望在晚上的時候志謙可以前來接自己下班。事情就這樣開始發生了……

在當天的早上……

「喂喂，今晚你打算去救那個臭小子嗎？」莉娜躺在沙發上懶洋洋地悶哼道。

世遷的嘴角微微向上一翹，沒有正面回答。

「算甚麼意思啊？洛斯達昨晚已告訴我知了，那臭小子會惹禍上身，難道你也不打算去救他嗎？」莉娜加強語氣再說。

世遷一邊享受著美味的早餐，一邊發出冷笑聲搖頭：「每一個人都需要受過挫折才會懂得成長。」

莉娜苦惱地咀嚼著世遷的說話。

滴答滴答，時間一分一秒地過去，轉眼來到了晚上。

柴灣的工廠區每當入夜後就會變得杳無人煙，靜謐且髒亂的小巷街道，只有寥寥可數的汽車停泊在路邊。燈柱不夠照亮整條街道，加上秋天涼風吹過，使街道更感涼寂。

正值少年的志謙一直渴望尋求一個伴侶，可是年輕的他可能是因為太年輕吧，因此認識朋友也不管那麼多，從來只管看表面的。

惡夢已一步步向他走近……

當晚志謙興致勃勃，在衣櫃裏選出了一件他認為是最酷的衣服穿上。他打算在約會的第一次，在對方面前建立最美好印象。

身穿低胸背心，配上黑色皮褸、緊身牛仔褲和靴子，棕色栗子型短頭髮，濃厚的妝容襯托兩道幼幼的眉目，嘴上深紅色的口紅盡顯那是烈女般的造型！

志謙到達約會地點，見到一位散發著如此野性般魅力的女性佇立面前，他恨不得立刻被那股野性馴服。

「不好意思，請問你是……」志謙徐步上前，靦腆地說道。

話音未落，對方便撲上前，向志謙投懷送抱。

「謙，我真的很想你啊！」那女性帶著嬌氣說道。

被女神擁抱著，兩個身體緊貼的一瞬間，冷冷的空氣彷彿令人窒息似的。志謙內心興奮得怦怦躍動，於是勇敢地把雙手纏繞在對方的腰間，順勢從上而下輕撫著女性的背部，感受著那曖昧親暱的心動感覺。

「現在已經晚了，不如我們去附近找一間餐廳吃晚餐好嗎？」志謙深情地問道。

那女性用指尖輕輕一戳志謙的胸口，以溫柔的口吻在他的耳邊低聲說道：「好，我先去更換衣服，你在這裏等我，不要走開啊！」

志謙被她的低語弄得神魂顛倒，女性身上散發著一陣陣濃厚的香水味，低胸背心把半胸若隱若現地露出，那香氣和高挺的胸部刺激著志謙的大腦。

浸淫在女兒香的志謙立刻頷首示好。

女性轉身嘴角微微翹起，不經意地流露出嗤笑的臉容，信步離開。

滴答滴答……時間過了十五分鐘。志謙一邊滑著手機，一邊等待著那女性回來，可是一直未見蹤影。

「都過了十五分鐘，為何她還未回來啊？」志謙佇立在原地喃喃自語。

於是志謙在工廠內四處逛，一邊走一邊四處張望那女性身影。他停步在女洗手間前敲響著門說道：「詠珊，你在嗎？」他把說話重複了三次，可是沒有半點回應。

工廠內的燈光暗淡，彷如棄置了一般。「到底她平日在當甚麼職位呢？」志謙疑惑地喃喃自語。

志謙一邊走，一邊洞察到地上有些白色藍色的粉末、藥丸和針筒等的可疑東西。志謙皺起眉疑惑著，心裏不禁有種不安的感覺。那感覺令他心跳加速，甚至比剛才被女性擁抱時更快。手心莫名其妙地冒出冷汗，一陣悚然的感覺流遍全身神經，雙腳不由自主地往後退幾步。

「前面的男人請立刻舉起雙手，把手放在頭後面蹲下！」約十把雄厚的聲音，異口同聲地怒吼著。

應聲回望，原來是十名便衣和PTU警察在他的背後嚷著。

志謙嚇得向前拔足而逃，那是像本能反應般，恍如野外求生中的小白兔，為了躲避獵食者而四處逃竄。

警員見狀，立刻奔跑上前捉住志謙，並把他按壓地上制服。那些警員都是痛恨黑幫之人，以為志謙是社團販毒分子，於是在扣押上警車前對他拳打腳踢。無力反抗的志謙只能用交叉雙手抵擋著，避免頭部受傷，可是在警員的圍毆下仍然是頭破血流。

身體的傷痛令志謙再站不起來，只是躺在地上發出微弱且痛苦的悲鳴聲。

在意識漸變模糊時，志謙雙手被戴上手銬，被押上警車返回警署。

另一邊廂，世遷正與莉娜在大宅內享受著美味的西式晚餐。「咕通」一聲喝下紅酒，世遷開口問道：「喂，今晚有興趣去當面具人嗎？」

莉娜笑瞇瞇地用手輕輕掩蓋嘴巴，彷如遮蔽著譏笑的臉容。

二人眼神對上，各自也淘氣地笑出聲來。

佇立一旁的管家不懂箇中意思，所以滿腦疑惑。不過難得看到世遷笑得如此輕鬆，這時候管家又再一次把手機拿出來，偷偷拍下二人進餐的情況，然後發送到姚彩姸的手機。

第二十四章 寬恕救贖

在警署的一間落案室裏，兩個穿著西裝的探員在輪流盤問志謙。

也是那套黑白雙臉的慣例吧！

室內氣溫非常寒冷，霞氣從口中噴出來。心智還沒成熟，入世未深的志謙因驚惶過度而心亂如麻、慌張失措。腦海裏一片空白，根本弄不清楚是甚麼一回事，他只好坐在落案室內抱著雙肩抖顫著。

把室內氣溫調低是有原因的，他們無非是想逼供罷了。

「我們是毒品調查科的探員，陸先生請你給我們解釋一下剛才的事情。」

志謙別臉過去，避開對方凌厲的目光，驚惶得只是汗流滿額，一言不發地沉默著。

「啪！」一下大力拍打大桌的掌聲。

「快從實招來！你到底與黑幫有甚麼關係？那個製毒工廠是為誰人提供貨源？你還有多少個同

黨在逃？」

「別這樣對小孩說話吧，會把他嚇壞啊！小兄弟，告訴我們你和魂鷹社的事情好嗎？如果你合作的話，我們能為你在法官面前求情，至少能減低量刑。」

軟硬兼施的口吻包圍著失魂落魄的志謙，他的褲襠也濕透了……

突然傳來敲門聲。

「Sir，外面來了位律師來保釋陸志謙。」外面一位女警員進來說道。

兩名盤問中的探員整理了一下衣衫，然後走出落案室了解情況。

「到底是怎麼一回事？」其中一名探員不耐煩地問。

「有位歐世龍先生帶同律師和一名侍從一起來了警署。」女警員如實回答。

「歐世龍？是魂鷹社頭目的歐世龍嗎？」另一名探員臉上閃過一絲奇怪的表情問。

「大概不是吧……他很年輕，而且給人感覺文質彬彬，看上去不像黑幫人士。」女警員猶豫不決地說道。

「少女，你太年輕了。現在魂鷹社是由歐世鷹的兒子接手的，他應該就是魂鷹社的頭目。」兩名探員各自揶揄著女警員。

看來他們都是有點人生閱歷的探員。

「我們就出去看看魂鷹社的頭目吧！」

三人一同離開落案室，走到警署大堂。

世遷安坐在坐椅上，旁邊的管家和律師分別左右兩邊佇立著。

兩名毒品調查科的探員從走廊處已經與世遷的視線對上。

感覺到對方的眼神不太友善，但世遷依然泰然自若地坐著。

「甚麼事情需要勞煩到魂鷹社頭目親自到來啊！」其中一名探員擺放出一副譏諷的嘴臉說道。

「想念你們了，來探望一下你們不行嗎？哈哈哈！」世遷輕鬆地回答。

「是不是要跟我們玩？我們警察願意和你慢慢玩。」剛才那名探員開始加強語調說道。

彷如要遮蓋他的說話，另一名探員用手攔著，以比較有禮的態度和語調說：「您好，歐先生。

感謝你百忙中抽空來警署逛逛，我們很好，有心了。請問你來這裏有要事嗎？」

世遷望向佇立身旁的律師。明白了老闆的眼神和意思，律師遂說：「我是陸志謙的代表律師，是前來保釋他的。」

兩名探員眉頭一推，弄不清楚到底為何一個社團頭目會為了一個少年而做這麼多事情，覺得事情不尋常。

「大事不妙了，製毒工廠突然冒火啊！」女警員驚慌地嚷著。

兩名探員一臉錯愕，詫異得合不攏嘴。

「歐世龍，是你幹的好事吧！」其中一名探員怒吼著說道。

「沒有真憑實據，請你們別冤枉好人。時候也不早了，管家，你和律師辦好剩下的手續吧。」

世遷嘴角一翹，彷如輕描淡寫地回答。

「好的，少爺。」管家微微彎腰，有禮地說道。

世遷轉身淡然離開。

「嘻嘻哈哈，剛才真的叫人暢快，那曲子……」莉娜嘻皮笑臉地嚷著，並在沙發上跳彈著。

洛斯達對她那樣子感到沒氣之時，「咔！」傳來了開鎖聲的一瞬間，大門打開。

莉娜回頭一看，世遷站在在門前。淘氣的她保持著難看的姿勢，在沙發上僵直了。就在世遷回到大宅前，莉娜早已辦理好工廠一事回去。

世遷一打開門，瞠目結舌地凝視著正在自我興奮中的莉娜。二人不約而同地對望著笑起來。

世遷上前問：「今晚彈奏了甚麼樂曲？」

莉娜用手遮掩著嘴巴，但那由心而發的笑容卻彷如湧泉般湧現出來，欲擋也擋不住，遂笑得喘息著說道：「《青春舞曲》！」

聽到這首曲名後，世遷亦不禁捧腹大笑，二人笑得在地板上滾動著身體。「哈哈哈哈，嘻嘻嘻嘻！」

耶魯斯和洛斯達也摸不著頭腦，到底這首曲有甚麼好笑。

《青春舞曲》是一首中國新疆民族舞曲，節奏輕快、音韻跳躍。是一首教人心情愉快、舒暢和放鬆的歌曲。

莉娜用古箏從對面的大廈彈奏，以音樂力量令製毒工廠起火，配合舞曲的旋律節奏，看到一眾封鎖現場的警員被突如其來的冒火弄不知所措的樣子，每當想起那情景，她就會不自覺地咧嘴大笑起來，因為一切就好像一場惡作劇。

作為熟悉音樂和每首曲風的世遷，當聯想到《青春舞曲》和現場環境的配合，那一定是引人發笑到肚子痛。

這一晚他們就在笑聲裏度過了。

翌日，歐世遷與孫葵英及馬忠延等人開社團會議，他們正商討昨晚製毒工廠失火一事。如此一來，魂鷹社因失去毒品貨量而導致了損失，雖然對他們來說算不上甚麼大金額的損失，可是視財如命的孫葵英卻因此事而譏諷世遷。

「侄兒，我們不是要怪責你啊！那工廠雖然是屬於你們管理的，可是我們葵英社和雲千社也有股份啊，現在損失了錢，就算我和馬叔叔不計較，但其他兄弟也需要吃飯啊！今次叔叔就幫你一次，向其他兄弟好好解釋吧！下次要看緊你的手下了。」

孫葵英瞥向馬忠延，然二人及其他頭目再瞪著世遷。

世遷決不能把志謙的事說出來，而且也責無旁貸，所以只好把本來想反駁且窘在喉嚨的說話，吞回肚子裏去。

「很對不起，我會把事情處理好的。今次造成的損失由我來承擔，錢方面我會如常分發給大家，這一方面大家可以放心。」世遷裝出一副愧疚的樣子說道。

每個人聽到能夠如常分到錢，當然也再沒有意見。只是……

「侄兒，你真的要處理好事情啊！不要讓我們失望啊，叔叔期待著你。」孫葵英繼續以娘娘腔的說話娓娓道來。

話音未落，馬忠延便打圓場。

「行了行了，老孫，他知道了。我們就不要給年輕人太大壓力吧！」

事實上，雖然馬忠延是一個非常暴戾的大漢，可是頭腦簡單的他卻不像孫葵英的口蜜腹劍般陰險。

「呼……被打救了。」世遷在心裏如釋重負般喃喃自語。

就在眾人離開會議室時，世遷道出一句：「火叔，麻煩你留步。」

火叔是魂鷹社的核心成員，也是歐世鷹的愛將之一，曾經為社團立下不少汗馬功勞。

「在……侄兒……有甚麼事情嗎？」火叔的語調有點吞吞吐吐。

「聽說她是你兒子的女朋友對嗎？」世遷單刀直入地問。

「嗯……」火叔沉吟著。

「把她交給我處理吧！」世遷以銳利的眼神瞧著火叔說。

火叔低下頭，彷如逃避著對方的眼神，欲言又止。

「她……年紀還小，下次不會再犯錯吧……」

世遷沒有作聲。

火叔微微仰首一探世遷的表情，然而那副沉著而肅嚴的嘴臉教人汗毛豎直，火叔立刻把視線回落地上。

「好的，我會按你意思去辦。」火叔戰戰兢兢地說道。

「今晚我要見到她出現在我面前。」世遷冷冷地拋下一句說話，便拂袖轉身離開了。

被世遷的王者氣勢所震懾，驚心動魄得叫火叔快要心臟病發了。

晚上，莉娜嚷著要隨世遷外出。可是不想讓對方看到自己兇惡一面的世遷卻禁止她跟隨。世遷吩咐管家開車把自己載到跟火叔約見的目的地，那是一間位於灣仔區的娛樂場所，那是魂鷹社開辦的生意和地盤之一。

一名與世遷年紀相約，且擁有一副姣好身材，衣著非常時髦，像個女打手般打扮的年輕女性被火叔及其手下帶到世遷面前。

被人推推撞撞地拉扯著衣服行走，那女性一臉不滿，而且滿口粗言穢語。

看到一個跟自己年紀相約的男孩氣定神閒地瞪著自己，可是昏暗的環境令她看不清對方的樣貌。那女性不屑地沉吟著：「是哪家小男孩如此厲害啊！要老娘教訓你嗎！」

「珊，不得無禮！」彷如要蓋過她的聲音，火叔以從未對她用過的怒斥語調說道。

那女性正是何詠珊，外號「辣雞」。

看到火叔這嚴肅的樣子，珊只好低下頭收斂起來。

「來了吧！原來就是你。」世遷稍微比平常壓低一點聲線說道。

世遷用眼神向火叔示意請眾人先行離開到外面。互相確認了眼神之後，火叔率領一眾魂鷹社的手下離開，好讓他們二人借步說話。

那是一間娛樂場所內招待貴賓的客席房間。

門關上了，昏暗的燈光使世遷的容貌藏起來，詠珊用手擦亮雙眼以看清對方的容貌。

「你是甚麼人？欠揍嗎？我男朋友很好打的，他一定會把你揍個稀巴爛！」詠珊提高嗓音粗魯地說道。

「我是魂鷹社主事人。」世遷冷冷地回答。

這句話為詠珊帶來了震撼性的衝擊。

「甚麼？魂……鷹社的頭目……」她震驚地沉吟著。

彷如一股戰慄感流遍詠珊身體每一條神經，空氣變得異常厚重，她勉強地咽了口唾沫後，安靜地站立著。

世遷從沙發上站起來，圍繞著詠珊，邊行邊說：「何詠珊，外號——辣雞，今年二十一歲，中學三年級輟學後加入魂鷹社，男朋友是火叔的兒子。家裏有個弟弟，父母因意外去世，獨力照顧比自己小六歲的弟弟。」

「你……對我的事也頗清楚啊……」詠珊誤以為世遷對自己有別的意思，遂以柔媚的表情來挑逗對方。

「啪！」一陣強勁的掌風掠過，世遷打了詠珊一耳光。「我不是陸志謙，不要跟我來這一套！」世遷怒斥著。那是他有生以來第一次動手打女人。

忍耐著臉上紅腫的痛楚，詠珊不忿地瞪著世遷。

「毒品工廠是你男朋友負責的，因為知道被警察盯中了，所以找陸志謙作代罪羔羊，對吧？還有在鰂魚涌區的大街小巷，你濫收保護費，弄得民怨沸騰，你做人還有良心嗎？」

「良心？一個黑幫社團頭目跟我講良心？哼，不要戲謔我吧！」

彷如被詠珊刺破心裏的疙瘩，世遷胸前忽然泛起大大的漣漪。那是世遷打從出娘胎以來一直糾結的問題。一個生於黑幫世家，坐擁數十億家產的他，與父親的意志背道而馳，抱著改變世界的抱負和決心，逐步瓦解黑幫社團。這份矛盾一直如厲鬼般纏繞著他，揮之不去。

世遷放下剛才嚴肅的樣子，深呼吸了一口，然後語重心長地開始說話。

「對，你說得沒錯，我就是跟你講良心。的確我是生於黑幫世家，在香港裏有著億萬財富和權力。可是我對於當頭目卻半點興趣都沒有，甚至是討厭⋯⋯」

詠珊眉心一推，耐心地聆聽對方的真情剖白。

世遷走到房間裏一張酒桌前，拿起了一支高級紅酒，把酒倒在杯子裏，把在手中輕搖著，然後「咕通」一聲喝下了一口，然後續說道。

「人生在世，很多事情身不由己。可是我們只能夠把自己儘量做好。你的事情，我不追究了，跟你男朋友離開魂鷹社吧，找個地方重新做人，不要再浪費光陰，胡混過日子了。」

詠珊對世遷的話感到一絲動搖，從中學認識了自己男朋友以來，自己就一直不知為了甚麼而活著，失去了人生意義。每日都在無所事事，虛度光陰，成群結隊地到處找碴生事，欺凌比自己弱小的人，搶劫老人，協助男朋友販賣毒品⋯⋯這一切頓時歷歷在目，逐一浮現在腦海裏。

「如果我離開了，那火叔怎麼辦？」詠珊問。

「火叔的事，我自有安排，不用你去管。」世遷向詠珊投以鋭利的目光説道。

「那陸志謙呢？那笨男怎麼了？不管他嗎？」詠珊追問。

「他的事情我已經解決了。」世遷冷冷地回答。

「工廠失火一事是你幹的吧？」詠珊窮追不捨地問。

「不是！」

「你到底是甚麼人？」詠珊感到困惑，對世遷產生莫大的好奇心。

沒有正面回答她，一口氣喝下剩餘的紅酒，世遷放下酒杯，轉身便朝門口走去。

「請留步！」詠珊用手搭在世遷的肩膀。

世遷回頭一看。

「謝謝你！」詠珊放下剛才的鋭氣，那是溫柔的說話。

「辣雞這個名字果然名不虛傳，你的確很吸引男人，改過新名字，以後過一個新生活吧！」

世遷抛下一句便徐徐地離開了。

詠珊凝視著那黑色的身影，個子不高，但擁有王者般的威嚴風範，心胸廣闊得有一種大愛，愛著身邊每一個人。從他的身上感受到的是彷如神明的氣息，她釋懷了多年的戾氣，決心不再蹉跎歲月，嘴角露出久違的微笑。一張對未來充滿希望的臉，目送著世遷的離開。

第二十五章 音樂時空機

時間飛逝，轉眼間已經是十二月初。冬季開始靜悄悄來探訪，雖然香港的冬季並不是很冷，但乾燥且帶著半點寒意，令人皮膚格外痕癢。

「唉唷！我的背很癢啊！」世遷倚在牆角，把背部左右擦拭，並一臉尷尬地嚷著。

「你又怎麼了？唉……來吧，我幫你抓幾下好了。」莉娜斜眼一瞥地說道。

二人互相對上視線，面面相覷。

管家躲在一旁，用手機偷拍下二人親暱的情景，然後轉發給姚彩妍。

「夫人，天大喜訊啊！」管家在手機裏輸入文字訊息。

「怎麼了？」姚彩妍瞬間回覆。

「你看看我發過來的影片。」管家輸入訊息。

「！！！」姚彩妍以感嘆符號回覆，可見驚訝程度達到十級。

不知不覺間，歐世遷和莉娜已經相處了數個月，二人不自覺地經常一起出入、合奏音樂，就好像一對正在熱戀中的情侶一樣，朝夕相對。

可是世遷並沒有對莉娜做出甚麼越軌的事情，相反感覺更像將她如知己般看待。不知道是他為人慢熱，還是只是個感情白痴，對愛情沒太大憧憬的他只是若無其事地繼續生活著。管家的觀察中，莉娜絕對是對世遷有意思的，只是女孩子要矜持，不能隨便向男孩子表白而已，這一點逾年歷歲的管家心裏熟知。

二人一直處於曖昧階段，直至……

這天的晚上，他們二人在大宅裏的音樂房間合奏著。世遷用笙跟莉娜的古箏合奏著笙樂名曲《晉調》。那是以山西梆子曲牌唱腔為素材而撰寫出來的曲目。此曲高亢有力，節奏活躍，全曲分成四段。

起初莉娜也能夠勉強跟上世遷的速度，可是在第四段的部分，莉娜明顯把拍子甩掉了。世遷以爐火純青的技術，用快速的歷音、雙歷音和吐音等把樂曲一口氣奏出。可是莉娜卻在中途停下來，因為她趕不上世遷的程度。

激昂地吐出最後一個結束音，世遷把笙從嘴巴前放下，並隨意擱置在桌上，然後裝出一副老師的嘴臉說道：「喂，別勉強吧！其實你比數個月前已經進步了不少，音樂是日子有功的，不能操之過急。先放鬆一下吧！」

「唉，為甚麼總是追趕不到你的速度呢？」莉娜噘著嘴巴說道。

世遷深呼吸了一口氣，然後突然一臉傲然和自我膨脹地微微仰首，並說道：「因為我是神！音樂之神！」

耶魯斯從世遷的意識裏輕輕抖顫了一下，但他未有察覺。

「整天都說神、神、神，神經病啊你！哪會有人經常稱讚自己啊！」莉娜睥睨著世遷，並諷刺地說道。

雖然莉娜是諷刺世遷，可是她心知對方實力是貨真價實，絕對是頂級高手。只是不忿氣對方經常稱讚自己，而出言頂撞對方。

二人你一言，我一語，互不相讓地爭辯著。

一把聲音忽然蓋過他們。

「大新聞啊！」管家在門外提高嗓音，彷如有甚麼喜訊要宣佈似的。

世遷上前打開了門。

「怎麼了？管家你要產子嗎？在走廊大呼小叫，人家在研究音樂啊！」世遷不耐煩地嚷著。

「不，少爺你快看看。」管家連忙把平板電腦交到世遷的手上，屏幕顯示著一則新聞報導。

好奇的莉娜也立刻撲上前，把頭貼近世遷的臉龐，凝視著平板電腦。二人聚精會神地看著。

「十八歲天才創建音樂時空機，長洲比賽實現夢想！年紀輕輕已經越級考獲兩個博士學位的科學家少年——溫德倫，他是天之驕子。透過天使投資者的資助，他首創出一部以音樂為主題的時空機，據消息指出，該機器能以音樂聲音導航，帶領著使用人士在夢中探索不同的時空。音樂時空機將來設於香港離島——長洲，並以淘汰賽進行活動，最終勝出者將會在大會的支持下，獲得溫德倫先生親自為其實現一個夢想的機會。參與活動費用全免，請大家踴躍參加！」

世遷猶如唸佛經般，嘴巴微微地囁嚅著內容。

莉娜搖晃著世遷的肩膀，興奮地說道：「去啊！去啊！好像很好玩似的。」

世遷的表情帶著半點遲疑，斜眼一瞄她，然後皺起眉沉思著。

「少爺，怎麼了？這是個見識一下尖端科技的好機會啊！」管家如同莉娜般，雀躍地向世遷說道。

「我覺得事情不是這麼簡單。」世遷沉吟著。

二人聽到世遷這番說話，一臉百思不解。

「唉唷，你就不要常常杞人憂天吧……偶然放鬆一下自己，感受一下美好的世界和事物，這樣才算是人生啊！」管家喋喋不休地說道，然後把視線投向莉娜。

莉娜和管家交換著眼神，遂立刻和應對方，說道：「對對對，我們要及時行樂啊！」

世遷呼了一口氣，說道：「好吧，就去看看這個叫溫德倫的人搞甚麼把戲吧！」

「Yeah！」

莉娜和管家互相擊掌，表示成功。

世遷沉默地凝視著興奮的二人，頓時深邃的眼眸裏浮現出一絲的隱憂。到底是甚麼在等待著他們呢？

命運正引領著他們走近……

耶魯斯和洛斯達互相頷首。

在網上報名參加音樂時空機活動，世遷、莉娜、管家，三人均有報名。可是由於參加人數比預期的多，因此被抽中的只有世遷和管家，而莉娜卻欠了點運氣。

為了成人之美，管家犧牲自己的名額，拱手相讓出來轉贈給莉娜。

這是風和日麗的一天，涼風伴隨著清甜的海水味飄過來。活動當日，世遷和莉娜乘坐著歐氏的私人遊艇到達長洲。臨近泊岸之際，豪華的遊艇引來途人的目光。

歐世遷身穿華麗禮服矚目登場。

「嘩！那部遊艇很豪華啊……」

「看他的樣子肯定是個紈絝子弟吧！」

「只懂胡亂花錢，帶著個美女到處炫耀的臭小子。」

眾人在碼頭旁邊對世遷評頭論足，說三道四。

隱約聽到些微言的莉娜告訴世遷有人在討論著他。一臉泰然自若的世遷依然繼續挺起胸膛，挺直腰骨地向前走去，步履中散發出一種讓人無從忽視的公子氣息。

「別管那些人了，有錢、有才華的人就是會被人妒忌的，快走吧，活動快要開始！」莉娜不屑旁人對自己和世遷的目光。

世遷其實是聽到旁人的說話的。

世遷和莉娜走到舉辦活動的指定地點，而管家則留守在遊艇裏等候二人。

巨型的音樂時空機呈現在眼前，莉娜擦亮眼睛，並興奮得搖著世遷的衣袖說道：「嘩！很巨型啊！」

世遷凝視著面前的景象，一切引人入勝，他亦不禁驚嘆地沉吟著：「太巨型了……這也未免太誇張吧……」

面前的音樂時空機是用木板臨時搭建的活動場所，外型彷如一部穿梭機，坐落在長洲的海岸位置，而且內裏的設計亦模仿機身內的設計，好讓參加者感受一下時空之旅的氣氛。

現場遊人如鯽，長洲居住了大量原居民，黑幫小混混較少會出現，但活動當日卻吸引了不少熱愛音樂的人士前來。

他們四處張望之際，一個熟悉的身影突然出現。

「Hi，很久不見了。」

那熟悉的的聲線從右手邊傳過來。

世遷和莉娜同時看過去。

「靜瑜！怎麼你會……」世遷驚訝地說道，身體微微向後一彎。

「很久不見了，想不到竟然會在這裏碰見你，真是太幸運了。」靜瑜含情脈脈地，以溫柔的聲線說道。

莉娜的視線從靜瑜一走近過來就沒有離開過她，眼神略帶點不滿。

這天靜瑜身穿淺藍色連身長裙，披上一件白色長袖毛衣，三吋高跟鞋。雖然沒有刻意露出任何肌膚，可是長身的衣服也遮掩不住她那豐滿的身材。她成熟中散發著文藝青年的少女氣息，甜美的樣子叫天下男人神魂癲倒。

「世遷，你也是來參加這個盛會嗎？」靜瑜一貫健談的性格打開話題。

「嗯，看看這個叫溫德倫的天才到底在搞甚麼。」世遷爽快地回答。

「不好意思……旁邊這位是？」靜瑜從上到下打量莉娜一遍，然後好奇地問。

「哦，她叫藤原莉娜，從日本過來的，是個麻煩的女人。」世遷用諷刺的口吻介紹莉娜。

莉娜立刻瞪著世遷。

「她也懂音樂嗎？」靜瑜問。

「她是彈古箏的，不過技術就有待進步。」世遷毫不修飾地如實說道。

莉娜睥睨著世遷。

靜瑜主動向莉娜伸出手，並示好。

可是莉娜卻一臉不滿地別臉過去，尷尬氣氛異常濃厚。

「您好，我叫王靜瑜。」

莉娜依然無動於衷。

靜瑜望向世遷，一臉怪異的表情。「她是日本人，聽不懂中文嗎？」靜瑜問。

「喂，人家跟你打招呼啊！你就不能回應人嗎？」世遷拍著莉娜的肩膀說道。

莉娜還是不作回應。

「算了，別管她了。我們進場吧，不然便遲到了。」世遷向靜瑜說道。

陽光映照著二人的身影，他們並肩而行，彷如一對久違的情侶會面一樣，邊行邊聊。

莉娜噘著嘴巴，凝視著二人的身影遠去。忽然一種被人拋棄的寂寞感覺湧上心頭，鼻頭一酸，淚光泛起。

三人進入會場內，因著他們的音樂知識而順利過關，最後十強終於誕生，當中包括歐世遷、藤原莉娜和王靜瑜，而其餘七名人士分別有飛機師、醫生、消防員、作曲家、電視台演員、琴行售貨員，結他手。他們有些是音樂方面的專業人士，有些是業餘，但音樂造詣也很高。

各人因順利進入十強而感到興奮，安坐在彷如機倉座位的椅上，眾人互相交流，並主動認識對方。

子。

靜瑜與世遷一直討論著剛才淘汰賽的事情，而莉娜則坐在後排一旁睥睨著靜瑜，獨自鼓起腮幫

突然從廣播器裏傳來一把年輕的聲音，眾人也立刻安靜下來留心聆聽。

「各位，我是被世人稱為天才少年的溫德倫。很歡迎也恭喜大家來到最後十強，能在最後勝出的人就能獲得我和大會的資助，為你實現一個夢想。現在我先為你們解說一下遊戲規則，在你們座位的旁邊有一個耳機，稍後耳機會播放出預設的音樂。隨著音樂與你們的腦電波混合，你們的意識將會被帶往不同空間和夢境，但夢境不單止一個，只要能夠最快通過考驗的就是今天的勝出者。」

眾人聽到以上這番說話都期待著接下來的遊戲，然而廣播器的聲音繼續著。

「參與這個遊戲有一個條件，就是不能在過程裏流下一滴眼淚，否則你們就會在現實世界裏失去意識。倘若你們不遵從遊戲規則的話，這部機器內的抽氣系統就會關上，屆時你們一樣會缺氧死亡。來吧，快展開生命遊戲吧！」

溫德倫從廣播器裏發出令人心寒的嗤笑聲，彷如嘲諷著人類般。

頃刻間，眾人躁狂起來，並嚷著。

「那人大放厥詞，他認為自己是甚麼啊？」

「我不想死啊……」

「放心，我是位醫生，倘若大家發生了甚麼事，我也能夠為大家急救。」

「平日面對烈焰火災，我也未畏懼半分，豈會怕你這種玩命遊戲！」

話音未落，有兩個人已經跑到門前，他們分別是一名男性飛機師和一名電視台的女演員。二人向著機器內的門大力地搖晃著門柄，可是門已經被主電腦鎖上。儘管他們出盡九牛二虎之力，也開不了門鎖。

「我不想死於這裏啊……」

「不要！我還想當個女明星啊……」

二人呼天搶地地叫喊著，可是依然徒勞。

靜瑜捉緊世遷的手，她既焦慮又害怕，身體不停抖顫著，眼神也變得慌張。

「我們會死在這裏嗎？」靜瑜憂心忡忡地問。

「不，請放心！有我在這裏，不會讓你出意外的。」世遷凜然地說道。

深知世遷的能力一定能夠保護自己，靜瑜柔柔地依偎著世遷的肩膀，彷彿把自己也交託付給這個男人。

坐立一旁的莉娜對於廣播的內容和眾人的反應都置若罔聞，唯一令她激動的是靜瑜對世遷的一舉一動。

「你這個突如其來的臭婊子！別打算搶走我的世遷啊！」莉娜沉吟著。

坐在莉娜旁邊的男性結他手抓著她的衣袖，慌張地說道：「我……我……不想死啊！」

莉娜憤怒地一手推開那男性，提高嗓音，回復過去殺人不眨眼的臉容斥道：「滾開！你們也全部給我閉嘴！」

聲音迴盪在整個閉密的空間裏，坐在前排的世遷和靜瑜也回頭一望。

「貪生怕死算甚麼英雄好漢啊！要是怕死的話，我現在就叫洛斯達把你們通通送往地獄去！包括那自以為是的天才！」

「洛斯達？」

溫德倫在監視器凝視著莉娜。

靜瑜一臉疑惑，世遷沉默著，其餘的眾人雖然不明白莉娜在說甚麼，可是他們真的也被她這種義憤填膺的態度和語調嚇得肅靜起來。

「來，開始吧！本小姐沒空跟你們磨蹭時間。」

音樂時空機的玩命遊戲正式開始……

第二十六章　夢境

緊張且凝重的氣氛，配上柔和的音樂，令眾人心情非常複雜矛盾。

在脅迫下參加這個以生命為賭注的遊戲，所有人都心驚膽顫，擔心自己會死去。唯有歐世遷泰然自若地戴上耳機，懷著平常心去參與這個玩命遊戲。

莉娜為了世遷和靜瑜之間曖昧的對話而生氣，遂板起了臉來，怒氣沖沖地戴上耳機進入夢境。

強大的信息流在世遷的意識裏衝擊著，好不容易才穩定下來。

呼吸著潮濕的空氣，數百個身穿黑色衣服的黑幫社團人士在墓碑前憑弔著，每個人的臉孔都是沉重且傷悲。

「那個小孩子……」世遷喃喃自語。

一個年約十歲左右的小孩子在墓碑前用笙吹奏著一首憂怨感旋律極重的樂曲，佇立一旁的女士更是痛哭流涕。

世遷徐步上前一看，然後輕聲唸道：「歐世鷹之墓……」

然後再回頭一看那小孩。

「這……不就是我嗎？怎麼會……」世遷感到驚訝。

世遷的視線再望向旁邊低頭飲泣的女士。

「媽媽？到底是怎麼一回事？」世遷喃喃自語，並連忙上前想安慰母親。

「別傷心吧！」世遷溫柔地說道。

可是對方根本就聽不見，而且更看不到自己。

「喂……發生了甚麼事？」世遷心裏開始有點慌亂起來。

世遷嘗試碰著母親的身體，但自己就如幻影般穿過對方；嘗試呼喊著眾人的名字，但卻沒有人回應自己。

難道我已經死了嗎？世遷額頭冒出汗珠，抖顫著身體沉吟著。

三百六十度環視四周，世遷感覺自己是確實存在的，而且面前的環境和呼吸著的空氣亦非常真實。世遷閉上眼簾，深呼吸了一口，再睜開雙眼。重新審視面前的一切，眉心一推，細心思量著。

「對了，這不過是幻象，是夢境。我在參加遊戲中！」世遷靈機一觸，然後嘴角微微地翹起來，露出傲然的笑容。

眼前的一切開始霧化，境象不斷變幻……扭曲……

「這是甚麼鬼地方啊？老娘要幹掉你們啊！」莉娜破口大罵。

靜寂的晚上，陰風颼颼，齷齪的小巷街角裏，

一個戴上了口罩，遮蓋著口臉，上身穿著一件殘舊長袖衛衣，下身穿著破爛的窄腳牛仔褲，纖纖弱質的小女孩被一群面目猙獰的流氓圍毆。

「救命啊……」小女孩瑟縮地上痛苦地呻吟求救著。

那群流氓發出陰暗的嗤笑，彷如享受著小孩的呻吟求救聲和恃強凌弱的感覺。

莉娜踉蹌地後退幾步，右手攙扶著街道的牆角，支撐著站立不穩且抖顫的身軀，左手輕掩蓋著嘴，一臉驚愕地凝視著面前的一切。

一陣揪心的感覺在心裏隱隱作痛，彷如已經結咖的舊傷疤再次被割開。

「你們這群混蛋快給我停手啊！」莉娜大聲疾呼。

可是沒有人聽得見她的說話，眾人繼續對小女孩施暴。那傷痕累累的小女孩以瀕死邊緣的眼神向莉娜作出求救，莉娜凝視著對方的眼神慌亂起來。

「怎麼辦？到底應該怎麼辦？啊！用音樂力量。」莉娜用焦急的嗓音，喃喃自語。

她東張西望也找尋不到自己的樂器，附近更沒有能用上的東西。

「樂器呢？怎麼會沒有？沒有樂器的我要怎麼辦？」莉娜焦急地兩腳用力狂踏地面，彷如小孩子般。

沒有樂器等於沒有力量的莉娜，抖顫著身軀，心亂如麻。驚慌失措之下，她眼眶開始出現淚光，那是因自己無能為力而憤怒著。心跳不停加速，氣息開始變得紊亂，她惶恐著。

突然一把聲音掠過，並重複著說話：「深呼吸、深呼吸、深呼吸。」莉娜閉上雙眼，感覺著那把聲音。

「對了，這個只是過去的事情，是夢境，不是現在的！」她灑脫地揮去那惶恐的感覺，堅定地說道。

慢慢睜開眼睛，本來滿溢著慌亂的眼神，頓時變得銳利，停住了抖顫的身體亦充滿了精悍的感覺。莉娜挺起胸膛，儼如強悍的女戰士般躍步上前，以雙拳當頭棒喝地重擊那群流氓。

「縱使沒有樂器，我還有一雙手和堅強的意志！」莉娜疾呼著。

流氓們遭中拳擊，並一一霧化消失，莉娜的拳頭穿破每個人的身軀。

「果然……只是個夢境。」她沉吟著。

小女孩在消失的一瞬間向莉娜微笑頷首。那是對莉娜勇氣的肯定，給了她很大的鼓勵。

眼前的一切再次霧化起來，境象不斷變幻……扭曲……

燈光昏暗，在一條較少人行走的梯間拐角，四個男學生從前後左右緊緊抓住、抱住一名女教師的肩膀和腰間。

那四人懷著黯淡的目光，臉上露出訕笑，詭異的表情彷彿下流地舔遍女教師全身般，讓女教師的身體顫抖起來。

「你們想怎麼樣……？」女教師用抖顫的嗓音說道。

其中二人的手向女教師的白色衣領伸去，解開了她的內衣扣。另外二人抓住她的雙腳，強行撕破那黑色絲襪，並脫下束腰的裙子。

「停手啊，救命啊！」女教師呼喊著求救。

靜瑜以第三身視角觀摩著整件事情的發生，那是她一輩子裏最不堪回首的事情。

她蹲在學校的走廊瑟縮著，喃喃自語：「不，不要啊！」她情緒極不穩定，眼淚快要因害怕而掉下來。

「不要啊！」呼喊的哀求聲在學校走廊迴盪著……

另一邊廂，世遷進入第二個夢境。

「嗚嘩！」彷如從高處掉下來，世遷用手擦拭著疼痛的臀部。「怎麼做夢都會覺得痛啊……」

環視四周的情況，那是個有如密室的地方，而且有著熟悉的感覺。這裏收藏著林林總總的鎗械，是一個軍火庫。

未仔細觀察下，世遷已經猜到了往後發展的事情，更洞悉了溫德倫的詭計。

「果然！」世遷以第三身角度佇立一旁，並肯定地彈響手指。

一個年約十歲的小男孩被一個中年男性，在眾目睽睽下用力打了一耳光，那正是歐世遷小時候發生過的事。

「唉唷，即使是被人打，我的姿勢和角度也是配合得如此完美，臉還是保持得這麼帥啊！呵呵呵。」世遷自戀地陶醉在自己的世界裏喃喃自語。

耶魯斯從夢境意識裏冒出來，聽到世遷的說話，祂亦不禁別臉過去，懶得理睬自我陶醉中的世遷。

「那時候的歐世遷……不，應該說是歐世龍，還未遇上祢呢！」世遷早已經察覺耶魯斯出現了。

看到耶魯斯的出現，世遷停止了自誇，頓時一臉肅然地說道：「他真不愧為天才！」

「？」耶魯斯把視線投在世遷的身上。

「利用我們人類潛意識的脆弱去攻擊我們的意志，那一切都是過去我收藏到內心深處，總是不想記起的事情，但卻被他舊事重提。這部音樂時空機真正的目的就是要挑選一個意志堅定的人，隨意玩弄別人的生命，把別人傷悲的記憶當作測試的遊戲。他——溫德倫真是個不折不扣的壞心腸！」

世遷闡釋著一切。

「你的思維倒是清晰，我剛才還擔心你會掉眼淚啊！」耶魯斯用揶揄的語調說道。

世遷嘴角微微一翹，嗤之以鼻說道：「哼，我的眼淚早就流乾了！」

夢境逐漸褪去，呼吸著實在的空氣，世遷的眼簾漸漸睜開，回到現實的世界。

第二十七章　自戀的天才

戰勝了所有考驗，歐世遷從夢中醒過來。他卸下停止了音樂播放的耳機，緩緩地站立起來，環視四周。

「到底……」世遷驚訝地沉吟著。

他們看來是已經失去了意識死亡了吧，眼眶殘餘著仍然濕潤的淚腺，臉上掛著痛苦傷悲的表情，垂著頭倒在座位上。眾人都死去了。

握緊著雙拳，世遷蒸騰出怒氣，決心要收拾這個天才少年——溫德倫。

「不……不要啊！」

世遷循著聲音的方向將視線移過去，那是靜瑜慌張地夢囈著。她的意識彷彿被驚悚感侵佔，整個人都在抖顫著。

「靜瑜！」世遷大聲喊著她的名字。

話音未落，後面亦傳來聲音。

「不要拋棄我啊！求求你不要趕走我啊！」

世遷轉身過去，那是莉娜在夢囈中哀求著。

兩個女人都危在旦夕，生命隨時消逝。二人皆是對世遷重要的女人，此時此刻他只能夠選擇救一個人，於是他作出了這樣的抉擇。

世遷縱身躍過座位，雙手捉緊著莉娜那雙冷若冰霜且抖顫著的手。他沒有思量過或半點躊躇，彷如本能反應般就作出這樣的抉擇。

沒有理會靜瑜的哀號，只管莉娜的安危，世遷驚惶失措地呼喊著她的名字：「莉娜、莉娜，快醒啊！那都不是真實的啊！」

不論世遷如何奮力地叫喊著，莉娜仍然聽不到，只是抖動著不斷冒汗的身體。

「不要哭，無論如何都不要哭！」世遷鼻頭一酸，哽咽著說道。

再也抑制不住自己一直以來對莉娜的情感，在焦慮和慌張的情況下，世遷終於流下自成長以來的男兒淚。

「你要堅持啊！我……我在這裏！」世遷因哭泣而哽咽著。

在世遷的背後，一雙眼神正凝視著他，可是他卻不以為然。

「你說過要陪我一起肅清罪惡，一起生活。不要說謊啊……」世遷抓緊莉娜的手說道。

這時候莉娜正在經歷一個比任何事情都難堪的夢境。

「給我走，我以後都不想再見到你！」不知道因為甚麼事情，歐世遷正在大發雷霆地怒斥著。

莉娜被趕出歐氏大宅的門口，那絕情的口吻和眼神使她的心受到彷如刀割的傷害。

「不要拋棄我啊！求求你不要趕走我啊！」莉娜不斷拍打著大門叫喊著。

可是回應著莉娜的只有陰風颼颼的風聲，彷如失去力氣和一切，她蹲在地上抱緊雙肩，擁抱著那份被愛人所離棄的傷感。她鼻頭一酸，眼淚已經浸滿了眼眶。

「真正的他正在呼喊著你。」一把聲音在莉娜的耳中徘徊著，那是洛斯達。

仔細聆聽感受一下，那是若隱若現的聲音。

「莉娜，快醒啊！」這句說話在莉娜意識裏越發清晰，她勉強地止住了本來準備傾瀉出來的淚水。

「是他，是世遷在呼喊我啊！是真的世遷啊！」宛如小女孩般，莉娜莞爾一笑地回應洛斯達。

「快回去他的身邊吧，別中了壞人的圈套。」

「嗯！」

從虛幻中慢慢回復實在的感覺，莉娜慢慢地睜開眼簾，只見雙眼哭得紅腫的世遷，因為擔心著她而抓緊她的雙手。

在泣淚中的世遷還未察覺到莉娜已經醒過來。

莉娜悄悄地在世遷的耳邊，輕聲地溫柔說道：「傻瓜，我回來了。」

被那熟悉且愛著的聲線刺激著五官，聲音激盪起世遷身體裏的每一顆細胞。回神過來，他看見莉娜已經從夢境中醒過來，並深情地望著自己。世遷與莉娜面面相覷，不知如何是好。

莉娜用手拭去世遷眼角上的淚痕，可是卻被對方生氣地推開：「臭妹子，你真的笨得很啊！想不要命嗎？」

世遷刻意假裝自己生氣，其實內心卻因為莉娜平安無事而高興著。因為不想對方知道自己的心意，所以裝得一臉冷漠不在乎的樣子，別臉過去。

「不管你啊！」世遷站立起來轉身過去。

一雙帶著黯然哀傷和無言的眼神凝視著世遷，那正是靜瑜。

「靜瑜……」世遷一臉錯愕地唸著她的名字，勉強地咽了一口唾沫。

早在世遷呼喊著莉娜的時候，靜瑜已經以自己堅強的意志打敗了夢境——心魔。本來以為睜開眼的一瞬間能見到世遷在自己的身旁鼓勵著自己，可是事與願違。他早跑到另一個女孩的身邊了……

雖然已經分開了一段日子，而且靜瑜心裏也清楚地知道自己與世遷的感情，早在那一個晚上完結了。但是她偶然亦會掛念著世遷的身影和聲線，總盼望著終有一天他會再次追求著自己，延續上一次的愛。

不過事實是自從那個晚上，世遷一直沒有主動聯絡過靜瑜，只是她自己幻想奢望著。靜瑜一直不明所以，可是今天發生的一切，終於令她釋疑。

「原來是她……」靜瑜強忍著快哭出來的樣子說道。

「對不起……我……」世遷吞吞吐吐。

「請你不要說對不起，你沒有對不起我，我們之間的事情早就在那個晚完結了。是我自己放不下而已……」靜瑜哽咽著，隨即聲淚俱下。

一段三角戀頓時成為了音樂時空機內的主角。

溫德倫從監視器中看到三人都安然無恙地從夢境裏甦醒過來，一種莫名其妙的憤怒感突然冒上心頭。

作為一個天才科學家，對於所有研究、開發都非常著迷，甚至認為比自己的性命重要。製造音樂時空機就是想研究人類的意志來源，同時亦想擊潰那些意志薄弱的人，藉此消滅不必要的人口。他就是集瘋狂和天才於一身的科學家——溫德倫。

「怎麼會變成這樣子！怎麼會有這個可能！」溫德倫激動地叫喊著。

不消良久，溫德倫深呼吸了一口，然後露出陰暗的眼神凝視著監視器，並訕笑著。

正當三人正在陷入三角戀的尷尬場面中，音樂時空機的門突然打開了，開鎖的聲音亦劃破了三人的沉默。

從門的中間佇立著一個全身白色禮服，相貌端正，且帶著半分書獃子氣的年輕男子。

世遷朝著門的方向望過去，只見對方的眼神充溢著強烈的不滿，那個人正是溫德倫，一種不安的感覺包圍著三人。

「你叫歐世遷對吧？我說過會實現勝利者一個願望，儘管說出來吧！」德倫彷如神明宣言般，攤開雙手說道。

「你就是那個所謂的天才——溫德倫對吧？」世遷沒有正面回答對方的問題，還一臉譏諷地說道。

「所謂天才？」德倫眉心一皺，疑惑的說道。

「你以為自己真的是天才嗎？說實話，你只是個喪心病狂，把人的心靈當作遊戲玩弄的無恥之徒，還敢自稱天才？我呸！」世遷把德倫批評得一文不值。

「你這個賤民竟然膽敢對我無禮……從來沒有人會對我如此口出穢言啊！」德倫開始控制不到自己的情緒，遂加重語調，激動地說道。

「被人家說穿了就不忿嗎？說甚麼實現別人願望，別逗我笑了，我堂堂歐世遷，集億萬財富、才華、美貌、智慧於一身，我的願望要你來實現？簡直笑話！」世遷在訓斥對方時亦不忘誇讚自己，還說得振振有詞。

莉娜和靜瑜聽到世遷的話，二人亦不約而同地交換了一下眼神，表示對世遷的自誇感到無奈，她們報以一臉顰笑。

德倫兩眼圓睜地瞪著世遷。

「自戀狂！」德倫不屑地沉吟著。

聽到對方的低語，世遷來一句反駁：「說我是自戀狂，難道你不是嗎？你是超級自戀狂啊！」

兩個男人互不相讓地對罵著，好像小孩子鬥氣般。

莉娜趁著這個空檔子，立刻躍步上前，一手把德倫推倒，然後制服他。

可是始終男孩子的力氣較女孩子的強大，莉娜開始按壓不住德倫的掙扎，於是靜瑜亦立刻上前幫忙壓制住對方。兩個女人展現出女漢子的一面，把一個男人制服。德倫被關節技所扣著，身體不能動彈，只好趴倒在地上痛苦呻吟。

世遷見狀，立刻從衣襟的口袋裏拿出單支笙簧，並吹奏著音韻，把德倫弄昏，並毀壞了音樂時空機內的一切監視器，免除後患。

不消良久，世遷致電吩咐管家報警處理，然後三人迅速離開現場。

音樂時空機一事暫且告一段落。

第二十八章　告白

二零三三年十二月下旬，相距音樂時空機的事情已經有半個月。案中主謀溫德倫被警方起訴蓄意謀殺，但因為他年紀尚輕，而且被拘留時情緒亦非常不穩定，語無倫次地自言自語令法官有著另一種考量。因此法庭最後判處他到精神病院服刑。

香港三大黑幫，魂鷹社、葵英社和雲千社決定於二零三四年合併，把所有資源集中一起，稱霸香港。

三大黑幫合併計劃進行順利，另一邊廂，時間來到聖誕節的前夕──平安夜。

隨著面具人暗地裏打壓，在街上集結的黑幫嘍囉亦逐漸減少，而且三大黑幫準備合併，各頭目下令目前要專注合併事宜，不能節外生枝。因此街道上慢慢回復一點和平生氣，商店亦再次開門做生意。

遊人如鯽的街道上，有著一種喜慶的感覺。雖然正值寒冬，可是街道上一雙一對的戀人們卻把冷空氣加熱得令人感覺溫暖。

這個晚上，莉娜決意帶著世遷去感受平安夜的氣氛，可是不太喜歡嘈雜和擠迫的世遷卻斷言拒絕。莉娜使用女人最強的武器——眼淚，最終令世遷折服。

音樂時空機一事後，莉娜與靜瑜成了朋友，靜瑜更明瞭自己已經是過去式，不應該再介入世遷的感情世界，於是她為二人送上最後的祝福，而她也重新開始新生活，尋找著自己的真命天子。

「今天要約靜瑜一起去玩嗎？」莉娜問道。

「你別去打擾人家好嗎？人家是個老師，工作非常忙碌，而且可能有其他男孩約會她，拜託你聰明一點好嗎？腦袋掉進馬桶裡了嗎？」世遷回應著。

「喂，說人家腦袋掉進馬桶去，你就比我好嗎？臭人歐！」莉娜反駁世遷的話。

「豈敢替我改別名……你想我懲罰你嗎？」世遷假裝生氣地說道。

二人在大宅裏耍嘴皮，互不相讓，吵嚷聲令大宅添了一份溫馨。管家躲在一旁，用手機偷拍著二人耍嘴皮的情況，然後轉發給姚彩妍。

看到兒子快樂地生活著，姚彩妍亦覺開心，可是她對莉娜的印象卻是一般。

平安夜，二人召了的士外出遊玩。不用駕車的管家卻樂得清閒，獨自一人在大宅裏休息。

「喂，帶我來這裏做甚麼啊？」世遷問。

「這所藝術學院今晚有音樂會，我很想聽啊！」莉娜嘟著嘴巴，嬌聲細氣地向世遷說道。

「要聽就自己付錢買門票！」世遷裝出一副鬼臉，伸出舌頭，聳聳肩膀。就是知道對方沒多餘錢，他才如此說道。

本來應該會生氣的莉娜卻洋洋自得地回應：「嘻！這個音樂會是免費的，有人是大笨蛋啊！」

世遷合緊嘴唇，兩眼圓睜地瞪著莉娜，彷如快要氣得吐血似的。

音樂會開始了，二人安坐在看台後，悠揚悅耳的樂聲響起。那是十多台古箏同時奏樂，她們全部都是該學院的女學生，雖然稱不上大師級水平，可是在節拍、氣勁、力度和指法上，都是有水準的。

莉娜全神貫注地欣賞著台上的表演，而世遷亦然。

音樂會在最後一首聖誕曲《We Wish You a Merry Christmas》中完滿結束。

「如果我都可以跟她們一樣接受正式的學習訓練就好了。」莉娜低聲地說道，那是她的奢望。

「待一切完結後，我們就一起來這裏學習好嗎？」世遷罕有地順應莉娜的心意。

「真的嗎？別騙我啊！」莉娜提高嗓音問道。

「嗯！」世遷輕輕頷首。

「但你的音樂造詣已經這麼高，還要學習嗎？」莉娜遂問。

「只是陪你而已。」世遷別臉過去，非常輕聲地沉吟著。

聽力敏銳的莉娜當然聽得到世遷的低語，於是興奮得手舞足蹈，更親吻了世遷的嘴唇一下。

世遷瞬間整個人如觸電般，滿臉通紅，腦海突然一片空白，呼吸亦急促起來，呆愣地佇立著。

「走吧，傻瓜！去吃飯啊！」莉娜挽著世遷的手臂搖晃著他，彷如小女孩般說道，然後背影成雙徐徐地離開藝術學院。

街道上到處都裝飾著聖誕節的飾物，到處都可以聽得到聖誕節的詩歌，好幾個聖誕老人在分發傳單，大聲宣傳著自己的店舖。

「社會開始比之前繁榮昌盛了……」莉娜喃喃自語。

世遷深呼吸了一口，然後微微昂首，擺出一副傲然的表情，嘴角稍微翹起。

「又想稱讚是自己的功勞嗎？」莉娜輕輕地打了世遷一肘，世遷卻報以洋洋自得的表情。

「喂，不許你獨佔功勞啊！我也有份兒一起對付壞人啊！」莉娜噘嘴嚷著，彷如小女孩般。

「沒有人說你沒功勞啊，笨蛋！」世遷揶揄說道。

「你才是笨蛋啊！」莉娜裝出一副鬼臉。

「大笨蛋！」

「臭笨蛋！」

二人又再一次耍著嘴皮。

莉娜突然停住了嘴，站在一間細小的時裝店門前，裝飾在櫥窗內的藍色連身裙，映入了她的眼簾。

莉娜拉住正想要離開的世遷，露出了微笑：「喂、喂，等一下。」

「甚麼啊？」世遷斜眼一瞥，說道。

「嘻，看看，這是我要你送的聖誕禮物。」莉娜用手指著櫥窗裏的藍色連身裙說道。

「嘻，沒錢啊，很貧困啊！用你自己的錢買吧。」世遷裝出一副鬼臉，故意戲弄莉娜。

莉娜二話不說把想要逃走的世遷，強行拉進了店裏。

在歐氏大宅內，也正在播放著聖誕節的詩歌。聽著光碟播放著的音樂，那是世遷用笙吹奏和錄製的，管家在廚房裏準備著聖誕大餐。

嘴巴哼著聖誕歌的旋律，雙手忙著弄食物，下身隨著歌曲節拍扭動著。

大宅內的一名女傭工見狀，一臉尷尬。

「不用拘謹吧！聖誕節要好好放鬆一下啊！」管家微笑著說道。

在管家的吩咐下，歐氏大宅上下所有人都放下日常的拘謹，眾人都輕輕鬆鬆地一邊哼著聖誕歌，一邊繼續自己的工作，氣氛非常愉快。

「用不著板著口臉吧！」莉娜拿著那藍色連身裙，在世遷的旁邊說道。

「你不是很多衣服了嗎？」世遷回答。

「唉唷，人家是女孩子嘛！」莉娜噘嘴說道。

冷眼一瞥那裙子，世遷不耐煩地回答：「嘖，快快去試試看吧！麻煩鬼。」

甜絲絲的暖意忽然冒上莉娜心頭：「你等我一會兒啊！」話音未落，莉娜瞬速跑到衣帽間。

「女人……」世遷微笑著搖頭嘆氣。

女店主與世遷對上視線，世遷靦腆著，遂故意拿出手機滑著，搪塞尷尬的氣氛。

過了一會兒，本來在假裝滑手機的世遷突然愣住，兩眼圓睜。

「嗚哇……」世遷雖然沒說出口，但心裏卻讚嘆著。

莉娜從衣帽間小心翼翼地用輕盈的腳尖行出來。雙手微微張開，在鏡子面前旋轉一圈，轉動時所產生的微風令秀麗的髮絲飄揚起來，柔弱且炯炯有神的雙眼，教人感到一種嫵媚的感覺。藍色絲質連身裙把莉娜襯托得彷如一位成熟的女性，配上她的性格和音樂技藝，裙子令她散發著獨特且不平凡的氣質。

身段雖然不及靜瑜美好，可是已經足以令世遷雙目閃耀。瞬間店內一切的焦點都落在莉娜身上，一股仙氣瀰漫四周。

「登登！覺得好看嗎？」莉娜嬌氣地說道。

世遷不自覺地流露出一絲溫柔且傾慕的眼神，那是對任何女性從未展露過的表情。能夠得到才華橫溢、擁有一顆俠義之心的億萬富翁垂青，相信當今世上只有她——藤原莉娜。

沒有作出回應，世遷迷醉著眼前的莉娜。

女店主打量了莉娜一遍，然後再把視線轉移到世遷身上。她用女性的角度和感覺判辨，肯定男的已經是迷戀上那女的，因為眼神是人心最真誠的反應。

從世遷流露的眼神，莉娜心裏早有答案，可是女孩還是想聽到男孩親口說一句。她遂用右手叉著小蠻腰，左右腳交叉站立，擺出一副女性優雅姿態，不厭其煩再問一次：「覺得怎麼樣啊？」

世遷閉上眼簾，輕輕搖頭，讓自己清醒一下，然後抑首睜開眼睛，假裝一副不在乎的嘴臉說道：「哼，還可以吧！」

雖然不是最佳的回答，可是莉娜卻甜在心間。

「要買就快一點吧，還要去吃飯啊！」世遷用絮絮叨叨的語調說道。

轉一個身，莉娜便高興得躍步回到衣帽間更衣。

世遷徐徐地走近收銀處，拿出他那張黑卡打算替莉娜付款。女店主收到黑卡後一臉驚愕，心想自己的小店為何會有如此超級富豪來臨光顧。

女店主把黑卡退回給世遷，遂禮貌地問：「不好意思，我們這一家小店刷不了信用卡，請問你能付現金嗎？」

「噢，是的嗎？真不好意思，我找找找看。」

世遷把黑卡收回，並用手掃一掃衣服的口袋，然後從外套大褸的暗口袋裏取出了一大疊港幣一千元的鈔票，目測大概有數萬元。

女店主兩眼圓睜，眼球也快要從眼眶掉下來，用一臉驚訝的表情凝視著世遷，重新打量了他一遍，心想：到底對方是何方神聖，那平凡的衣著打扮，日系動漫般的髮型，雖然談不上是明星的長相，可是五官端正配上炯炯有神的雙眼，舉手投足之間也散發著一股傲然的秀氣，一眼便知是才高八斗、識膽過人之士，那是用牢牢鐵鎖也困鎖不住的氣質，是個罕有混合精悍和文藝的有為帥氣青年。

更令女店主咋舌的是對方語出驚人。

世遷從一大疊鈔票中隨意抽了小疊，大約一萬元左右。

「謝謝您，一千五佰元。」女店主用驚愕的語調說道。

「唉唷，很麻煩啊，不數啦，這疊給你就好了。」世遷皺眉說道。

女店主心想：這到底是哪個富家子弟啊，出手如此闊綽！

其實眾所周知，世遷從來都是以誠待人，對任何人也很寬容，甚至是惡貫滿盈的壞人。

「啊……很謝謝您！」女店主吞吞吐吐，一時不知如何反應。

莉娜從衣帽間徐徐地行出來，把裙子交給女店主摺疊好，再放入手挽紙袋。

二人信步離開時裝店。

看著世遷的背影，女店主在心裏念念有詞：「如果世上多幾個這種客戶，社會經濟就會更興盛繁榮了。」

離開時裝店後，他們在遊人如鯽的街道上隨意挑選了一間小店吃晚餐。雖然貴為億萬富翁，但世遷非常喜歡吃餃子，看到自己喜愛的食物就不會理會那裏是甚麼地方，因為他絕對是個吃貨！

於是二人便安坐在小店的一角，享受著多款口味且不同皮質的餃子。水餃、煎餃，配上小店自製的辣椒醬，更令世遷大快朵頤。經過多年的吃辣訓練，現在的世遷已經達到吃一整樽辣椒醬也不用喝半滴水的境界。

一碟、兩碟、三碟、四碟……莉娜用手指數著餐桌上的碟，本來盛滿的餃子的碟子一一被世遷一掃而光，餃子全部都放進口裏了。

「……」

「怎麼了？」世遷一邊咀嚼餃子，一邊問。

「你絕對是個吃貨！大胃王！」莉娜微笑著揶揄世遷。

「吃得是福啊！」

「是的是的，歐大少爺！」莉娜沒好氣地吐槽。

「唔……這店的餃子和辣椒醬真的是一絕啊！」世遷繼續咀嚼餃子，臉上流露出幸福的表情。

莉娜看到世遷進食的表情也不禁瞇起眼，咧嘴大笑。

「很飽啊！結賬走吧！」世遷準備從衣袋裏拿出那張「黑卡」。

「不！」莉娜連忙用手按壓著世遷的手。

「怎麼了？」

「別瘋吧！吃幾碟餃子用富豪級信用卡付款，你想把人嚇壞嗎？」

「用信用卡付款有甚麼問題？」

「當然有問題吧！人家做小生意，你動不動就拿張富豪級信用卡或一大疊大面額的鈔票出來，你叫人家怎樣反應和找續給你啊？」

「我一般都不用他們找續的啊，哈哈！」

莉娜用手蓋著雙眼，沒氣力再說下去。

「怎麼了？上次和管家去買車都是信用卡買的，現在的店都不懂他們搞甚麼，信用卡也不收。」

莉娜沒氣地別臉過去，然後說道：「行了行了，我付就好了。」

二人徐徐地離開小店，往海傍附近逛逛。

星空明亮，月影倒映在水面之上。寒風輕拂著二人的臉頰，維港夜景映入眼簾。

「啊……很飽很滿足啊！」世遷搓揉著肚子微笑著說道。

「喂，你要好好學習正確的花錢態度啊！」莉娜搖晃著世遷的衣袖說道。

世遷反了一下白眼，懶得回應莉娜。

「雖然你很有錢，但也不要故意亂花錢啊！」莉娜語重心長地說。

「唉唷，行了行了，不要再絮絮叨叨了好嗎？女人就是喜歡絮絮叨叨！」世遷開始有點不耐煩。

坐在海傍的長椅上，二人沉默著。寂寂的海浪聲，讓海岸顯得分外靜謐。

「喂……」莉娜打破沉默。

「怎麼了，又想叫我節儉一點嗎？」世遷悶哼著說道。

莉娜搖晃著頭，臉突然紅起來：「我想問……」

「甚麼？」

「你覺得我……」莉娜吞吞吐吐。

「你想說甚麼啊？」

「我想問，你對我有甚麼看法啊？」莉娜羞澀地問。

世遷深呼吸了一口氣，往後躺在椅背，把手放在腦勺說道：「跟你相處了一段日子，還可以吧！」

「還可以的意思是？」

「不太令我討厭吧！」

「那麼……你喜歡我嗎？」莉娜深情地凝視著世遷的眼睛。

面面相覷，不知所措，世遷別臉過去，避開莉娜的視線，支吾以對地說道：「我……」

其實莉娜心裏是知道的，只是想聽世遷親口說出來，確認二人戀愛的關係。

世遷就是說不出口，一直支吾以對著，持續了數十秒。

「不要緊吧……」莉娜失望地說道。她把頭輕輕地依偎著世遷的肩膀。

「你說……我們有可能把所有罪惡消除嗎？」莉娜故意岔開話題，免得大家尷尬。

「大概……不可能吧……」

「為甚麼？」

「這個世界是需要平衡的，而不是要變成兩極化。倘若失去平衡的話，只會引發戰爭，惹來更大的災難。可是孫葵英和馬忠延卻是非常極端的人，尤其是孫葵英，肚子裏滿是詭計。只要把他們倆的勢力瓦解，香港就會更安定繁榮。」

「那解決他們後，你打算如何？」

「不是說好了嗎？一起到藝術學院上學。」

「真的嗎？」

「嗯！」

失望的感覺頓時一掃而空，重拾希望和幸福的感覺，莉娜依偎在世遷的肩膀上，閉上眼簾小睡一頓。

「看，我們大小姐的笑容快要把整個世界都淹沒了。」洛斯達取笑著說道。

「嘻嘻！」莉娜在心裏甜絲絲地偷笑。

偷偷看著莉娜那精緻的側臉，她的一顰一笑使世遷感到心醉，怦然心動的他喃喃自語：「難道……我真的喜歡上了她？這就是愛情嗎？」

世遷的腦海裏不停思考著「愛情」這二字，閉上眼簾嘗試感受著這一刻的感覺。這是他從未擁有過的緊張，但自己是享受的，那是即使靜瑜也沒能夠給予自己的幸福感。

想起自己和莉娜從大會堂對峙到認識，再一起生活到互萌情愫的點滴，世遷心窩暖透，徘徊在現實與過去之間，不知不覺地過了一整個晚上。

晨曦漸露光芒……

第二十九章 復仇男

渾圓的旭日緩緩地從東方升起，晨光和煦，映照著維港兩岸景色。

依偎在世遷肩膀上的莉娜，緩慢地睜開眼睛。

「醒了嗎？」世遷用溫柔的語調問道。

當莉娜把頭慢慢移開的時候，世遷的肩膀感到麻痹，遂拗響著頸項，轉動著肩膀，把麻痹的肌肉鬆弛一下。

「嗯，對不起！把你的肩膀也弄得麻痹……」莉娜不好意思地說道。

「沒事，筋骨轉動一下就好了。說起來，我們快找個地方吃早餐吧！肚子也在叫喊了。」世遷轉動著肩膀，伸展著手臂說道。

在清晨的街道上，很多店舖仍未開門營業，二人在橫街小巷不停穿插，終於找到了一間港式茶餐廳。

「一份早餐A，凍檸檬茶。」世遷向餐廳服務員說道。

「我要早餐B，凍檸檬水。」莉娜緊隨說道。

話音未落，世遷連忙補上一句：「凍檸檬水改熱檸檬水。」

「我要喝凍檸水！」

「女孩子不能經常喝冷飲品，況且現在還是大清早。」

餐廳服務員立刻瞥了二人一眼，遂稍微不耐煩地加強了語調說道：「你們怎麼樣？要冷還是熱？」

「熱的，拜託！」世遷連忙回答。

餐廳服務員一臉不耐煩地搖著頭嘆息，然後走到廚房下單。

莉娜和世遷對上視線，二人掩著嘴巴竊笑著。因為這是港式茶餐廳的特色。

茶餐廳內的電視播放著香港早晨的新聞報導主題曲。

「各位，早晨！我是新聞報導員——方東星。昨晚深夜在九龍旺角發生了一宗腐蝕性液體從高處掉下案件，大批警員到場調查戒備。現場是旺角通菜街，事件發生在昨晚十一時。深夜時分，一樽腐蝕性液體從天而降，途人躲避不及，二十五人的皮膚被濺傷，其中十人情況危殆，已送往廣華醫院救治。警方在現場撿獲一張寫著「可恨的狗男女！」和署名「復仇男」的字條，警方不排除是有黑幫背景的人士在作惡生事，反黑組和重案組已經接手調查，並進行地氈式搜索和案件重組，暫時未有人落案被捕。」

世遷溫柔的目光頓時變得銳利，與莉娜互相對望著。

「轉看另一則新聞，早前警方逮捕且判處到精神病院服刑的十八歲少年——溫德倫，昨日於精神病院裏失蹤。一名看護途經發現涉事犯人失蹤，遂通知院長並報警求助。警方呼籲市民如有任何線索請立刻致電警署！」

世遷嘆了一口氣，眉頭深鎖地思考著兩件事情的關連。莉娜從直覺覺得那個復仇男就是溫德倫，遂向世遷說出自己的想法。

世遷亦覺得是溫德倫在生事，二人草率地淺嚐幾口早餐的食物便結賬離開，回去歐氏大宅商議解決方法。

高處掉下腐蝕性液體的案件接二連三地發生，每次都是在毫無先兆之下發生，教人防不勝防，而且兇案地點都是人流較密集的地方。

受傷人數不斷增加，有人因此而灼傷，甚至有女學生毀容，而大部分的傷者都是以年輕情侶居多。

警方翻查「天眼」攝錄機，拍攝到犯案兇徒的行裝和身型，以電腦分析後發現他的身型與溫德倫有九成吻合，但犯案動機不明。警方鎖定目標，全力通輯溫德倫，可是經過三個月依然無果。

另一方面，香港三大黑幫合併，直接減少了利益衝突，黑幫人士在街上毆鬥的事件大幅下降，無形間起了一種穩定社會的作用，而且姚彩妍主張跟歐美等實力派的社團合辦黑錢生意，把毒品生意減少。視財如命的孫葵英和馬忠延知道有利可圖，甚至比販毒的利潤更高，他們當然贊成。

雖然黑錢生意是跨國性犯罪，可是能夠令毒品減少流入香港，也是間接令青少年戒毒和拯救他們的方法，世遷認為這是一種緩衝的救世方法。另一邊廂，世遷動議把魂鷹社的軍械高價賣給各國政府軍隊，並從中獲利，把賺取的錢加入社團收益，表面是從事地下生意賺錢，但事實是逐漸削弱黑幫勢力，把資產轉移。

二零三四年三月，歐世遷與姚彩妍私下協商好合力剷除葵英社和雲千社，世遷更坦言不想再幹社團頭目，只想當回個普通人與莉娜到藝術學院上學，發展新的生活，並希望母親能夠體諒。

經過多番爭辯後，姚彩妍亦軟化了態度，尊重兒子的決定，但條件是魂鷹社剩餘的資產和資源必須交還給她管理，因為這是她與丈夫一手建立的事業，絕不能被政府充公，更不能雙手奉上。這是她唯一的執著。

世遷透過母親在政界的關係，及自己魂鷹社的身份，在管家暗地裏的協助安排下約見政府高官和香港特首。

首次面對面對話，世遷以面具人的身份和造型亮相。震驚了特首、警務署處長和保安局局長，眾人對世遷的雙重身份感到詫異和咋舌。

「甚麼……魂鷹社頭目竟然是……」

「都市傳說的面具人就是你……」

早預料到對方會是如此反應，不感出奇的世遷一臉泰然自若。

世遷放下了面具在秘密會議室內的桌上，以示對眾人的尊重。會議室內的建築物料是以防火及隔音的厚重混凝土，所以世遷可以用自己真實的一面去坦誠對話。

「各位，相信不用介紹你們都知道我是誰了，多餘的廢話我就不提了，這一次我是有個計劃想你們參與及協助……」世遷演說得振振有詞，言簡意賅地闡釋著自己的計劃。

他打算利用合併後的「幫府」，聚集所有社團的資源和人，把葵英社和雲千社的一切吞併後再剷除他們，彷如把老虎的獠牙逐顆剝掉，然後宰殺一樣。那是一種慢性的剷除異己，鞏固自己實權的政策。

可是世遷是打算把整個黑幫勢力瓦解，而不是據為己有，他的一番自白，令眾人流露出驚愕的神色，那是他們有生以來聽過最扯的事情。

「黑幫社團頭目竟然想親手瓦解自己和父親窮盡一生的心血？」那是教人不敢相信的事情。

「你們不相信我嗎？」世遷認真地問道。

「歐先生，你的說話太扯了吧！」警務署處長一臉譏諷的樣貌說道。

「我們憑甚麼相信你？」保安局局長質疑道。

「憑我這副面具！」世遷凜然地把放在桌上的面具擲到他們的面前。

「你這個臭小子，口氣如此狂妄，別這麼囂張啊！」警務署處長不屑著世遷自負的論調，遂嗤之以鼻，同時亦存有一點偏見。

行政長官一直沉默著，觀察著眾人的反應，然後彷彿蓋過了眾人的爭吵聲終於開口說道：「足夠了！大家都停止吧！」

行政長官嘆了一口氣，然後咽了一口唾沫再語重心長地說道：「歐先生，你的說話真的令我們很驚訝，甚至有點教人難以置信。可是我相信你！」

世遷嘴角微微翹起，那是對自己的自信表現。

「好，我們相信你，可是你必須證明給我們看，你是有能力實行一切，而不是信口雌黃的。即使你訛稱自己是面具人！」保安局局長說道。

「本人一向不打誑語。」世遷泰然自若地說道。

「那證明給我們看吧！」保安局局長用堅定不移的目光瞪著世遷說道。

想了一想，世遷提出一個令人咋舌的說法：「我們比鬥誰先一步逮捕溫德倫吧！倘若我早一步，你們就要配合我。相反，我任憑你們處置。」

警務署處長一口答應，並譏諷世遷：「倘若你輸了，我要你為過去被黑幫殺害的同僚陪葬。」

世遷瞥了一眼，懶理回答對方彷如弱智般的說話。

「歐先生，一言為定！」行政長官堅定的語調說道。

「嗯！」世遷頷首回應。

正準備轉身離開的世遷突然被叫停。

「請問……面具人真的有神奇力量嗎？」保安局局長戰戰兢兢地問道。行政長官和警務署處長同時把視線落在保安局局長的身上。

背著三人站立的世遷，從黑色大褸的口袋內取了一支自製的小竹簫。而三人在世遷的背後根本看不到他到底從衣服的口袋內取了甚麼出來。

一陣清脆的笙簫聲從世遷口裏奏出，數米開外，忽遠忽近的笙簫聲清越瞭然，挾剛柔之力輕奏一音。在會議室內，眾人聽到聲音後目眩神迷，意識出現了一瞬間的模糊，內息紊亂，桌子亦出現了明顯的裂痕。

笙音乍止，掙脫昏感。回神一看，發現本來佇立在前的人已失去蹤影，憑著肉眼和感知再感覺不到任何氣息，但四方依然留有笙簫聲的擾流餘音。

「他是貨真價實的面具人啊……」保安局局長嚇得心驚膽戰。

「希望他不是真正的敵人吧……暫時只好相信他……」行政長官勉強地停住了抖顫的身體，吞吞吐吐地說。

「哼！那可惡的臭小子。看著辦吧，我一定能夠比他早一步逮捕溫德倫！」警務署處長怒吼著，用力拍打了面前的佈滿裂痕桌子一下。

「啪嘞！」桌子碎開幾件，警務署處長的身體重心向前一傾，一不留神整個人趴倒在地上。

「唉唷！」警務署處長發出疼痛的悲鳴呻吟聲。

行政長官和保安局長立刻上前扶起他，警務署處長踉蹌地重新站立起來，用手擦著疼痛的屁股，一臉尷尬地慌忙離開。

行人絡繹不絕的街道上，黑夜裏的大廈天台陰風颼颼，本來一片晴朗的夜空霎時被灰色的陰霾所覆蓋起來。某人的臉上露出噁心的獰笑，拗響勁項和手指關節，陰暗的眼神從高處望下，彷如俯視蒼生的目光，他低沉渾厚的嘶吼，教人心寒。

擴散著的陰霾，彷如把前方的一切完全遮蔽。暗處一名全身黑色打扮，臉上戴上面具的人在伺機監視著。

笙簧聲劃破霧霾，轟鳴穹蒼，來者正是……

第三十章 不由自主的情感

笙簧聲呼嘯，聲音化作一把無形的氣刃擊中一個盛載著腐蝕性液體的玻璃瓶。

「呼！」玻璃瓶應聲掉在地上，腐蝕性液體彷如浪花四濺。

「溫德倫，住手吧！」一把年輕男性聲音喝止。

「你是誰？」帶著陰暗的眼神，壓下聲線，溫德倫如此問道。

年輕男性卸下面具，令溫德倫大感錯愕：「甚麼……竟然是你，歐世遷！」

「你這個瘋子快接受制裁吧！瘋人就應該住在瘋人院。」莉娜從暗角跑出來嚷著。

莉娜的說話非常尖銳，同時亦語帶侮辱，於是令溫德倫的情緒突然失控，他的雙目在剎那間充溢著狂亂。

「可惡的狗男女！」溫德倫朝向莉娜的方向撲過去，並戴上特製手套以拳擊攻擊。

身型嬌滴的莉娜幸好躲避得及，拳擊落在牆壁上，混凝土亦因此有些小剝落，可見那拳擊的力度有多大，仇恨有多深。

從未受過如此挫折及屈辱，溫德倫的攻擊絲毫沒有減弱，他的攻擊亦無章法可言，完全不理會攻擊能不能奏效，胡亂進攻。

他已經陷入了瘋狂狀態。

然而，正因完全無法預測，所以才難以躲避，莉娜不慎被他的攻擊命中轟飛。

莉娜痛苦地抱著腹部，倒地呻吟。

「莉娜！」世遷呼喊著。

溫德倫再次以仇視的目光，回頭過來向世遷投去。正當世遷欲奏樂制服對方之時，溫德倫彷如野獸般撲向自己，然而應聲倒地。世遷被溫德倫用腳踩住左手，身體壓在大廈天台的牆邊，不能動彈。

溫德倫緊緊捏住了世遷的脖子，把他的身體擠出一部分在半空中，世遷頓時陷入一面頹勢。

「嗚……嗚呀……」被捏住的脖子產生了劇痛，世遷發出痛苦掙扎的嗓音。

「就這樣掉下去死吧！」溫德倫投以肅殺的眼神，用令人心寒的聲線說道，他捏著世遷頸項的手愈發用力。

一陣戰慄感流遍全身，世遷的右手掉下了笙，用力地握著溫德倫的手掙扎著，臉龐變得愈來愈蒼白。

「放開他，溫德倫！」莉娜從天台的牆角隨意取了一條棄掉的木棍，當頭一棒打下去。

被擊中的德倫應聲倒地，昏過去。

世遷踉蹌地咳嗽著，並屈膝蹲地，雙眼目眩。這是他第一次以面具人的身份弄得如此狼狽。

「沒事吧！」莉娜憂心忡忡地攙扶著世遷問道。

咳嗽了幾下，意識稍微恢復，世遷頷首回應。

「這個該死的傢伙，就由我來結束他的生命！」莉娜毅然說道，舉起木棍準備瞄準德倫的天靈蓋插下去。

「住……住手……」世遷咳嗽著，斷斷續續說道。

「為甚麼？他可是要殺死我們啊！」莉娜激動地回答。

「不能殺人！我們不能殺人，絕對不能……咳……」世遷勉強地提高嗓音說道。

不忿地用力將木棍丟在地上，莉娜抱怨著：「隨你的便吧！下次我不想再吃他一拳了。」

世遷從衣服的口袋裏取出了一些預備了的膠繩索，把溫德倫的雙手和腳束緊，然後將他的身體拖上車。

莉娜替世遷撿回掉在地上的笙，幸好樂器沒有損壞。

幾經波折，世遷比警方早一步逮捕了溫德倫。蒙住雙眼、束縛住身體，世遷把溫德倫押到那秘密會議室。

警務署處長雖然不忿世遷比自己早一步逮捕到溫德倫，可是事實擺在眼前，也不由得他不服輸。

「你最好別弄栽事情啊。臭小子！」警務署處長一臉不屑。

世遷反起白眼搖搖頭，洋洋自得。

「事情就拜託你了，歐先生。」保安局局長有禮地請求。

「喂，上次會議室的桌子爛了要怎麼辦？」警務署處長不滿地大聲問道。

一陣尷尬氣氛籠罩著眾人，大家都互相投目，不敢作聲。

世遷用手捂住嘴巴，強忍著笑。

「臭小子，你笑甚麼！」警務署處長怒斥世遷。

「沒甚麼啦，聽說是你自己用手大力拍才會爛啊，還賴皮到我身上。真是呢……」世遷兩手攤開，洋洋得意。

「你……」警務署處長被世遷的話氣得滿臉通紅。

「一樁小事而已，我私人出錢買回吧。」保安局局長苦笑著舒緩尷尬氣氛。

「唉……幸好我多錢，把收據寄去我家吧！」世遷囂張地撇下一句，然後轉身離開。

「哼！」警務署處長嗤之以鼻。

「算吧，年少狂傲是青年本色，何況他不是個普通人。我們現在只能寄望於他了，他是我們的希望。」行政長官語重心長地說道。

二零三四年四月，行政長官、警務署處長和保安局局長相信世遷的能力，同時相信著他口中的剷除黑幫計劃，於是他們建立了信任，互相合作。

香港三大黑幫合併，改名「幫府」。早於上年十月世遷動用魂鷹社資金斥資三億收購了新界區一座工廠大廈，再將其修築改建。在「幫府」的設計上，世遷暗地裏向建築公司下了一個私人要求，「幫府」將於二零三四年六月完工落成，並定於七月一日進行開幕儀式。落成如此迅速皆因錢的魔力吧！

世遷在腦海裏盤算的計劃順利進行。

「開幕儀式計劃暫定於七月一日，大家沒異議吧？」世遷彷如宣言般說道。

在中環商業大廈裏開會議的孫葵英和馬忠延都頷首贊成。

「七月一日實在是個好日子！」馬忠延拍案叫絕。

孫葵英沉默著，嘴角微微發出奸險的訕笑，並拿起桌上的茶杯，嘴唇碰著杯子遮掩著。

雖然旁人都不以為然，可是世遷從眼角的餘光留意到，而且感到格外疙瘩。但世遷依然假裝沒看到，繼續說話為會議總結著。

離開商業大廈的門口，莉娜忽然從門的拐角躍步出來，把正在皺眉思考中的世遷嚇到。

「喂！」莉娜一臉淘氣地叫喊一聲，輕拍著世遷的肩膀。

世遷驚愕地縮了一下，回神過來的時候目怒兇光地盯著莉娜大罵出口：「你到底是怎麼了？你把我嚇倒了，真討厭！」

莉娜從未見過世遷會如此生氣，遂立刻低頭噘著嘴巴道歉：「對不起，把你嚇怕。」

「怎麼了？」世遷語帶怒氣問道。

「其實我是想你陪我去髮型屋修個頭髮……」莉娜吞吞吐吐地說道。

「就是為了這種無聊的事？」世遷加重語調，用儼如斥喝的語調說道。

莉娜戰戰兢兢地咽下了一口唾沫，靜心受訓。

二人沉默了一分鐘，世遷淡然一句：「別再跟著我了，你走吧！」

莉娜的眼淚一瞬間充滿了眼眶，鼻腔酸澀。

「不，我不走！對不起，是我不對，我會改的，請你不要趕走我……」莉娜搖晃著世遷的衣袖，宛如犯錯了的小女孩哀求著父母原諒自己。

世遷用力甩開莉娜的手，然後縱身而去。

莉娜頓感不知所措，於是蹲在瀝青的街道上哀嚎著。

感到被某人監視著，一種不安感和焦慮充斥著世遷的神經線，令他感覺渾身不對勁。

自從上一次溫德倫把自己險些殺死後，世遷意識到即使自己擁有音樂力量，但失去樂器就彷如普通人無異，對此世遷感到自己是多渺小。倘若不是莉娜在場的話，自己肯定被捏得斷氣，然後屍體從數十層高的大廈天台掉落到街道上，死無全屍。再者，因為自己的關係，令莉娜受傷，世遷心裏一直倍感煎熬，並自責著。

因此世遷心裏恐懼著，而且最近總是有一種被人窺視著的感覺，令他的精神出現了不穩，焦慮的感覺和壓力令他不自覺地暴躁起來。

拖著疲憊且抖顫的身體，徐徐地獨自步行到中環海傍，世遷的視線無意識地倏然模糊。

未及弱冠之年，便獨力承受眾多重擔，歐世遷一個人愣著、害怕著、擔憂著，眼淚不由自主地偷跑出來。

無情的海風蹂躪著他，用力發勁拭走那眼眶也盛載不住的淚水，狂野地吹動起纖幼的髮絲，把人的臉容把弄得蓬亂不堪。途人怪異的目光和嘴臉也彷如對他毫不留情地蹬了一腿。他的身體彷彿失去力氣，踉蹌地依靠著石壆，抽泣著、哽咽著……

中午的晴空突然烏雲蓋頂，下起大雨來……

「咔！」大門打開，一陣勸喻的聲音傳入耳中。

「莉娜小姐，請你不要離開吧！」管家慌張地勸道。

「他不需要我了……」莉娜一邊用手拭去臉上的淚水，一邊收拾著行李。

「少爺他不過是發了不該發的脾氣，奴家代他向你道歉，請你不要走吧！」管家苦苦哀求著。

莉娜傷心地拖拉著行李箱走往大門，剛巧碰到剛回來的世遷。

二人各自停下了腳步，沉默地凝視著對方。

被狂風驟雨蹂躪過後，世遷頭髮蓬亂，雨水從髮絲順斜而下滴落，一臉憔悴、狼藉。

悲傷的眼神互相對視和憐憫，二人依然沉默著。

管家佇立一旁不敢作聲。被靜謐支配的歐氏大宅，各傭工也立刻躲起來工作，免得遭受訓斥之禍。

「我……」莉娜支吾以對地哽咽著。

瞬間身體僵硬了，彷彿觸電般的感覺，世遷用柔軟的嘴唇堵住了莉娜欲說還休的櫻桃小嘴，強橫有力的臂彎環住了她的小蠻腰，抱緊到自己的懷裏去。

感受著對方的躍動的雙唇，莉娜雙手不由自主地放在世遷的肩膀，輕輕把白皙的左腳向後提起，單腳站立，以對方抱住自己的力量支撐著身體。

摒棄一切的懊惱、傷悲，二人彷彿無視著旁人，甚至一切，纏綿地激吻著、擁抱著。

歐氏大宅上下的所有傭工立刻放下手上工作，探頭出來窺視著二人的激情。

管家本來想用手機拍下這一幕，一如既往向姚彩妍報告，但這一次他放棄了，他沉吟著：「年輕人，隨他們發展吧！」然後他用手掩著嘴巴偷笑著，淡然回到自己的房間。

二人緩緩放開對方，本來憂愁的情緒一掃而空，心亂如麻的感覺被愛的力量安撫下來。

「對不起，不要走好嗎？」世遷在莉娜的耳邊溫柔地低聲說道。

「都是你錯，是你錯……」宛如小女孩撒嬌般，莉娜伏在世遷胸膛輕輕拍打著。

世遷捉緊她纖幼白皙的雙手，展露著雄性的魅力，用力把手一抱，把莉娜整個人橫向抱在胸前，信步回到自己房間。

雨水過後，烏雲徐徐散去。絢爛的黃昏映入眼簾，歐氏大宅在彩虹的襯托下，勾勒出醉人的畫面。

第三十一章 圈套佈局

自從那個晚上，世遷和莉娜的感情終於穩定下來，二人正式成為交往中的情侶。管家把他們的戀情報告給姚彩妍知道，可是彩妍對莉娜卻不存好感。

彩妍曾多次在電話和視像通訊中與兒子交涉，表示不太贊同他與莉娜交往談情，原因是對方比世遷年紀大一年，及對方出身等。可是世遷卻不理會母親的意見，繼續與莉娜在一起。

在莉娜身上，世遷的精神得到了慰藉，同時二人經常合奏音樂，以樂韻傳遞自己內心的意思，他們宛如一對纏綿鴛鴦，愛得甜蜜、健康。

管家雖然一直暗中向姚彩妍報告著，可是眼見世遷活得幸福快樂，他亦以行動表示支持，按莉娜要求教授她廚藝技巧。

莉娜浸淫在幸福的愛河裏，為了世遷把自己變得比以前更賢淑，平日除了練習樂器之餘，還會向管家請教廚藝技巧，希望自己能夠為愛人做一頓好飯菜，因此她努力著。

「唉唷……又失敗了……」莉娜凝視著面前那碟子既散亂又破爛的水餃，噘嘴說道。

垂頭喪氣的莉娜沒精打采地把那碟水餃隨意擱置一旁。佇立一旁指導的管家把破爛的水餃，用筷子小心翼翼地夾起，然後放進口裏去。管家咀嚼著，露出難看的表情，但為了儀態亦勉強咽下去。

「怎麼了？很難吃嗎？」莉娜尷尬地問。

「還有進步空間吧……」管家苦笑著說道，然後拿起一杯清水一口氣喝下去。

另一邊廂，世遷正忙碌著處理「幫府」的事宜，他多次親自視察工程進度，更頻密地與其他社團開會議，商討更多生意發展計劃。

世遷除了提議辦黑錢外，還建議應該再擴大辦虛擬貨幣（卡卡幣）。卡卡幣是區塊鏈支付系統和虛擬計價工具，由於其採用密碼技術來控制貨幣的生產和轉移，因沒有中央的發行機構，所以無法任意增發，交易在全球網絡中執行，有特殊的隱秘性，加上不必經過第三方金融機構，如銀行、清算中心、證券商等，從而避免了高昂手續費、繁瑣流程以及受監管的問題，因此得到越來越廣泛的應用，這是非法交易的良好媒介。

虛擬貨幣升值的潛力從一開始至今一直被不斷鼓吹，而且深深地改變著互聯網金融體系，甚至有人認為虛擬貨幣升值的潛在速度會比黃金更快，因此世遷慫恿著馬忠延和孫葵英大力投資。

過去都是由歐世鷹作大部分的金融方向決策，因此馬忠延和孫葵英對於金融投資不太熟悉，可是聽到有利可圖，加上姚彩妍在旁以熟悉外國地下交易為理由推波助瀾，二人都把自己的三分之一身家財產投資下去。

世遷早有籌謀，與母親合作把葵英社和雲千社剷除，遂出此上策，逐步誘惑二人投資，然後要他們輸光所有，連根拔起。

姚彩妍家族本是世代從政，加上自小受家人教導，對金融業買賣行情熟悉，她也是如此扶植起自己丈夫歐世鷹，建立魂鷹社。

起初世遷為他們二人短期內在虛擬貨幣市場賺了一大筆錢，於是不知饜足的馬忠延更把全副家產投資下去；孫葵英一向多忌猜疑，但是他亦再加倍投資，最後一共花了三分之二的家產投資虛擬貨幣。

貪念使二人漸漸墜入世遷的圈套裏……

二零三四年六月中旬的某天。

「少爺。」佇立在大宅大門外的兩名傭工異口同聲地恭敬說道。

世遷一邊與管家討論著剛才社團會議的事情，一邊行走著。

「那就如此決定吧！」世遷說道。

話音未落，世遷捏著鼻頭再說道：「嘩……是哪裏傳出來的臭味？」

「恐怕是莉娜小姐在做飯吧……」管家一臉尷尬地回應道。

二人交換了眼神，保持著難看的表情互相頷首。

世遷快步走到廚房，入面煙霧瀰漫，一陣陣烤焦了的難嗅氣味令人嗆喉。

「發生了甚麼事？」

「快熄火吧！」

世遷被面前的景況弄得一頭霧水，疑惑、驚愕，都能夠從他的臉上看得到。

管家把灶頭的火熄滅，然後用濕毛巾拿起被火燒得滾燙的鍋蓋。打開蓋子一看究竟，那是煮乾了水的水餃，在鍋裏被燒焦成黑色的東西。管家被傳出來的難嗅氣味弄得面容扭曲，一下子就連整個鍋子都丟棄了。

「咦，你們回來了嗎？」莉娜睡眼惺忪地問道。

看著二人奇怪的表情，莉娜彷彿如夢初醒：「噢！我的水餃啊！」

她用馬步奔騰般的速度，躍步到廚房裏去。被瀰漫著的燒焦氣味弄得嗆喉，莉娜咳嗽著，用手捂住嘴鼻，倒步出來。

「嘩……怎麼了？」莉娜斷斷續續地說道。

「這句說話應該我來問你才對啊！」世遷雙手叉腰，反問著。

「我……」莉娜一臉尷尬地吞吞吐吐。

管家為了緩和氣氛，遂說：「莉娜小姐也是想為少爺你親手做水餃，只是一時大意煮乾了水吧，哈哈哈……」管家勉強地苦笑著。

世遷板起了臉瞪著莉娜，語帶不滿地說道：「開了火還好去睡覺？你不知道會失火的嗎？你是不是想把整間大宅都燒毀？」

平日愛耍嘴皮的莉娜，今次也只好靜心受訓了。

世遷把眼神瞥向佇立在附近的傭工，大聲說道：「你們都有責任，怎麼看到燒焦了也不把火熄滅，真的是！」

眾人都低下頭受訓。

「快把廚房清潔好，兩小時後，我不要再嗅到任何燒焦味，知道嗎？」彷如下命令般，世遷一臉肅然說道，然後徐步回到自己房間。

管家指揮著眾傭工清理，莉娜亦自告奮勇，一起收拾混亂的廚房。

鬆脫掉頸部的衣服鈕扣，世遷倒抽一口涼氣。

「那個莉娜，真的是……」世遷沉吟著。

擺放在書桌上的電腦突然響起視像通訊的信號聲。

「媽媽，怎麼了？」世遷問道。

「我這邊尚算順利，已跟外國的地下財團和部分官員商議好，只要馬忠延和孫葵英完全墜入我們的圈套，他們就會一無所有，到時候就能夠吞併他們的一切。只是……」姚彩妍吞吞吐吐地說道。

「只是甚麼？」世遷皺眉回答。

「只是某些高級官員還在磨蹭，遲遲未明確答覆合作，相信還要花上一年或以上的時間。」姚彩妍闡釋著。

「不要緊吧，來日方長，逐步解決他們吧！只要各國立法和黑市都不接受虛擬貨幣交易，屆時他們便會一無所有，香港也會得到安寧。」世遷回答道。

涉及全球利益問題，談何容易呢……姚彩妍雖然支持兒子，但卻認為世遷的想法未免太天真樂觀。可是她只能「有苦自己知」，畢竟她是與歐世鷹打下江山的女人，要改朝換代，豈會是三言兩詞之事。不過作為母親，她依然想幫助兒子。

「你記得答應過我的事吧！」姚彩妍一臉認真地問。

「嗯，只要解決他們，我就會把魂鷹社的一切交還給你，我也不想再當甚麼頭子。」世遷斷言說道。

「真的是……如果這番話被你去世的爸聽到，定必把他氣得瘋狂了。」姚彩妍唾棄般說道。

世遷伸出舌頭，聳聳肩膀，裝出一副淘氣的鬼臉。

「你跟那個女孩怎麼樣了？」姚彩妍用奇怪的語調問道。

「呃……還好吧！」世遷望著電腦屏幕，心不在焉地說道。

「別只顧談情忘了工作啊！別被人騙啊！」姚彩妍關心著兒子。

「不跟你說了！」世遷快速地關掉了視頻，然後把雙手放在後腦勺，閉上雙眼稍作休息。

「看來你媽不太喜歡她啊！」耶魯斯突然從世遷的意識裏跑出來說道。

「隨她的便，我喜歡就可以了。」世遷嘀嘴回答。

「嘻嘻！你終於承認自己喜歡人家了。」耶魯斯在偷笑。

世遷沒有回應，但嘴角亦不由自主地微笑起來。

世遷把身上沾滿了汗水的西裝卸下，換上了另一套運動服裝，拿起了啞鈴，鍛練自己的體格。

「十、二十、三十……」世遷在唸著舉起次數。

放下啞鈴，休息十秒，再次舉起。

「十、二十、三十……」

每三十下為一組，世遷數著次數。

仰臥起坐、俯地挺身，練至汗流浹背。肌肉訓練之後，世遷就進行拳擊和腿擊的訓練。

自溫德倫一事後，世遷知道自己不能單單依靠音樂力量來制裁罪惡，要發揮得更好就必須要鍛練好自己的身體，以防像上一次近身戰一樣被迫入險境。

操練過後，世遷洗過澡，再換上一套休閒服裝。他正要到雪櫃拿取電解質飲料「寶下力」，順便視察一下廚房的清潔情況。

踏入廚房的第一步，地板潔白如新，第二步再環視四周，灶頭和牆壁也毫無污垢。世遷滿意地微微頷首，然後從雪櫃裏取出飲料。

「怎麼了，整潔白淨嗎？我莉娜一定能夠做好給你看啊！」莉娜戴著清潔手套，雙手叉腰，頭髮充滿了清潔劑的小泡泡，鼻頭也沾上了黑色的污漬，一臉洋洋自得地說道。

「還可以吧……」世遷淡然回答。

「哼！」莉娜生氣地別臉過去。

一張柔軟的紙巾，輕拂過莉娜的鼻尖。世遷正在用擺放在廚房裏的紙巾替莉娜拭去鼻子上的污漬。溫柔的眼神，突如其來的關懷，使她感動，二人相視而笑。

「行了，乾淨了。」世遷溫柔地說道。

莉娜合緊嘴巴，含情脈脈地凝視著世遷。

「我示範一次做水餃給你看，給我留心！」世遷假裝嚴格地說道。

在廚房裏，世遷以精妙的刀法切著韭菜花，把切好的韭菜花混入蘿蔔絲，再加入少許免治豬肉，用竹條攪拌。那發勁有力的雙臂，使食材攪拌得勻稱。

拿起水餃皮，把餡料添入，再以純熟的手勢把水餃皮摺疊好，輕沾一點麵粉，放在盆子上。

說時遲那時快，一瞬間，世遷已經做好了二十隻水餃。他小心翼翼地拿起水餃，放進已沸騰的水中，水餃在水裏慢慢浮起來。

「嘩……」莉娜驚嘆得目定口呆。

一個坐擁億萬家產的少爺，不但心地善良，音樂造詣深厚，還懂得親自做食物，賣相還比餐廳做的好，他……簡直是完美！莉娜在心裏喃喃自語。

彷如懂得讀心術，世遷從灶頭轉身望向莉娜說道：「怎麼了？是不是神技巧呢？不用仰慕我啊！」世遷洋洋自得地誇讚自己。

「哼，還可以吧！」莉娜假裝不認同。

世遷在水裏添了幾滴麻油，準備撈起熟透的餃子，鍋中傳出陣陣香味，莉娜垂涎欲滴。

「只是還可以的程度……那麼我自己一個吃就可以了。」世遷泰然自若地說道。

「不，不，不！開玩笑而已，我要吃！」莉娜立刻改變說法。

世遷轉身過去，把水餃用湯舀盛載到碗子裏。

「試試吧！」世遷得意地說著。

輕輕咬了一口水餃的皮，嫩滑的韭菜、爽口的蘿蔔絲，富有質感的免治豬肉，再配上彷如噴水池般濺射出來的肉汁，麻油的香氣點綴了水餃的靈魂。

食物在莉娜口腔裏左搖右擺，舌頭上下翻滾咀嚼著，忙得不可開交。她的味蕾剎那間被美味的水餃所征服，大快朵頤。

看見莉娜饞嘴的樣子，世遷閉上雙眼，微微仰首，沾沾自喜。

「想不到啊，大少爺！」耶魯斯微笑著說。

「很想吃一口啊！」洛斯達也在垂涎欲滴。

「祢們是吃不了啊，我要和我的寶貝分享這些美味的水餃了。」莉娜一臉甜絲絲的說道。

「我把自己的讓一件給祢吧，洛斯達！」世遷把水餃用湯匙盛載，然後遞上。

一個黑影現身，把水餃一口氣放在口裏咀嚼，然後「咕通」咽下。

「嘩，這真是超級美味啊！」洛達斯高興地說道。

他們就浸淫在水餃的味道裏，歡欣地度過了一個晚上。

吃過水餃後，世遷忽然罕有地主動提出：「莉娜，陪我出去走走，好嗎？」

皎月高掛在黑夜裏的晴空……

寂寂的海浪聲，讓海岸顯得分外靜謐。二人十指緊扣在海灘上踱步，一言不發。

「社團的事安排好了嗎？」莉娜打破沉默，一邊行一邊說道。

「嗯……唔……」世遷支吾以對。

二人停下腳步，在海灘上徐徐地坐下來，莉娜把頭依偎在世遷的肩膀上。

「七月一日就是幫府的開幕日，日後再不會分開各幫各派，亦再沒有魂鷹社。」世遷的眼神帶著一絲憂鬱，語重心長地說道。

「那不是如你所願嗎？」莉娜回應道。

「如果一切順利的話，的確是好。但若然……」世遷憂心忡忡。

「還有我和洛斯達幫你啊！難道你忘記了嗎？」莉娜微笑著說道。

「莉娜……我不想你捲入社團的事，更不想動不動就要借用神的力量，人類始終要靠自己雙手去開創未來。」世遷凜然地解釋著。

莉娜被世遷的說話感動著，弄得面紅耳赤。

「我和媽媽已經商議好計劃，逐步把孫葵英和馬忠延的資產轉移到虛擬貨幣，只要媽媽那邊安排好，各國政府一致不承認虛擬貨幣的價值，他們就會一無所有，屆時雲千社和葵英社亦會自動瓦解。」世遷闡釋著。

「那麼你們呢？」莉娜問道。

「媽媽會在廢除虛擬貨幣之前把所有資金套回現金、黃金和鑽石，再把一部分的資金投放在房地產。她在賺錢方面是個天才，所以不用擔心吧！」世遷毅然說道。

「你媽媽真是個很能幹的人！」莉娜雖不太明白世遷的說話，但卻懷著欣賞的態度回答。

「嗯！她一向如此，爸爸的一切也是與她一齊打拼回來。」世遷說道。

二人在交談的時候，世遷感覺到好像有種討厭的感覺，那是上一次在中環街上的不自在感覺，他心裏肯定著。

「我們明天再合奏音樂好嗎？」莉娜微笑說道。

世遷心不在焉地向一暗處凝視著。

「嘿……」莉娜再次叫喊世遷。

「吓……」世遷稍微回神過來。

「怎麼了？」莉娜問道。

「沒甚麼……」世遷假裝微笑回答。

管家把車子停泊一旁，從遠處用手機把二人的溫馨情況拍攝下來，再轉發給姚彩妍。

一部黑色電動房車，無聲無息地從管家的身後經過，可是忙著拍攝的他卻不以為然。

「晚了，我們回家吧！」

世遷和莉娜擦拭著褲子上的沙泥，然後手拉手地徐步回到車上。

第三十二章　「幫府」

時光飛逝，轉眼間來到七月一日，「幫府」正式開幕。

熱烈的鑼鼓聲，迴響四方。舞龍舞獅的團隊隨著樂聲節拍舞動著，到處都充斥熱鬧氣氛。記者亦擺好攝影器材，準備做採訪。「幫府」方圓幾里外聚集了超過十萬名黑幫社團人士，可說是傾巢而出，場面浩大、壯觀。

七月一日，香港特別行政區成立紀念日，也是「幫府」開幕日。特意揀選這一天的意思是要對外宣言，香港黑幫已經支配了整個香港，以後是「幫府」管治的世界。灣仔金紫荊廣場正在舉行升旗儀式，電視螢幕畫面從本來直播官方新聞轉移到直播「幫府」的情況。一部電視台的直升機在空中盤旋，直播著現場情況，畫面傳遞到各家各戶的電視螢幕上。

這一天，歐世遷以一身筆挺且隆重的黑色禮服亮相，華麗且成熟。

第二、三男主角，孫葵英和馬忠延分別穿著一套連身唐山裝和灰色西裝出席。帶著一張娘娘腔的嘴臉，且經常作出尖酸刻薄的說話，孫葵英一如既往令人討厭地登場。而那肌肉型的馬忠延依然是像個破戒武僧般緊隨孫葵英後面。

三人並排一線，站立在「幫府」門前互相祝賀，相機的閃光燈閃爍不絕。

本來應該是個喜慶日子，可是世遷的眼裏卻充滿憂愁，一直在假裝著微笑。然而孫葵英的嘴臉和笑容卻潛藏著一種令人不安的氣氛。

昨日晚上……

「喂，這杯牛奶給你。」世遷用手拿著一杯暖熱剛好的牛奶，遞給莉娜。

「嘻嘻！你何時變得這麼體貼啊？」莉娜展露甜蜜的笑容，雙手接過牛奶。

「大概由認識你開始吧……」世遷一臉通紅。

莉娜二話不說就把牛奶一口氣喝下去。

「明天幫府開幕日，我們一起出席嗎？」莉娜放下喝光了牛奶的杯子，然後問道。

「好，我們一起去。」世遷一反常態，答應莉娜。

「Yeah！萬歲！」莉娜興奮得手舞足蹈。

未幾，莉娜覺得雙眼疲憊，意識一下子也散渙了，於是不自覺地躺在沙發上倒頭入睡。

「傻瓜，你留在這裏就好了。明天還是由我自己去吧！」世遷輕撫著莉娜的臉和額頭，溫柔地說道。

目睹一切的管家從後冒出來憂心忡忡地說道：「少爺……這樣真的好嗎？」

世遷無言地望了管家一眼，沒有回答他就逕自踏上梯間，打算返回房間休息。

「慢著，少爺！」管家急步追上前，並叫喊著。

世遷停下腳步，但未有轉過身去，一直背向管家。

「有甚麼能讓我為你分擔一下嗎？不要一直全部扛在自己身上好嗎？明天只是個開幕日，到底你在擔心甚麼呢？」管家憂心忡忡得哽咽起來說道。

深呼吸了一口氣，世遷轉過身去，然後蹲坐在梯間，同時亦用手勢示意管家坐下來，二人彷如朋友般坐下閒談。

「沒錯，明天的確只是個開幕日，但我一直有著一種不詳的預感，由早一段日子已經感覺到……」世遷帶著憂鬱的眼神仰天說道。

「你是在擔心孫葵英和馬忠延？」管家直接問道。

「不，他們已經逐漸墜入我和媽媽的圈套，被剷除只是時間上的問題。屆時他們的餘黨和手下也會交給警方善後，這方面應該沒有問題，只是……」世遷吞吞吐吐。

「只是甚麼？」管家追問。

「最近我總覺得有人在監視著我，這種感覺令我渾身疙瘩，所以明天還是讓莉娜留在這裏，免得出甚麼差錯意外。」世遷闡釋著。

「用神力量幫忙不就可以嗎？那一切都可以放心。」管家再問道。

世遷搖頭嘆息，遂說道：「神的力量不能隨便濫用，這種力量只能用作平衡世界，不然到最後只會淪落成只為一己私慾而制造紛擾的邪惡力量。好不容易才把莉娜從黑暗的困窘裏帶出來，我不希望她再捲入任何爭鬥，而且面具人的身份也不能隨便對外公開。」

耶魯斯在世遷的心裏道出了一句：「完全正確！」

管家咀嚼著世遷的說話，以憂心的眼神望向呼呼大睡的莉娜。

「替我好好照顧她吧！」世遷拋下一句話，便站立起來，往自己的房間去。

「少爺，生日……」管家低聲唸著這句話，並把「快樂」二字窘在喉嚨上。視世遷為兒子般看待的他，卻感到孩子在需要時未能伸出援手而自責。管家只能默默看著世遷孤單的身影遠去。

顧慮大局的他故意向莉娜隱瞞自己昨天生日，那是避免自己分神及禍生事端。現在，回憶著昨晚的事情，世遷神不守舍。

記者向世遷提問有關「幫府」開幕是否意味著正式向香港政府宣戰。

可是世遷卻沒有回答，卻把回答的機會轉讓給孫葵英和馬忠延。愛出風頭、亦愛臉兒的孫葵英當然不會錯過機會，在記者拍攝鏡頭前意氣風發地開始講話。

「各位好，本人孫葵英是幫府創辦人之一，首先向大家傳達一些令人高興的消息。今天我們三間公司合併，往後會發展得更強大，把業務做得更好。歡迎各位加入我們公司，成為我們的員工。」

「幫府」的直播在大街小巷的電視螢幕播放出來。途人都在圍立觀看，更有人對孫葵英的言論嗤之以鼻。

「明明就是黑幫社團，卻把自己說成正當公司般，那人妖孫葵英真討厭！」警務署處長和一眾政府高官在灣仔金紫荊廣場的巨型電視螢幕前指罵著。

「到底往後會變成怎樣呢？」保安局局長用異常冷靜的口吻問行政長官。

「我們靜觀其變吧！」行政長官無奈地回答。

發表過宣言後，記者要求進入「幫府」內參觀，孫葵英爽快答應。

佇立一旁的世遷依然在發呆，馬忠延撞了一下他的手肘。世遷霎時間回神過來，隨著他們的腳步進入「幫府」裏。三大黑幫之首各自率領幾名手下，一同進入。

「幫府」是由一座工廠大廈改建而成的，樓層有十層，每層分設了不同的用途。步入的第一身感覺就彷如置身在高科技的地方裏，有著林林總總的螢幕和生物辨識的門關，令人嘆為觀止。

以私人地方作理由，馬忠延提出禁止記者進行任何拍攝。罕有地提出了有見地的說法，馬忠延這句話令世遷瞥了他一眼。

「各位，不好意思！我想先上一下洗手間，待會兒回來。失陪！」世遷禮貌地向眾人交待一句後，轉身往另一條通道走廊離去。

假藉上洗手間為理由，其實是打算去「幫府」頂層的「獵犬」。

所謂「獵犬」其實是世遷在出資收購原來的工廠時，特意吩咐建築商在最頂樓層和第九層之間加建一個小空間，作一間隱藏式的房間。利用自己的辦公室作掩飾，工作枱遮蓋下的幾呎地板是一部小型升降機板，能下降四米，到一間約三十呎左右的小房間。那是一個監控室，能把「幫府」內外所有的電腦、保安系統、螢幕等獨立控制。控制系統凌駕在保安室內的操作，可說是「幫府」內的後備統一操作。

「獵犬」是用作防範未然，一切大權在握，世遷才能夠感到安心。

小心翼翼地環視四周，在沒有人看見的情況下，世遷才啟動密碼，打開了門，進入「獵犬」。

「Hi——」

一把熟悉且溫柔的聲音從「獵犬」裏傳出來，世遷嚇得後退兩步。

是莉娜嘻皮笑臉跟他打招呼。

莉娜突如其來的出現，令世遷大感驚愕：「……你怎麼會在這裏？」

「嘻嘻！是洛斯達告訴我的啊！你很壞啊，是想撇下我，自己出席這個活動嗎？」

「喂，今天不是鬧著玩的時候，快回家去，被外面的人見到你就不妙了。」

「不會有問題的吧！他們都不知道我是誰，更不會知道誰是面具人。」

「別胡鬧了！」世遷一臉認真地大聲喝罵著，莉娜立刻肅然起敬。

突然從監視器傳來了幾下鎗聲，劃破了二人的對話。

世遷和莉娜立刻把視線投向監視器，可見有六、七具屍體倒臥在地上，鮮血四處飛濺。

「到底發生了甚麼事？」莉娜驚訝地沉吟著。

世遷見到馬忠延手上拿著手鎗，旁邊所有的黑幫手下亦隨在他的身後手握著的利刀。倒地的有孫葵英和幾位記者。

世遷見狀，遂慌張地問道：「莉娜，你有沒有帶樂器出來？」

「糟糕了，出來的時候忘記了！」莉娜一臉錯愕地說道。

「嘖……」世遷皺起眉，作不耐煩的嘆息。

「你呢？你有沒有帶笙出來？」莉娜反問世遷。

「當然沒有，社團總部開幕日怎麼會帶著樂器出來啊？動動腦子吧！」世遷一臉煩躁的樣子回答。

「武器呢？有沒有鎗之類的？」莉娜再問。

「喂，小姐，我從不殺人，怎麼會把這種殺人兇器帶在身上啊！」

「辦公室內呢？」

「沒有啊！」

二人在糾纏著武器的問題。

監視器裏傳出了低沉且嘶啞的陰暗聲音。

「歐世遷，快出來吧！別再躲起來了。」

這句話把世遷震攝著，看著監視器的螢幕，一陣可怕的戰慄感流遍全身……

第三十三章 廝殺激戰（上）

鎗聲令四周在一瞬間被死亡感籠罩，陰暗且嘶啞的男性聲音令氣氛添上血腥。

「是馬忠延？為甚麼……」世遷一臉驚愕地沉吟著。

莉娜看著監視螢幕，再望向世遷。

「莉娜，你待在這裏不要出去，桌子下有一個紅色的按鈕，那是直接連到警務署處長的私人通訊手機。如果我出了甚麼事情，你就按下去，他會想辦法過來拯救我們！」世遷向莉娜交代計劃。

「好的，你自己要小心啊！」莉娜擔憂地說道。

「嗯！你千萬不要離開這裏啊！」世遷一邊躍步離開，一邊說道。

返回大堂，燈光照射著雲石的牆壁，周遭瀰漫著黏稠的血腥味。世遷已經看不到馬忠延及其他刀手的跡影，只見幾具屍體倒臥在地上，身體還流淌著鮮血。

那被恐怖扭曲凍結的臉，全都血流披面，被子彈轟至稀爛。

「嗄……」殘存的呼吸聲，像是痛苦的掙扎著。

世遷循聲音的方向看過去，那是奄奄一息的孫葵英在發出悲鳴。

「他……背叛了我們！他……想搶走我們的一切……咳！」孫葵英躺在地上，按著身上正流出的血液，痛苦地斷斷繼續說道。

「那些刀手呢？」世遷激動地蹲在地上問道。

「他們都是我們社團的兄弟，但全部被馬忠延收買了，世侄……你要……幫我……報仇啊……」孫葵英快斷氣了，在臨終前還握緊著世遷的手。

被孫葵英的血液弄至滿手鮮紅，世遷握緊雙拳，蒸騰出前所未有的憤怒。

知道馬忠延和一眾刀手就在大門外，世遷望向針孔攝影機的方向，向莉娜頷首示意按下紅色按鈕，然後放下孫葵英的手，雙腳慢慢地站立起來，握緊雙拳，懷著憤怒的眼神，凜然地、筆直地挺著胸膛走出去。

另一方面，警務署處長收到只有由歐世遷和他二人才知道的秘密緊急訊號，立刻召集全香港警察，包括特種部隊和飛虎隊，荷鎗實彈趕去「幫府」。

在逮捕溫德倫一事後，「幫府」開幕日之前……

「是我贏了！」世遷一臉自負地說道。

「哼，今次只是你好運而已，下次我一定會贏你。」警務署處長嗤之以鼻地說道。

「喂！」

「又怎麼啊，臭小子！」

世遷用手勢示意處長稍安毋躁。「不要動不動就動肝火吧，身體很容易壞啊！其實我有事情想找你談，能坐下來聊一下嗎？」

處長抱著一臉懷疑，皺著眉在自己辦公室的高級皮椅上坐下來。

世遷以平常冷靜的樣子跟處長說出自己最近的看法。

「甚麼？你發現有人在暗中監視你？是甚麼人知道嗎？」

「我也不太肯定，只是感覺而已。可能是政府的人，又也許是社團的人。」

「喂，臭小子，人人你都說有可疑，不如你說有鬼啊，笨蛋！」

「可能有的啊！不排除這個可能啊！」

「胡說八道！」

「那我可是有音樂力量啊，又怎樣解釋？」

「是魔法，掩眼法之類吧！」

「隨你說的罷了。」

處長嘆了一口氣，仍然保持那一貫瞧不起人，一副嗤之以鼻的嘴臉，但今次眼神卻含著一絲溫柔的說道：「明白了，保護小孩是大人的事，就交給我們吧！你放心去實行自己的計劃！」

報以感激的微笑，世遷頷首致謝。

現在……

世遷從「幫府」的大門凜然地、筆直地慢步出來，雖然個子不高，但精悍的臉容，傲然的眼神，身體的一舉一動都散發著身為頭目首領的威嚴。其沉著非常的站姿，讓人感受到無懈可擊的頑強感覺。

馬忠延早在大門外嚴陣以待，而旁邊全都是身穿黑色衣裝的社團二、三頭目和小混混，他們的臉容都被黑色面罩遮蓋。只有手握著的利刀，在陽光之下，映照出其鋒利刀刃。

「你們……到底是為甚麼……為甚麼要殺人？」世遷一面沉著氣，一面狠盯著他們質問。

可是眾刀手卻未回答，回應的只是令人戰慄的沉默和壓迫感。

「你們為甚麼要出賣孫葵英和我？更把無辜的記者也殺死，你們還算是人嗎？」世遷怒吼著說道。

突然一把低沉而嘶啞的聲音，彷如要蓋過世遷的話語，大聲說道：「出賣？別逗我笑了！」

「馬忠延……為甚麼？」世遷握緊雙拳沉吟著。

「你的計劃本來是很完美，起初我亦完全被你騙掉。想把我的錢全部騙掉，然後再瓦解我的雲千社，你真是個長著小孩臉的千年大騙子啊！歐世遷！」馬忠延保持著冷靜的表情，指責著世遷。

「甚麼……你怎麼會知道我叫歐世遷？」世遷抖顫著身軀，一臉驚愕、詫異地問道。

馬忠延報以一臉訕笑的表情，嘴角稍微向上揚起：「哼！我還知道你就是面具人。」

「甚麼……」

「沒有樂器在身就甚麼都做不了吧！還是乖乖受死吧！」馬忠延的說話令世遷再次憶起上次溫德倫的事情。

世遷低下頭，狠瞪著瀝青的地面，握緊那仍然流淌著從孫葵英身上沾染的血液的雙拳，血液混雜汗水一滴一滴地滴在地上，蒸騰出更狂的怒氣。

「沒有樂器在身就甚麼都做不了……吧？」世遷彷如反問自己般沉吟著。

架好陣式的一眾蒙面刀手，各自沉著瞪視世遷。

一陣冷笑譏諷的聲音劃破沉默，世遷抬起頭嗤笑著。

「哼！哈！」世遷冷笑著，「像你這種連迪迪雲彈奏的綠袖子[8]曲目也不懂的人，憑甚麼用你的狗眼來定論我？不過我也看漏眼，大塊腦殘人竟然還比那死人妖聰明，真可笑！可是……別用你的肌肉當智慧使用啊！大塊腦殘人！」

---

8 世遷曾在十歲生日會時，以綠袖子的曲名揶揄過馬忠延。

「長著一張不饒人的賤嘴，今天就只管看看誰是腦殘！」馬忠延不忿對世遷出言不遜，遂怒斥著說道。

如同呼應馬忠延的聲音那樣，一直沉默著的刀手立刻揮動著手上的刀，準備向世遷斬殺過去。

「在那裏的臭小子，他已經不是魂鷹社的頭目，他出賣社團，想推倒我們辛苦建立的一切……取其首級，在世界揚名立萬！」

刀手們點頭回應馬忠延冷冷的聲音，一起喊叫起來。

「嗚啊啊啊……！」

「嘰啊啊啊……！」

他們如野獸般怒吼著，儘管他們已經蒙著面，但世遷依然感覺到那面罩下他們猙獰的面相和充滿殺氣的眼神。

親眼目睹過去自己的手下、孫葵英的手下，化身成斬殺自己的蒙面刀手，素來冷靜且泰然自若的世遷亦板起臉來，架起姿態，準備迎擊。

在歐氏大宅，世遷的音樂房間內，本來擺放在桌上的二十一簧傳統笙突然發生異樣，二十一支竹簧自動掙脫開用來束管竹簧的笙箍，脫離笙斗，懸浮在半空，並圍成圈子，製造了一個彷如傳送空間的洞穴，笙穿入了空間。

在電視直播裏得知情況的管家，亦開動車子，往「幫府」方向奔去。

用沾染了血並握緊的拳頭，世遷轟向第一個正面衝上來的敵人的腹部，並把他的身體轟飛，撞碰了後面其他的刀手，他們碰撞一起跌倒於地。

把黑色禮服的外套凜然卸下，世遷拗響著頸項，重新擺出戰鬥的架式，一雙彷如說著「我可以奉陪到底啊」的眼神睥睨著一眾蒙面刀手。

馬忠延後退到刀手身後，再與其手下低聲地交頭接耳，彷彿要實行另一個計劃似的。

世遷從眼角的餘光留意到這一切，可是他卻無暇理會，只是應付面前一群刀手已經夠他忙了。

刀手們過去都是社團的小混混和二、三線頭目，未有受過正式格鬥技術的他們，刀法混亂無章，亂斬一通。

自溫德倫一事後，鍛練過體格的世遷靈活地避開斬擊，然而反擊的膝撞、揮拳，卻直擊到刀手們的臉門之上，更往其腹部作出痛擊。

「甚麼！這臭小子竟然可以單人匹敵十幾個刀手……？」馬忠延不耐煩地沉吟著，然後大聲叫嚷。

「誰能夠最快殺死這小子，我賞他一百萬元！」

聽到有一百萬酬金，眾刀手立刻再次奮戰起來。他們從跌倒中站立起來，重整架式、彼此連繫，憑著一番狂氣，不斷施展著混亂無章的斬擊。如狼似虎的刀手們，斬向世遷的肩膀。

不慎被斬傷了肩膀表皮的世遷，血液從衣服裏滲透出來，他強忍痛楚，把斬傷自己的刀手甩開。

狙擊失去平衡的世遷，其他刀手們也接連向他施襲。

「啊……嗚呀……」

彷如被刀手們折磨似的，被斬得渾身是傷的世遷突然倒地。

「你們這些孽種渾蛋！」傷痕累累的世遷，痛苦地沉吟著。

在刀手們打算取世遷性命的一刻，世遷的瞳孔在一瞬間變成了紫色，彷彿有甚麼激活了他的細胞。

……嚯嚯嚯嚯嚯！

天上突然裂開一道缺口，彷如異洞空間，四處頓時捲起狂亂氣流，飛沙走石。

「發生了甚麼事？」馬忠延驚訝著。

笙斗乍然從異洞空間以高速迴旋直衝戰場，彷如回力飛鏢般逐一擊向刀手們的身體。笙斗擊中十幾名刀手，並痛擊了他們的頭、腹和腿。眾人訝異同時，二十一支竹簧從四面八方飛射過來。竹簧一出，縱橫開闊的笙簧氣息不可方物，如箭雨落下，聯鳴和聲是張牙舞爪，更是襲耳捲來，讓人無處可逃。眾刀手雖然以利刀防護應對，但仍守不住綿密且銳利的竹簧攻擊。

竹簧刺破了他們的手、腰和腳。精確地瞄準，避開了所有會致命的位置攻擊著。

刀手們好像被釘十字架一樣，手腳被竹簧釘緊在瀝青的地上，喪失活動能力。被刺穿的手腕、手臂、大腿、小腿等發生劇痛，同時笙簧所發出的聲響更是折磨著刀手的細胞神經，他們一致地發出痛苦的悲鳴聲。

被眼前的景象嚇得驚惶起來，馬忠延踉蹌地後退幾步，然後望向旁邊的手下，彷彿要下達甚麼命令似的。

「轟隆！」

幫府發生爆炸，玻璃窗的碎片也被衝擊至粉碎飛散，有如下雨般散落一地。世遷也被爆炸的風壓吹飛，撞跌到一旁。

回神過來，踉蹌地屈膝在地上，世遷激昂地呼喊著：「莉娜……！」

爆炸的火焰猛烈得有如要把晴空也燒焦，「幫府」的天台升起了焦黑的濃煙。

燻黑了的雲層傳出了震耳欲聾的聲音，那是不祥且教人心寒的哀嚎聲。

一雙長有黑色羽毛，巨大的翅膀幻影在蒼穹裏展翅著。

哀嚎聲震懾地靈，四野受摧，大地騰動著……

第三十四章

廝殺激戰（下）

黑暗遮蔽了光明，黑色翅膀在蒼穹裏的哀嚎聲，讓整座「幫府」都嘩啦嘩啦地震動起來。四野受摧，大地騰動，新的裂縫在混凝土的牆壁上疾走著，砂塵從各處撒落下來。

「幫府」開始接連發生零星的爆炸，黑幫社團的人都四處逃竄，慌忙走避。

早作準備的馬忠延躲避在汽車後，窺探著爆炸時的情況。

世遷哭喊著，以自己所能喊出最大聲量，一直哭喊著莉娜的名字。然而，他的喊聲卻無法傳遞到「幫府」裏，也得不到任何回應，只能不知所措地佇立原地。

突然一陣強勁的拳風擊向世遷的側臉，他被打得往後仰，被摔往地上。那是脫下了西裝外套，兩邊手臂紋有馬頭紋章的馬忠延，以一身強橫的肌肉和野獸般的速度襲向世遷。

「那群飯桶收拾不了你，就由我來了結你！」馬忠延吶喊著。

承受著從各個方位而來的猛攻，即使如此，世遷還是沒有抵抗。他拼命地一次又一次的站起來，不顧傷勢地叫喊著莉娜的名字。

頭部受到重擊，令世遷感覺到在鼻腔的深處，有著一股黏黏的血的觸感，但是他絕不能敗給這些痛楚。在這種狀況下，卻反而令他的頭腦變得冷靜起來。

「嗚啊啊啊！」世遷大聲喊道。

強忍著全身的痛楚，世遷勉強地站了起來，然後搖搖晃晃地向馬忠延走近。

「只有你……不能原諒！一定要……把你……收拾！」遍體鱗傷的世遷，這時候驅動著他的就只有這份執著。

「哼，就憑你？哈哈哈，別逗我了！」馬忠延發出狂妄的訕笑、哄笑，那是讓人無法忍耐的笑聲，他蔑視著世遷說道。

直線攻擊的世遷，轟出了滿載怒氣的拳擊。

可是憑藉一雙拳頭打拼出雲千社的馬忠延絕非浪得虛名，把世遷傾注全力的拳擊，用防禦的手擋住，擋手將其彈開，再用左勾拳直接擊向世遷的臉門。

面對如此強橫的格鬥對手，即使是鍛練過一段日子的世遷亦招架不住，被打個正著的他，被轟飛一旁，頭破血流。

馬忠延彷如欲將其首級粉碎般，猛力地揮出重拳。

就在此時……世遷的瞳孔再次變回紫色，並於紫色和棕黑色之間反覆閃爍著。可是他卻不以為然，只是踉蹌地重新站立起來。

本來插破了刀手們身體的二十一支竹簧，在地上脫離了他們的身體，以圈環螺旋方式，以飛箭般的速度向馬忠延襲去。

一聲叫喊劃破蒼穹，叫喊聲喝止著二十一支竹簧的攻擊：「別插手！他……是我的獵物！」

在滿佈砂塵、零星爆炸、燒得火焰紅烈的「幫府」外，二十一支竹簧彷佛聽從主公命令般，飛回到世遷的背後，拼湊成一個圈環懸浮著，世遷矗然佇立

他的雙目剎那間亮起炯炯光輝，堅決的意志使身體發出了光芒，世遷的身影有如展翅著的天神般莊嚴、神聖。

凜然不懼，筆直地走近馬忠延，世遷身上散發著令人無從勿視的肅殺與壓迫感。

馬忠延對面前的景況感到震驚，竹子自動飛起來、身上發出光芒的世遷……就好像電影故事裏的世界一樣科幻。可是，事實卻擺在眼前，那是真實的。

勉強地停住了因驚恐而抖顫的身軀，馬忠延向著蒼穹吐出激昂的憤怒：「管你他媽的！老子要殺死你！」

馬忠延以拳擊、腿擊向世遷攻打過去。一發拳擊，一發飛踢的破壞力非比尋常，只要是誤中一擊，定必會受重傷。

世遷靈活地避開了所有攻擊，那就算是再強橫的招式也對他不奏效了。

因為一直出招，但都打不中世遷的馬忠延開始急躁起來，甚至連頭擊也用上。可是，依然是打不中。

「可惡！怎麼會打不中他！」

開始急躁的馬忠延終於露出破綻，世遷看準機會向他的中路攻擊，再以關節技扭斷了他的左手，然後向其腹部重重地打出全力一拳。

馬忠延痛苦得發不出聲，彷彿連呼吸都感到困難，跪在地上呻吟著：「嗚呀呀呀……」

面無表情的世遷冷冷地瞪著他，彷彿聖上要賜死臣子一樣，氣韻凜然地站立著。

「你……殺了我吧！」馬忠延痛苦地斷斷續續說道。

「你說，你要死多少次才能夠贖罪？」世遷冷冷地問道。

馬忠延勉強地忍耐著痛楚，一臉狂氣地訕笑著：「哼……哈……」

「我不會殺你……永遠不要再出現在我面前！」

世遷冷冷地拋下一句話就淡然地轉身，信步向「幫府」方向走去。

圍成環狀的竹簀解除戒備狀態，那是隨著世遷的意識鬆懈。竹簀迴旋，自動按順序返回笙斗上，變回一把完整的笙，並從霧化中消失。

「臭小子……去死吧！」馬忠延從褲袋裏取出手鎗，瞄準世遷的背部。

「呼！」

鎗聲令世遷的身體抖顫，他回首一看。

子彈穿過了馬忠延的背部，在胸膛滲出大量血液。

世遷朝遠處望過去，開鎗的是管家。管家開車前來，及時救了世遷一命。

在口裏吐出大量血液，奄奄一息的馬忠延模糊地說道：「他……一定會替我……報仇……你一定……會敗給他……」

之後馬忠延就斷氣身亡。

警笛聲從四方八面冒起，警察出動防暴警車、直升機等，將黑幫社團的餘黨四面包抄、逮捕。

世遷無助地佇立在已燒焦了的「幫府」門外，眼淚從臉龐滑下來。

「莉娜小姐呢？」管家緊張地問道。

世遷一言不發伏在管家的胸前痛哭著。這一刻管家懂了，他懷著悲痛的表情沉默著。

警務署處長佇立一旁，見狀也開步離去，繼續處理現場情況。

血煙飄飛，一片淒慘的景象。夕陽被染紅，映照著世遷和管家的身影……

「幫府」一事終於告一段落。

第三十五章　沉澱

一天後……

「我在這裏啊！」

「莉娜！」

「為甚麼還不來找我啊？」

「我……等我啊！莉娜……」

莉娜的身影倏然遠去，世遷一直用盡力氣，拼命地追趕著，可是依然追不到。

世遷從夢中醒來，身體到處都包紮著，躺在自己的房間裏。曾被毆打的臉和身體都腫脹起來，部分沒太嚴重的位置仍有瘀青。擦傷的皮膚，表面的血凝固結痂，彷如快要脫皮的蟲子一樣。世遷現在像冬眠的小動物般動彈不得。

在這種狀況之下，世遷仰臥眺望灰白色的天花。如今自己正在家中的床上休養，但感覺毫無真實感。他再一次回憶起「幫府」發生的事情。

「幫府」開幕禮、孫葵英和在場記者被殺、馬忠延出奇地叛變、「幫府」爆炸、莉娜下落不明、笙竹簧自動飛來……

一切也是出乎意料之外，那都是一瞬間發生的事。世遷一直想不通為何一向頭腦簡單、四肢發達的馬忠延會突然變得睿智，好像一切早已經計劃好，等待讓自己墜入圈套般。

即使要發難叛變的都應該是孫葵英會較合理，因為他向來陰險多疑，而且一直視自己為眼中釘，世遷如此想著。

為何會是馬忠延……

不過令世遷最憂慮的還是莉娜的下落，想了又想，但都得不出答案。

於是他閉上雙眼，問耶魯斯：「耶魯斯，莉娜還在世上嗎？」

「……」

「請告訴我吧！求求祢！」

「我只能告訴你，洛斯達已經離開了她的身體。」

「那麼莉娜，她……」

世遷想起當時「幫府」爆炸時，天空裏出現了一隻巨大翅膀的黑影和哀嚎聲，他相信那就是洛斯達。

「難道莉娜，她已經……」世遷斷斷續續地哽咽著問道。眼淚從臉上順斜而下，一直滑落到枕頭上，身體緩緩轉往旁邊。

被打傷的肋骨在痛，人也在發燒。頭部被毆打至嘴裏滿是傷口，並腫了起來，甚至就連咽口水都感到痛楚。

世遷一邊對內疚的自己自責，一邊痛苦地啜泣著。陪伴著他的只有靜寂的四面牆和自己的淚水……

在極致傷悲的情況下，世遷再次昏睡過去，一臉死沉。

夕陽映照著歐氏大宅，餘暉從窗櫺滲透進來。

滿身汗水地再次醒過來的時候，世遷發現額頭有種涼快的感覺。

「呀……嗄……」世遷勉強地下床，並一臉痛苦地呻吟著。

「是管家替我敷藥嗎……」他一邊卸下退熱貼，一邊沉吟著。

七月份正值暑期，因室內的悶熱令喉嚨乾燥，渾身是傷的世遷只好忍耐著全身的痛楚，踉蹌地走到房門前，打算到廚房喝水。

「噗！」世遷站立不穩，應聲倒地。

「少爺！」管家剛打算開門進入房間，他見狀立刻上前扶起世遷。

「不行啊！醫生說，你還不能下床啊！」

「水……我想喝水……」

管家扶起世遷回到床上，然後立刻到廚房用水杯盛載著暖水給世遷。

「咕……咕……咕……」世遷大口喝下杯水，然後氣息稍微平伏。

「有找到她嗎？」世遷用微弱的聲線說道。

管家露出悲傷的眼神搖頭。

「是嗎……」世遷失落地沉吟著。

「少爺，還是先安心休養吧！我會再尋找莉娜小姐的消息。」

「他們怎麼樣？」

「他們？你指社團的人？」

「嗯……」

「孫葵英和馬忠延都死了，他們的餘黨都被警方逮捕了。就連我們魂鷹社的人全部都……」

聽見後，世遷稍微鬆了一口氣，臉上露出一點釋懷。

「這樣真的好嗎？魂鷹社是老爺和太太一生的心血。」管家語重心長地問道。

「嗯……就這樣瓦解就好了。只是……」

「？」管家投以疑惑的眼神。

「只是我沒想過事情會這樣發生，也沒想過這一天會來得這麼快，還賠上了莉娜……虧我還有臉叫做面具人，就連一個女人都守護不了……」世遷自嘲，一臉灰沉、傷心。

「少爺，別要自責。發生這種事情，任誰也不願意見到，而且你也沒預料到會突然發生這種事情。」管家走到世遷的身旁並嘗試安慰他，但未待出言安慰，便已一起哭成淚人。

「如果你不開鎗的話，可能我現在就不是躺在床上，而是躺在棺材裏了。」

「小孩子別亂說話！」

「真的……謝謝你！」世遷衷心地向管家道謝。

二人一直聊著當日「幫府」的事情，直到晚上。

「我去替你弄點晚餐，傷還未好，吃清淡一點吧！」管家離開房間到廚房。

世遷在隱約間看到有些東西在發出芒，驚愕間發現原來是自己的樂器「笙」。彷彿感應到它有著一種靈性，世遷點頭道謝。笙以矗立的姿態擺放在桌上，它散發著一種聖物般的氣息。

瞥向旁邊的床頭几，世遷打算從抽屜拿出手機來。這是……世遷發現一本粉紅色封面的日記薄，隨即拿起翻動著。

裏面記載了莉娜一直以來的事情，由相識世遷前，到互相認識，再到在一起，生活的點滴都被記載到這本日記裏。

二零三三年九月十六日：很期待，很想知道另一個與我相似的人是怎麼樣啊！快快到音樂會的日子吧！

二零三三年十月二日：明天就是音樂會之日了，心情很緊張啊！到底另一個面具人是怎樣的呢？明天我要一口氣把所有黑幫壞人幹掉，然後帥氣地揭開那個人的真面目。

二零三三年十月三日：很開心啊！原來一直期待的那個人，他是個很有正義感的人，他的神是白色的，還有個管家隨著他。不過他就是嘴巴不饒人，明明已經告訴了他，人家叫莉娜，那臭小子還喝道「女人、女人！」，沒禮貌啊！不過……他真的很帥氣。

二零三三年十月十八日：終於有個地方住了！他的家真的很大很大，十足一個宮殿。這個地方令我很安心，感覺很舒服。他雖然嘴巴上兇惡，但人很好，心很善良，而且音樂造詣還很高，比我還要強。他教了我很多，很謝謝他！

二零三三年十二月五日：今天真的發生了很多事情，音樂時空機絕對是個世紀大騙案，而且她（靜瑜）真的令我很不開心。我不喜歡他們太親密，不喜歡他們站在一起，不喜歡！超級不喜歡！他是緊張我較多還是她呢？很煩惱啊……要找個機會向他問清楚。嗯嗯，就這樣決定吧！

二零三三年十二月二十四日：今天是平安夜，我們一起去看音樂會，果然藝術學院的人是非同凡響，演奏得很動聽啊！他答應了我，將來會陪我一起去藝術學院讀書啊！今天我主動吻了他一下，牽了他的手，還向他表白了。羞死人了……他正一是個大傻瓜！難道說一句「我喜歡你」很困難嗎？歐世遷就是個超級愛情大笨蛋！不過呢……我就是喜歡笨蛋的他，他送我的裙子很漂亮。天上的爸爸、媽媽，你們好嗎？不用擔心我，我很幸福，他會保護我的！

世遷的眼睛開始紅起來，鼻頭酸澀，然後繼續翻動日記。

二零三四年三月二十日：他最近都變得怪怪的，好像心不在焉般。是溫德倫那瘋子影響了他嗎？唉……我就是甚麼都幫不了。

二零三四年三月二十二日：嘻嘻！昨晚我做了一件很大膽的事，我們很愉快的過了一整個晚上，這個不能說出來啊！實在是羞羞的。他很溫柔，是個好男子，我已經決定一輩子要隨著他了。我愛你，歐世遷！

二零三四年六月十七日：聽說「幫府」快開幕了，他非常忙碌打理社團的事，作為背後的女人，還是不要打擾他吧！管家教我做餃子，但我太笨拙了，一直也做不好。不管！我不管！我要做出好吃的餃子給他。不要放棄，藤原莉娜……你能辦到的！

「嗚……」淚水停不了地溢出，緊咬的唇邊亦在抖震著。內心的淒酸正透過雙頰的淚水傳達，把本來雪白的日記紙張滲得濕透，寫在日記上的文字也開始溶化了。

時光荏苒，過了不知多少天、多少個星期，但世遷一直沉鬱著，失去莉娜的他只感到內疚，人生失去了方向。他被一股無力感所襲，結果只能終日在床鋪上流淚，偶然呆呆地仰望著天花板的紋理，一時醒來，一時又睡過去。在這極消沉的意志下，他最多只會走到露台上，眺望漫天的星星，孤獨地瑟縮一角，擁抱寂寞。

因為消沉而影響了食慾，世遷的體重因而下降了很多，對本來喜歡吃的食物全部都提不起勁，彷如一具行屍走肉。在痛苦和傷悲的纏擾下，度日如年。

管家擔心著世遷的身體，同時亦向姚彩妍報告了世遷的狀況。縱使有再多的地下生意管理，疼愛兒子的姚彩妍亦立即放下手上的一切工作，回來香港探望兒子。

某天，本來滿面滄桑、憔悴的世遷，突然下了一個決定，頓時姚彩妍和管家都為此而震驚。

到底歐世遷的腦袋裏正在思考著甚麼呢？

第三十六章（最終章）音樂譜．作家夢（灰色奏樂）

「幫府」一事後，黑幫社團正式瓦解。警方把當日涉事的人全部拘捕，雖然並不是每個人都有罪，但有不少黑幫核心成員被起訴及判處入監獄，而且警方破獲了不少販毒工廠、無牌賭博場所等，因此社會上得到了久違的安寧，百業開始興盛復甦。

警方成功瓦解香港黑幫，中國政府高度表揚及頒授勳章給保安局局長及警務署處長。警務署處長接受授勳後以退休為理由辭去了處長職務，並由副處長補上。

二零三四年九月上旬，距離「幫府」一事已經過了兩個月，莉娜依然音訊全無，彷如人間蒸發般，本來一蹶不振的世遷決定遵守承諾，報名入讀藝術學院，希望有一天能與莉娜再相遇。縱使身邊的人都說她已經不在人世，但世遷依然堅信莉娜尚在人間。

憑著這份信念使他再一次站立起來，堅強地活下去。

世遷在母親和管家面前提出，把歐氏大宅賣掉，並把父親剩下的資產（約八十億港元），分成三份：

第一，六十億港元及售出的大宅、汽車、股票等資產歸母親姚彩妍所有。

第二，十億資金用作慈善用途，在香港所有大學、專上學院設立歐氏助學基金，培育下一代。

第三，其餘的十億用作安撫及遣散黑幫的人，希望他們拿著本錢做點小生意，別再做非法的事情。

世遷分了五千萬元給管家，答謝他多年來的照顧，而自己只是拿取了四百萬在九龍區購入了一個商住混合式的小型住宅單位。

他就在這裏開始了新的生活。

入學前的一段日子……

「叮噹！」一陣門鈴聲傳來。

世遷放下手上的稿件《灰色奏樂》，隨意擱置在沙發的一旁，連忙上前開門。

「歡迎我嗎？」一把年長且低沉的男性聲音說道。

「處長？你怎麼會……快入來吧！」世遷打開鐵閘大門，歡迎警務署前處長進入家中。

世遷在玻璃桌上沏了兩杯茶：「只有熱騰騰的綠茶別見怪，請。」

「想不到堂堂魂鷹社頭子，不！應該說是面具人，堂堂面具人居然會住在一間不足三百尺的小單位裏，真是令人意外啊！」處長一臉開玩笑的樣子嘲諷著世遷。

「我……已經不再是甚麼頭子，現在只是個普通人而已。」世遷臉上無光，悲傷的眼神帶著一絲溫柔地說道。

「話說回來，當日的事情底細其實是甚麼樣？是孫葵英背叛了你們嗎？怎麼會突然弄得一團糟？」

「不，是馬忠延！」懷著一絲仇恨的眼神，世遷毅然說道。

「甚麼！竟然是他？我來到的時候他已經倒地死去，我一直還以為是孫葵英作怪。」處長驚訝地回答。

「嗯……任我怎猜也猜不到竟然是馬忠延，不過……」世遷憂心忡忡地吞吞吐吐。

「不過甚麼？」

「馬忠延在瀕死前曾說過一句：他會為我報仇，這類似的說話。」

「那個他是指？」

「我也不知道，但那個人定必是操控著馬忠延的人，不然那個大塊頭不會如此聰明。我定必會把那個人揪出來！」世遷握緊拳頭，用懷著仇恨般的語調說道。

處長見狀，輕輕一拍世遷的肩膀，遂說：「別讓仇恨蒙蔽雙眼，切記！」

然後轉個話題，緩和氣氛。

「現在的生活過得怎樣？已經習慣了麼？往後有甚麼打算？」處長喝了口綠茶後，把杯子放回茶碟上，深深地嘆了一口氣，然後語重心長地問道。

還未揮去傷痛的世遷低下頭，憂心忡忡地凝視著玻璃桌上茶杯裏自己的倒影，一直沉默著。

「黑幫社團能夠成功瓦解，功勞全歸屬於你。沒有你的話，現在的香港也不知道會墮落到甚麼樣烏煙瘴氣的程度。不過你付出的代價也太大了，對一個只得二十歲的青年來說也未免太沉重了……」處長如此說道。

世遷的視線從茶杯離開，並向處長看去。

「小子，你就當我多管閒事也好，要是你有甚麼擔心的事或煩惱，請跟我說吧，雖然我已經不是處長，但我一定會盡力幫你的。」

世遷知道這並非禮儀的辭令，而是對方出自真心的說話，因此他心裏感到高興。

「想不到當日把我罵得狗血淋頭的你，竟然會說出如此關心人的話，你這個老頭子……」世遷勉強地裝出笑容說道。但對方的一席話，的確令自己感到一種可靠和一絲慰藉。

二人交淺言深，彼此也信任著。

「咦？那是甚麼？」處長發現沙發上擺放著一疊紙張稿件。

「噢！那是我寫作的故事。」

「想不到音樂尖子的你還會寫作……真令我刮目相看。」

「哼……」世遷低著頭微笑著。

喝完手上的綠茶後，處長筆直地站立起來，並向世遷伸出手，示意希望能跟他握手道謝。

世遷閉合眼睛深呼吸一下，然後再睜開眼，挺起胸膛站立起來，伸手回應對方。

二人牢牢地握緊手，並凝視著對方。

「謝謝你！歐世遷。」

「嗯……我也是。」

世遷送處長離開。

就在處長踏出大門的一刻，他停下腳步回首說道：「香港往後就靠你了，面具人！不，應該說……」

世遷皺起眉，留心地聆聽著處長的話語。

「背後的守護者！」凜然地擲下一句，處長便開步離去。

「背後的守護者……」世遷看著處長漸遠的身影，嘴巴輕聲地沉吟著。

九月上旬，自處長探望自己後，世遷報名入讀藝術學院。

藝術學院於每年上旬三至四月份時招生，世遷錯過了招生時段，可是憑著超群的笙樂技術、深厚的音樂造詣及歐氏助學基金捐款人的身份，藝術學院的院長破格給予世遷面試機會。

「歐先生，您好！」院長恭敬有禮地向世遷問好。

「院長，您好！關於入讀貴院校一事……未知？」

「啊！這一方面完全不是問題啊，歐先生。你出了這麼多錢資助我們院校的學生，真的很謝謝你。」

「基金會那邊撥了多少錢給你們？」

「也差不多有三億啊！」

「嗯……那就好了。」

「歐先生，你真慷慨！我代表全香港的學生感謝你。」

「不用客氣了……那麼我明天就來上課吧！」

「好的，好的，沒有問題！我會找下屬幫你跟進。」

「勞煩你了，院長！」

世遷微笑著，但眼神依然不經意地流露出傷悲。他有禮地向院長道別，然後離開藝術學院，回家準備明天上學的事宜。

翌日，第一縷晨光從窗櫺照射到床上，世遷早早起床梳洗。

穿好樸素的衣服，便提著樂器包準備上學去。早上八時出門，從九龍區佐敦站乘地下鐵到灣仔站，身處遊人如鯽的車廂內的世遷，被趕著上班的打工一族和上學的學生擠擁得喘不過氣來，車廂內的悶熱夾雜著所有乘客的汗臭味，加上不停的搖晃，令人目眩。

每個人都爭先恐後地上落車，在金鐘站的轉線月台彷如短途賽跑般，人人都變成運動員跑往對面月台上車。

沒有了豪華房車以及管家的接送和照顧，世遷只能靠自己。

選擇搭地下鐵是因為莉娜曾經帶領著自己乘坐過，希望從路途裏尋找著對她的片刻思憶，即使在這種情況下，世遷依然掛著微笑的臉乘搭地下鐵。

彷彿攀山涉水，越過萬重險阻，世遷終於到達了灣仔地鐵站。

可是擠擁情況依然持續，來自四方八面的人，蜂擁在扶手電梯間。被人海遮蓋了視線的世遷只好隨著途人的腳步向前行。

「今天的音樂歷史課不知道會教授甚麼呢？」

「不知道啊……不過應該會很有趣的。」

兩把說著普通話（國語）的女性聲音從世遷的後方傳來，可是他卻不以為然。

沿著行人天橋，走過香港入境處大樓，一直往金鐘方向行走，世遷終於到達了藝術學院的正門。

世遷雙手推開玻璃門，踏入院校的大堂，地上舖設了紫色的地毯，牆上掛滿了即將舉辦的音樂會、舞台劇和舞蹈表演節目的宣傳海報。

世遷深深地吸了一口氣，然後打起精神，到時間表上指定的課室上課。

由於是第一次在院校內上課，因此世遷對院校內的環境也不熟悉，於是在走廊裏不斷徘徊，還是找尋不了課室的方向。

就在快要遲到的時候，一把斯文有禮的年輕男性聲音傳來，世遷應聲回望。

「同學，請問你在找尋甚麼啊？」

「我想問501號課室在哪一邊？」

「啊！你就是新來插班的歐同學嗎？」

「對……你是？」

「我是負責音樂理論課的周老師。」

「周老師，您好！」

二人互相頷首，靦腆地打招呼。

「隨我來，我帶你去課室。」

世遷隨著周老師的腳步，順利到達課室。

數十對陌生的眼睛凝視著自己，可是身經百戰的世遷卻表現得非常淡定，更泰然自若地自我介紹，當然世遷並沒有把過去魂鷹社頭子的身份表露出來，乍看之下眾人都以為他只是個普通人而已。

但是同學們都被他的那種淡定所吸引，於是也相繼上前自我介紹，互相認識。

雖然穿著平凡樸素的衣服，可是世遷那沉著的表情，精悍而英武，身上洋溢著一種公子哥兒的氣息，舉手投足之間都彷如充滿了藝術細胞般華麗。

一眾女同學都被世遷身上所散發出的氣質吸引著視線，世遷卻報以輕輕的微笑頷首，瞬間不自覺地俘擄了女同學們的眼睛。

轉眼間，一天的課就完結了。夕陽緩緩西下，餘暉映照著院校的外牆。西方樂器夾雜中國樂器所發出的聲音伴隨著世遷的步履，典雅柔和、清脆動聽的樂聲徘徊在大堂中。

由於是中途插入上課，因此世遷並未有在開學日的時候做學生證，於是他被指示到院校地下後台的一間休息室。那裏本來是表演後的學生用作休息的地方，現在改為臨時辦理學生證的地方。

在世遷之前有兩位同學正在等待辦理，於是他緊隨其後排隊等候。

突然有三名人士，兩女一男向休息室走近，並以普通話（國語）和隻字片語的廣東話對話著，世遷不以為然。

誰料其中一個較年長，目測約五十歲的女性突然插隊，站在世遷的前面。

佇立已久的世遷立刻看著她，並上前有禮地說道：「不好意思啊，阿嬸，我是正在排隊的！」

那女性一臉錯愕，雖沒有說出口，但透過眼神好像把說話印在額頭般說道：「甚麼？你這臭小子竟然稱呼我阿嬸！」

那女性立刻報以尷尬的表情，不好意思地以帶著鄉音的廣東話回答：「啊……剛才我正在與別人談話，所以不以為然，不好意思。」

世遷瞥向她身邊的一男一女，突然一陣不可思議的感覺流遍全身，刺激著他身體上的每一顆細胞，驚愕、高興、感嘆，通通都浮現在他的臉上。

「！」

「莉娜？」世遷訝異地瞪大雙眼，驚愕地沉吟著。

佇立著的女孩與世遷對上視線，並尷尬地微笑著。

「莉娜是你嗎……？」感嘆的心情湧上心頭，世遷眼泛淚光，躍步上前搭緊著那個女孩的肩膀說道。

「甚麼？我……好像不認識你。」那女孩一臉不知所措地掙脫開世遷的手，退後腳步，與世遷保持距離。

「是我，歐世遷啊！」

「不好意思，我真的不認識你。」

「怎麼會……」

世遷被對方的回答弄得一臉糊塗，他從頭到腳打量對方一次。不論是身型、聲線、樣貌、年紀，都與莉娜相同，只是髮型較之前的略為有點兒不同。

「許老師，我先走了。明天再來辦理證件吧！」然後那個女孩就轉身碎步離開。

原來那個大嬸就是藝術學院裏中樂系的主任，世遷詫異地瞥了她一眼，然後再把視線看向那貌似莉娜的女孩的方向。

可是她的身影已經消失在走廊裏。

「歐同學，輪到你拍照做證件了。」負責做證件的工作人員說道。

沒有理會對方的說話，世遷不顧一切地追到院校的大門外，熱淚盈眶，環視四周，慌忙地尋找著那女孩的身影。

「莉娜！！！」世遷聲氣激揚，用盡全身力氣呼喊著。

蕭蕭的風拂過世遷的臉龐，替他拭去眼角的淚水。聳立在院校外面的大樹，綠葉隨風飄絮，徐徐地散落在瀝青的地上。

「是她！」耶魯斯淡然地說出一句。

「是的嗎……」彷彿瞬間卸去了兩個月來的傷悲和絕望，世遷感恩地喃喃自語。

揮去陰霾，凝視著面前的藝術學院毅然說道：「既然我們在這裏有緣再相遇，我就不會再放開你，不會再讓你受傷害。」

世遷深呼吸了一口氣，眼神驟變銳利。

「我要成為你……背後的守護者！」

歐世遷如此發誓。

（全書完）

番外

「局長，今天要去找姚彩妍嗎？她可是現時國際黑幫的頭號人物啊！」一個穿著黑色西裝的司機，一邊開車一邊好奇問道。

「我建議你還是專心一點開車會較好。」

司機瞥向中間的倒後鏡，鏡內呈現著一雙詭異且發光的紅眼睛。

「是，主人！」彷如受了詛咒般，司機突然雙眼呆滯，嘴巴沉吟著，然後一言不發地繼續專心開車。

「人類還是安靜地做奴隸吧。」

坐在後座的男人以淡然的口吻，沉吟著、嗤笑著……

遠處一個長頭髮束辮子的瘦削男人，用望遠鏡目擊汽車在公路上行駛。一副陽不陽、陰不陰的嘴臉上掛著討厭的表情，咬牙切齒。

後記

由二零一七年的六月份開始，第一集的《灰色奏樂》已經進行修訂工作。還記得那時候是剛完成第三集寫作的時間，劇情還像走馬燈在腦子裏轉。拿起第一集小說來重新審視，記起當年的自己是多麼青澀，憑著一番熱血在二零零九年的暑假，在炎炎夏日躺在家中的床上執筆寫作。努力兩年，終於在二零一一年出版《灰色奏樂》的實體書，相距至今已經是十年。一個故事要堅持十年並不是一件容易的事，要知道在香港這種金融地域做創作或寫作的工作是一件多不切實際的事。不論是作家、音樂家、設計師等，這種類型身份的人總是時時刻刻備受現實蹂躪和社會期望挑戰。

「堅持跟努力並不一樣」，我認為努力是比較弱，而堅持是一種生活方式，也是一種態度。它會折磨你的肉體、精神和內心。縱使擁有才華、驕傲，但如果不能忍耐和等待，一切都會變得沒有意義。因此，忍耐才能成就偉大；做好準備才能變得偉大，做人如此，做事如此，我是這樣認為的，這也成為了我堅持寫作的信念。

給我動力重寫《灰色奏樂》的人是我自己，因為我喜歡超越自己。我在寫作第三集的時候已經萌生了這種可怕念頭，就是要把故事精緻化，要把《灰色奏樂》當作自己的一部分，把不完美的地方修正，直至它成為膾炙人口的故事，歐世遷就是這樣堅持，我也是這樣堅持。十年前，當我還是一位十八歲少年的時候，一位在香港演藝學院認識的周老師為我義務校對稿件，也就是今天為我寫序的良師益友，這是令我感激的。還記得當時的他對我的寫作作出了這樣的評述：「怎麼歐世遷小時候的說話和思想模式會像個青年般？」當時還不成熟的我不懂修正問題，但我就把這句話記在心裏多年，直至第三集寫作周賜君這個小童角色就開始明白了。有見及此，在這第一集修訂中，我對此作出了針對性的修改，為我們的主角「歐世遷」加入了童真的元素，亦加插了一些孩童和富二代應該具備的思考模式。故事中歐世遷從小童的階段一直到少年和青年時期，由稚氣慢慢從生活中成長為一個較同輩成熟且沉著的人，這段心理變化不單是單純的成長，更是生活的點滴磨練，生活使他逐步鍛練出強韌的意志和沉著的性格。加上天生就擁有一顆善良的心，懂得為人設想和犧牲，心胸廣闊，這些都是他最吸引人的地方，也是為何在之後至第三集的故事中，總是有人願意甘心幫助和追隨他，因為他自潔、高尚、富有同情心，更是個外冷內熱的感情白痴。歐世遷的好，未必每個人都能看得到，但懂他的人絕對會被他的一切所感染，因為他總是愛著身邊的人，無條件為人付出。

設定方面，靜瑜這種角色是新加入的，主要是衝擊男女主角的感情線，讓其豐富起來，角色更立體。而女主角由原來初版第一集的艾美亦正式改名為藤原莉娜，以免混淆。反派角色亦加強了描述，從成年人的對話當中包含了諷刺、試探、猜忌、陷害和表裏不一等，把現實社會中人與人之間的對話角力和虛假，演活在故事當中。當然每個角色也刻畫了各自的性格，令故事看起來更吸引。

為連接早在二零一八推出的《灰色奏樂》第三集《神的繼承人》的故事，在這次修訂版中亦加入了伏線及得到補充，希望讀者能充分理解故事的來龍去脈。

為了這本著作，我花了三年半時間重新寫作和修改，當中人長大了，看的事深入了，相遇的人多了，自然在寫作上的靈感會較十年前豐富。選擇在二零二一年推出是因為今年是灰色奏樂的十周年，我希望為自己的人生立下一個里程碑，更希望紀念過去自己的「堅持」。因此我認為想要成功先要學懂自律、自強、反思，從過去裏自我審視，對不足之處對症下藥，不斷的檢閱和更正修訂，把作品推向完美，攀上無愧於自己的頂峰。為自己而活得精彩！

綠茶 君

二零二零年九月

Grey Symphony - The Chaos World
10th Anniversary Remaster Version

灰色奏樂
混沌世界

作者：綠茶
編輯：Margaret Miao
設計：4res
出版：紅出版（青森文化）
地址：香港灣仔道133號卓凌中心11樓
出版計劃查詢電話：(852) 2540 7517
電郵：editor@red-publish.com
網址：http://www.red-publish.com

香港總經銷：香港聯合書刊物流有限公司

台灣總經銷：貿騰發賣股份有限公司
地址：新北市中和區立德街136號六樓
電話：(886) 2-8227-5988
網址：http://www.namode.com

出版日期：二零二一年四月
圖書分類：流行讀物／小說
ISBN：978-988-8664-96-2
定價：港幣一百二十八元正／新台幣五百一十圓正